"长安学人丛书"编委会

丛书主编
张新科

编委
（以音序排列）

党怀兴　高益荣　贺卫东　李继凯

李西建　李跃力　李　钊　刘锋焘

裴亚莉　苏仲乐　孙清潮　王同亮

王晓鹃　邢向东　杨晓斌　赵学清

周淑萍

陈忠实文学评传

◎ 畅广元 著

陕西师范大学出版总社

图书代号:ZZ20N2068

图书在版编目(CIP)数据

陈忠实文学评传 / 畅广元著. —西安:陕西师范大学出版总社有限公司, 2020.10
ISBN 978 – 7 – 5695 – 1878 – 8

Ⅰ.①陈… Ⅱ.①畅… Ⅲ.①陈忠实—文学评论 Ⅳ.①I206.7

中国版本图书馆 CIP 数据核字(2020)第 189168 号

陈忠实文学评传
CHEN ZHONGSHI WENXUE PINGZHUAN

畅广元　著

责任编辑	梁　菲
责任校对	雷亚妮
封面设计	李　琳
出版发行	陕西师范大学出版总社
	(西安市长安南路 199 号　邮编　710062)
网　　址	http://www.snupg.com
印　　刷	西安市建明工贸有限责任公司
开　　本	787mm×1092mm　1/16
印　　张	18
字　　数	207 千
版　　次	2020 年 10 月第 1 版
印　　次	2020 年 10 月第 1 次印刷
书　　号	ISBN 978 – 7 – 5695 – 1878 – 8
定　　价	68.00 元

读者购书、书店添货或发现印刷装订问题,影响阅读,请与营销部联系、调换。
电话:(029)85307864　85303635　传真:(029)85303879

陈忠实与作者合影

畅老师：

您好。所需稿件送上，请批评。

需要说明几点——

1. 文集七卷本收集1978—2003年的作品，每集都收作而按时间顺序编排。

2. 《吟诵关中》收集2004—2006年的小说、散文、言说作品。《接通地脉》收集2007—2009年的作品。2010—2012年的作品结集为《白墙无字》，西安出版社正在编排，将出。出版后即送上。

3. 《寻找属于自己的句子——〈白鹿原〉创作手记》是2008—2009年写成，在《小说评论》连载，后由上海文艺出版社出版单行本。

4. 另有邢小利编加一本《陈忠实集外集》。

收入"文革"前我发表的散文，又收入"文革"后期的几篇小说、散文，借您参阅。"文革"中的几篇小说，今天来看，是见得幼稚而可笑，乃至可怕。

谨作如上说明。

您要保重身体，勠力而作，切切。

祝愉快。

陈忠实

2013.8.13.

陈忠实致作者书信

总　序

陕西师范大学今年迎来70华诞，中文系（现在的文学院）与学校的发展历史同步，也是70年。

中文系的前身是1944年成立的陕西省立师范专科学校国文科。此后随着学校的几次调整，先后经历了西北大学师范学院国文系（1949—1953）和中文系（1953—1954）、西安师范学院中文系（1954—1960）、陕西师范大学中文系（1960—2000）和文学院（2000年成立）几个阶段。在70年的发展历程中，中文系几代学人薪火相传，勤奋耕耘，在师资队伍建设、专业建设、学科建设、人才培养、科学研究、社会服务等方面取得了令人瞩目的成绩，并且涌现出了一大批蜚声海内外的著名学者，他们在不同的学科领域做出了杰出贡献。

由于种种原因，文学院一批德高望重的先生生前撰写的著作没有能够出版，还有一批健在的先生在退休后仍然笔耕不辍，进行学术研究。为了展现文学院老一辈学者的学术成果和学术精神，借70年校庆之际，文学院筹划出版"长安学人丛书"。这套丛书，是文学院宝贵的精神财富，既体现了老一辈学者的学术思想、学术追求，也将给后来的青年教师树立榜样，鼓励青年教师崇尚学术，追求理想。

　　陕西师范大学地处古都长安，随着学校事业的蓬勃发展，文学院从雁塔校区搬迁到了长安校区。近年来，为了发挥中文学科的优势和特色，文学院以"长安"为名，展开一系列的学术研究和学术活动。国家"211工程"三期重点学科建设项目"长安文化与中国文学"以其独特的风貌赢得了学界的好评，并以优秀的成绩顺利通过验收，但我们对长安文化的研究并没有停止。面向全校师生的"长安大讲堂"从2004年创办以来，一大批海内外学者登台讲学，目前已超过100期。面向研究生和高年级本科生的"长安学术讲座"汇集各家思想，目前也已接近200期。以文学院教师作为主讲人的学术讲座"长安学人讲座"，不仅为"长安"品牌增添了绚丽色彩，而且教师把自己最新的研究成果介绍给学生，也开阔了学生的视野。文学院创办的学术刊物《长安学术》到目前也已出版8辑，与外界进行广泛的学术交流。本次编纂"长安学人丛书"，与文学院的其他学术研究、学术活动合为一体，仍以"长安"为名。我们期望通过这一系列的努力，打造属于我们自己的"长安"品牌，凸显我们的学科特色。

　　"长安学人丛书"的编撰得到文学院老一辈学者及其亲属的积极响应和大力支持，我们表示诚挚的谢意。丛书的出版得到陕西师范大学211办公室、陕西师范大学出版总社的大力支持，在此一并表示衷心感谢。

　　学术之树常青，学术生命永恒！

编委会

2014年7月

我是这样认识陈忠实的（自序）

陈忠实是我十分敬重的一位当代杰出作家。

今天回忆起来，陈忠实之所以能引起我的兴趣和关注，是由于我读了他首次获得全国优秀短篇小说大奖的《信任》[①]。他在这篇小说中提出了"内伤不轻"的问题，很令我欣喜，欣喜他也有关于"内伤"的思考；很令我震惊，震惊于他的过人胆识。陈忠实在自己的作品里通过一位农村党支部书记之口非常理直气壮地提出了"内伤不轻"的问题，这位支部书记所说的"内伤"相当深刻地拓展了我的思路。这位写出他的作家的勇气和真诚让我由衷地刮目相看。我怀着一种敬意记牢了陈忠实的名字，却没有主动和他交上朋友，甚至都没有单独说

[①] 1979年2月，在西安胜利饭店召开的中国作家协会西安分会第二次会员代表大会期间，《陕西日报》的文艺编辑吕震岳约请陈忠实为该报写一篇短篇小说，即《信任》。

过话。那是一个虽有"解冻"之氛围，却还看不出真有"解冻"之实绩的徘徊年代。

这以后我很注意读陈忠实的作品，但在相关的会议上彼此相遇时也仅仅是点点头而已。让我印象深刻并几次激发我研究兴趣的作品主要是《初夏》《尤代表轶事》《梆子老太》《蓝袍先生》和《四妹子》。读《初夏》，我虽然觉得陈忠实对马驹的熟悉远不如对其父冯景藩的熟悉，马驹其实是彩彩的父亲冯志强精神的再版，看不出时代赋予他的新智慧，但我却喜欢这个中篇所具有的那种强烈的历史感和现实感，认为这是陈忠实小说创作的一次不小的飞跃。读《尤代表轶事》，我能深切地感受到陈忠实对极左的阶级斗争的本质和危害认识得相当独到和深刻，他的批判意识特别引人瞩目：尤喜明这个被扭曲的人物有令人过目不忘的魅力。读《梆子老太》，我被它的真实性紧紧抓住。实话说，我并不是多么熟悉农村的生活，只是由于我自己也曾是极左政治的"俘虏"，做过蠢事，也受过伤害，阅读时的体悟既有切肤之痛，亦有深深的忏悔。读《蓝袍先生》，我不由得感叹再三，作家对徐慎行悲剧命运的自我原因和社会根源入木三分的揭示常让我的心灵震颤不已。徐慎行最后那个再也舒不展的脊梁，不止一次地提醒我要提高对自己精神状态的警觉。读《四妹子》，我是兴奋的。我为陈忠实笔下的四妹子，敢于对长期困扰农村家庭的某种陈腐文化发起挑战的勇气和胆识，情不自禁地叫好。就是这个作品让我一下子贯通似的明确意识到陈忠实现实主义创作中的文化批判精神。遗憾的是，我当时并没有果决地沿着这一思路思考下去。

《白鹿原》出版后在文学界引起了强烈的反响，大家普遍认为这部作品是中国当代文学凸起的一座高峰。然而，茅盾文学奖评委会在给予该作品这一奖项的同时，却提出了修改的先决条件。对此，评论家李星和我在陕西电视台的《开坛》节目中提出了不同意见，随即便有从相关领导单位传来的批评。基于这样的以及相关的文化境遇和我当时的认识水平，在从文化的角度撰写《陈忠实论》时，我仅仅对其作品做了一个极其肤浅的梳理，并没有做出应有的文学性的剖析，也没有对其文化批判意义的完整评论。

尽管有这种令人沮丧的遗憾，但我在这一过程里和陈忠实的交谈多了，对他的文学生命有了进一步的熟悉和理解，这对我思考他的全部作品及其文学道路奠定了较为扎实的基础。无须隐瞒的是，我曾对陈忠实有一个不愿告人的担忧。我对他不止一次地在其作品中和一些会议上强调自己和农民这一群体的亲密关系有一种警觉，生怕他陷入民粹主义的泥淖。这个担忧在我再一次认真阅读《白鹿原》时被解除了。我意识到，《白鹿原》在中国当代文学中是一个了不起的突破，就是它超越了政党中心的历史观，对民族历史命运的思考已步入了一个全新的境界。白嘉轩这个人物已不再是人们于革命的现实主义文学作品中习见的丑恶凶狠的地主形象，而是一个相当完美地体现着民族传统文化精神的、虽有可批判的一面却是一个令人敬佩的正面人物形象。这一形象的成功创造不仅对"五四"以来的新文学于"是"与"非"取向上的绝对化是一种反驳，而且对受极左政治路线毒害的国人重新认识民族优秀文化传统有着不容忽视的启蒙意义。朱先生，这位与老百姓共生共进的智慧"白鹿"，他粗布做衣，淡饭为食；晓大义于疆吏，济苍生在民间；颁《乡约》以治本，直书史醒后人；斥不修身正己而正人正世者为盗名欺世，发"合为公共"何不携手振兴中华之"天问"。朱先生这种独立自主、济世爱民的儒者形象和白嘉轩恪守《乡约》、正直为人的品格，消解了我对陈忠实具有民粹主义倾向的隐忧。

　　为了进一步触摸和感知陈忠实的心灵，我开始阅读他大量的散文作品。在他的《家之脉》《陈忠实散文》《凭什么活着》《吟诵关中》和《接通地脉》等著作中，我领会了也主观地认为自己较为准确地把握住了陈忠实为人、为文的人格精神。在我对他有了一个全新认识后，心里很自然地涌现出一个问题：作为一个独特的文化自我，陈忠实的作品及其艺术人格的意义和价值何在？就是这个问题激励我萌发了要撰写《陈忠实文学评传》的心愿。

　　怎么写这个评传，说心里话，我真的还有点发怵。记得20世纪80年代中期读奥勃洛米耶夫斯基写的《巴尔扎克评传》时，郑克鲁先生在该书前面写过一个简评式的"序言"，他认为一部作家评传要做到这样三点："要提供较丰富的资料，对作家的某些众说纷纭的问题提出有见地的看法，对作家的创作道路和作品作出比较细致的分析"[①]。我赞同郑先生的意见，但更侧重"对作家的创作道路和作品作出比较细致的分析"这一点，总觉得让作品来呈现作家的一生似乎其坚实性会更强一点。虽然如此想，我还是对这样写《陈忠实文学评传》没有踏实的把握。

[①] ［苏］奥勃洛米耶夫斯基：《巴尔扎克评传》，刘伦振、杜嘉蓁、李忠玉译，北京：中国社会科学出版社，1983年，第1页。

既要写陈忠实的文学评传，就得对他的文学一生有一个简明准确的概括。我经过思考后的概括是：从特定历史时期的"党的文学"走向"人的文学"。之所以这样概括，是由于它符合陈忠实创作道路的实际。这里需要特别予以说明的是，为什么要从特定历史时期的"党的文学"走出？首先，"党的文学"是特定历史阶段的需要，是一个历史性的概念。较为完整系统地论述这一概念的是列宁。在当时的历史条件下，列宁为了以党的名义掌控一支文学力量，为他所领导的革命事业服务，对文学提出了严格的党性要求，并且强调只有这种具有鲜明的无产阶级党性的文学，才是"自由的写作"，才是"真正自由的"文学。[①] 毛泽东《在延安文艺座谈会上的讲话》结合中国革命和当时延安文艺发展的实际，把列宁提出的"党的文学"这一理论具体化、中国化。不应否认的历史事实是，不论是苏联的还是我国的"党的文学"都取得了各自的成就，它们都成功地为党所领导的革命和建设事业服好了务。我个人是在中文系读书时就接受了"党的文学"这一观念，并在1958年的学术批判中捍卫过它。我也从陈忠实走上文学之路的初期作品中能够看出，他是赞成并且认真践行这一观念的[②]。这主要是国家掌控的文化支配力发挥作用的结果，也是自己一种势所必然的顺应。其次，"党的文学"是人民成为国家的价值主体的时代要求。无产阶级政党由革命党转升为执政党后，所面临的新的历史使命，是为

---

① 《列宁选集》（第一卷），北京：人民出版社，1995年，第666页。
② 参见邢小利：《文学与文坛的边上》，北京：中国社会科学出版社，2014年，第242页。

了更充分地更全面地代表人民利益而不断提高和优化自己的执政能力。在新的历史时期，人民是国家的价值主体，国家进入法治阶段，坚持依法治国、依宪治国。时代在进步，人民在觉醒，把文学归还于人民，既是历史的要求，也是人民的愿望，更是执政党为保持自身的先锋性，而与广大人民群众在精神上相互交流、沟通、理解的必要性所要求的。再次，"党的文学"在发展的特定阶段所凸显的掌控性和狭隘性严重地影响了文学的健康发展。从党性和党的政策的立场上来认识世界，仅是认识世界的一种视点，一旦将其绝对化，就必然将天下聪明范于一，从而失去对世界和真理的全面认识和理解，给人的理性带来不应有的局限，甚至危害。特别是政党中心历史观的主宰和制约，革命的功利主义强调"歌颂"、淡化甚至不许"暴露"的要求，不仅炮制出了一批经不住历史检验的作品①，而且至今还以不同的形态或强或弱或显或隐地规约着作家的创作思路。最后，是觉醒了的作家率先自觉解放其精神生产力的要求。人类进入大数据时代，各类学科的新知识跨国界大量传播，信息绝对封闭的状态实际上的不可能和一元化的人的精神状态为多元的精神风貌所取代，人对自我生命价值的自觉性日渐强化。

---

① 《南方周末》2014年11月13日刊登了《黄河时报》总编辑孙振军的《我敬仰刘伯承的后人》一文。文中说："开国元帅刘伯承的次女，解放军301医院主任医师刘解先，退休后的一项重要活动，就是沿着历史的脚印、寻访父辈的足迹。……由于我身兼市摄影家协会主席、路熟，才有幸给刘大姐当向导。我听刘大姐说：'现在某些写党史的影视剧，是有违常识甚至胡编乱造的；某些旧址、纪念馆的场景布置、人物排序、文字解说是虚假的——每见到这些拍马的东西，我都给他们指出来……'"我想补充的是，这些歪曲历史真相的"拍马的东西"，绝不止于影视剧，一些以写"革命史"为名义的文学作品也不乏这样的特征。

在这种时代大潮的启迪下,以自由为其本质的文学创作主体渐成规模,他们以其得到广大读者认同和称赞的文学实绩,对政党中心历史观和革命的功利主义的宰制性、狭隘性及其所造成的种种非文学因素,进行剥离与解构,能动地解放着文学的生产力。陈忠实就是这个作家群中具有代表性的一员。

从特定历史时期的"党的文学"走向"人的文学",是文学的回归,回归到具有鲜活生命力的人的家园,和一代接一代不断创造自己新的生存方式的人的命运休戚与共。从文化发展的角度看,这是文化从一元主宰多元步入多元共生共进、互动互补互利于可能的共识基础上共同发展的新阶段。这不仅是人对自我生命价值觉醒的必然要求,是一种很正常的现象,而且由于其能有效推动多元社会文化主体的积极性与能动性,凸显出的是一种历史性的进步。

就我对陈忠实创作的认识而言,我以为自《信任》发表以后,他的创作道路渐趋广阔,原来所遵循的"党的文学"观念和原则已不适应其创作实践的需要。是中外文学史中的经典作品为他提供了全新的文学视野,是自觉剥离种种非文学因素的能动精神,强烈地促使他朝着文化视野下的"人的文学"观念转变。在这一过程中,他将人作为文化存在的状态,将其价值实现的方式及其实现的意义作为自己审美观照的重点,独立独自地深刻思考着民族命运的演变,并在此基础上展开他的文化批判思路。我认为,陈忠实这种文学观念的转变和文学道路的更新,既是其个人文学生命意义的升华,作为一种文化现象,也是我们民族文化精神更新的一个重要标志:民族振兴的政治立场与先进文化的知识立场尽可能地统一起来。

当然,我也要老老实实地承认,由于自己理论的和文学的素养并不足以担负这么重大的课题研究,《陈忠实文学评传》肯定会有诸多的不当和错误。我是有准备的,准备着面对真理,认真学习,纠正错误。

2014 年 9 月 14 日

陕西师范大学长安校区望山书屋

作家生命的意义就是创作,作品就是作家的传记。

——陈忠实

目 录

上篇　文学路上的硬汉

一、汽笛一声惊醒，命运自主掌握。
　　改变贫穷立大志，上进自当奋勇搏 / 007

二、高考落榜增志气，自修大学目标明。
　　茅庐初出显实力，羞愧《无畏》写《信任》/ 010

三、不谋富贵，不慕虚荣。粗茶淡饭，安居乡镇。
　　读书增见识，创作登新程 / 020

四、八十年代涌新潮，健全自我狠剥离。
　　更上层楼开新篇，《康家小院》奠新基 / 031

五、规划自我生命，步步脚踏实地。
　　优秀中篇原下著，《初夏》《蓝袍》《四妹子》/ 038

六、文坛争先恐后，牢牢把握自己。
　　对话挚友高境界，挥笔豪狠著秘史 / 052

中篇　内涵丰赡的文学世界的创造者

一、短篇小说 / 067

　　（一）"文革"时期 / 067

　　　　《接班以后》/ 067　　　　《高家兄弟》/ 070

　　　　《公社书记》/ 073　　　　《无畏》/ 076

　　　　作品特点及其文学世界 / 078

　　（二）新时期 / 082

　　　　《信任》/ 082　　　　　　《立身篇》/ 086

　　　　《反省篇》/ 088　　　　　《尤代表轶事》/ 089

　　　　《马罗大叔》/ 093　　　　《轱辘子客》/ 097

　　　　《日子》/ 103　　　　　　《猫与鼠，也缠绵》/ 108

　　　　《李十三推磨》/ 111　　　作品特点及其文学世界 / 114

二、中篇小说 / 116

　　　　《康家小院》/ 116　　　　《初夏》/ 118

　　　　《梆子老太》/ 120　　　　《十八岁的哥哥》/ 123

　　　　《天折》/ 127　　　　　　《最后一次收获》/ 131

　　　　《蓝袍先生》/ 134　　　　《四妹子》/ 137

　　　　《地窖》/ 139　　　　　　作品特点及其文学世界 / 143

三、长篇小说《白鹿原》/ 148

历史画卷 / 148　　文化批判现实主义的创作原则 / 173

四、散文 / 187

《家之脉》/ 187　　《儿时的原》/ 189

《生命之雨》/ 190　　《原下的日子》/ 191

《三九的雨》/ 192　　《旦旦记趣》/ 194

《晶莹的泪珠》/ 195　　《何谓良师》/ 196

《你写的书，让我不敢轻率翻揭》/ 197

《别路遥》/ 198　　《虽九死其犹未悔》/ 199

《面对这样一双眼睛》/ 201　　《伊犁有条渠》/ 202

《活在西安》/ 203　　《漕渠三月三》/ 204

《贞节带与斗兽场》/ 206

《沉重之尘——〈生命历程中的第一次〉之三》/ 207

《破禁放足不做囚》/ 208　　《喇叭裤与"本本"》/ 210

《火晶柿子》/ 211　　《又见鹭鸶》/ 212

《告别白鸽》/ 213　　作品的文学世界及其特点 / 214

五、陈忠实的文学关键词 / 217

文学精神 / 217　　文学创作 / 219

创作境界 / 220　　纯文学思维 / 221

人物的命运描写 / 223　　文学表述形式 / 224

作品的品相 / 226　　不可忽悠读者 / 228

作家的自我定义 / 229　　文学依然神圣 / 233

下篇　文学自觉的表率

一、文化自我的觉醒和确立 / 240

二、以自由为本质的创作主体的精神建设 / 243

三、文学生命的价值追求：弃独尊文化，求共识文化 / 250

四、结语 / 257

参考文献 / 260

后记 / 262

陈忠实的文学爱好是在上初级中学时萌动的，当时他还是一个贫穷的农家子弟。语文课上，他读了赵树理的作品很受启发，逐渐意识到自己有着对文字敏感的神经和对农村生活熟悉的优势，因而酷爱文学，从此意志坚定不移。有了这样的自觉，这种自觉是不断升级的，他便在其生命历程的不同阶段里，持之以恒地关注农村状态，关注农民命运，同时严格自律地坚持阅读文学名著，勤于写作，不断探索，顽强创新，勇于超越。他不仅创作了许多优秀的中短篇小说，而且为中国的当代文学贡献了一部足可醒世和传世的长篇小说《白鹿原》，名副其实地耸立起一个时代的文学高峰。

　　从特定历史时期的"党的文学"走向"人的文学"，是陈忠实的文学之路的显著特征。从其处女作的发表到"文化大革命"后期在《人民文学》编辑部的组织下，写出主题为反对党内走资本主义道路的当权派的短篇小说《无畏》，是其自觉地站在党性和党的政策的立场上进行文学创作的阶段，即从事"党的文学"的阶段。"党的文学"强调文学为党在一定历史时期的中心任务服务，强调文学作品的主题思想与党的政治路线和基本政策于观念上的同一性。陈忠实这一阶段的文学创作实践是完全符合党的要求的。获得新时期全国优秀短篇小说奖的《信任》，让陈忠实再次成为全国文学界引人注目的新生力量。①然而此时的陈忠实，已经从因发表《无畏》而产生的"羞愧"与自我批判中强烈地意识到，自己必须进入一个新的文学探索阶段。这个探索阶段虽然不是很漫长却十分艰巨，直到中篇小说《康家小院》的发表和获奖，他才自觉地将自己的审美关注点，从被党的政治路线和政策同质化了的所谓现实，转移到鲜活的人的命运上来，走上了"人的文学"之路。"人的文学"不再是"政治标准第一，艺术标准第二"的视野，而是文化的视野，关注的是人的生存状态及其生命的价值取向。随着这一文学观念的转变和深化，陈忠实对现实主义的理解真正有了属于自己的审美意识：不仅要真实地揭示人的生存状态，更要开掘、辨析或批判其生存状态得以形成的文化基础。《康家小院》《梆子老太》《蓝袍先生》和《四妹子》一系列中篇小说的推出，就是其创建文化批判现实主义过程中的优秀成果，可谓其"人的文学"的奠基阶段。《蓝袍先生》的主人公徐慎行的悲剧性命运激发了陈忠实对民族整体命运的反思。对他而言，这次反思极不寻常，它既是相当深刻地对20世纪前半叶的历史和文化的独到爬梳，努力获得一种全新的历史感，更是一种沟通历史和现实基础上的严肃的价值重估。他想让历史

---

① 在以阶级斗争为纲的时代，陈忠实的家庭出身、人生道路和最初的文学写作，都能给当时的文学社会留下一个"出身好、写作的路子正"的良好印象，文名可谓初起。《无畏》在《人民文学》发表后，陈忠实的名字在全国文学界再次叫响，为时虽短暂，却也是事实。《信任》的获奖，是陈忠实的一次新的亮相，也是他走向文学新生之路的重要起步。此时的文名已成鹊起之态。

本身呈现出现实意义，并启示人们应该怎样生存。陈忠实的这次反思是精神上的成功飞跃，"虽巴尔扎克、斯坦达尔，未肯轻让"①的《白鹿原》里主要人物的创造和关键性情节的设置，乃至不同层面的旨意连结，都是立足于这一反思基础上的。《白鹿原》既是陈忠实的"人的文学"的代表作，也是他文化批判现实主义的杰作。此后的短篇小说创作，诸如《日子》和《李十三推磨》等，都是其文化批判现实主义的精品。

---

① 范曾读《白鹿原》后吟成的诗句。转引自邢小利：《陈忠实画传》，西安：陕西师范大学出版总社，2012年，第137页。

上篇 文学路上的硬汉

上篇　文学路上的硬汉

称陈忠实为文学路上的硬汉,是有感于他在以文学为其毕生所从事的事业之生命历程中,奋斗目标明确,求优创新志坚;骨硬不论荣辱本色依旧,气正不惧"独钓"① 遭嫌。

一、汽笛一声惊醒,命运自主掌握。改变贫穷立大志,上进自当奋勇搏

陈忠实的家境贫寒,父亲要供他兄弟两个上学,即使生活上再怎么省吃俭用,也是十分艰难的事。对此,年幼的忠实是心知肚明的。当时他仅有一个愿望,只要能上成学,吃再大的苦也能熬得住。这种对父辈艰难的理解很快便深化为他上进的动力:一定要自觉地努力学习,争当优秀生。别看他年幼,却是一个能想到便能做到的有志气者。

---

①　柳宗元的《江雪》:"千山鸟飞绝,万径人踪灭。孤舟蓑笠翁,独钓寒江雪。"独钓,在特定的历史境遇中,寓含着一种可贵的文化精神。

1955年，他以优异的成绩从小学毕业了，必须到三十里外的历史名镇灞桥去投考中学。对他的人生颇有意义的一次小小悲剧就发生在赴考的路上：

> （后来的）悲剧是从脚下发生的。他感觉脚后跟有点疼，脱下鞋来看了看，鞋底磨透了，脚后跟上磨出红色的肉丝淌着血，血浆渗湿了鞋底和鞋帮。……
>
> 似乎不单是脚后跟上出了毛病，全身都变得困倦无力，双腿连往前挪一步的勇气都没有了，每一次抬脚举步都畏怯落地之后所产生的血肉之苦。他看见杜老师在向他招手，他听见同学在前头呼叫他。他流下眼泪来，觉得再也撵不上他们了。……
>
> …………
>
> 他从路边的杨树上捋下一把树叶塞进鞋窝儿，大约只舒服了两分钟走出不过十几米就结束了暂短的美好和幼稚。他终于下狠心从书包里摸出那块擦脸用的布巾，相当于课本的两倍大小，只能包住一只脚。……走过不知有多少路程，布巾很快又磨透了，他把布巾倒过来再包到脚上，直到那块布巾被踩磨得稀烂而毫无用处。他最后从书包拿出了课本，先是算术，后是语文，一扎一扎撕下来塞进鞋窝……只要能走进考场，他自信可以不需要翻动它们就能考中……直到课本被撕光，他几乎完全绝望了，脚跟的疼痛逐渐加剧到每一抬足都会心惊肉跳，走进考场的最后一丝勇气终于断灭了。

上篇　文学路上的硬汉

……伟大的转机就在他完全崩溃刚刚坐下的时候发生了，他听到了一声火车汽笛的嘶鸣。

他被震得从路边的土地上弹跳起来。他被惊吓得几乎又软瘫坐下。他的耳膜长久地处于一种无知觉的空白。他的胸腔随着铿锵铿锵的轮声起伏着颤栗着。……这是他平生第一次看见火车。第一次听见火车汽笛的鸣叫。……

天哪！这世界上有那么多人坐着火车跑哩而根本不用双脚走路！他用双脚赶路却穿着一双磨穿了鞋底磨烂了脚后跟的布鞋一步一蹭血地踯躅！似乎有一股无形的神力从生命的那个象征部位腾起，穿过勒着红腰带的腹部冲进胸腔又冲上脑顶，他无端地愤怒了，一切朦胧的或明晰的感觉凝结成一句，不能永远穿着没后底的破布鞋走路……他把残留在鞋窝里的烂布绺烂树叶烂纸屑腾光倒净，咬着牙在砂石国道上重新举步，腿上有劲了，脚后跟也还在淌血还疼，走过一阵儿竟然奇迹般地不疼了，似乎那越磨越烂得深的脚后跟不是属于他的，而是属于另一个怯弱者懦弱鬼王八蛋的……在离考场的学校还有一二里远的地方，他终于追赶上了老师和同学，却依然不让他们看他惨不堪睹的两只脚后跟……①

赶考路上幼年忠实的心灵活动、行为举措乃至个人的气质、品性

---

① 陈忠实：《凭什么活着》，长春：时代文艺出版社，2007年，第159—161页。

真是历历在目。火车极平常的一声汽笛长鸣,在特定的关键时刻,不仅激醒了小忠实,并且让他看到了乘车疾驰而去的人们,刹那间意想不到的对比,令他感受到了人生命运的不同。他于无端的愤怒中意识到,自己不能永远穿着没有后底的破布鞋走路。不能永远这样走路,换句话说就是,人不能一辈子没有出息,是人就一定要活出个人样儿!这无声的誓言与那刺人的汽笛声融为一体,储存在他生命的磁带上,成为自我鞭策、保持清醒、不断上进的强大内力。此后,每当遭遇挫折或在人生重大抉择的关键时刻,生命磁带上的那声汽笛就会鸣叫起来,相伴而来的还有那双不能忘怀的破了鞋底的布鞋。正是这幼时有意义的生命记忆,使他面对挫折委屈甚至龌龊时,既没有动摇也不必解释,只是坚定地走自己认准的路。父辈常说"从小看大"这样的话,小忠实高小刚毕业,就对人生有了非同一般的感知和体悟,这其中既可看出其与文学性相通的先天心理因素,也寓含着其从现实的生存情境出发,一定要把握好自己,不能让生命无价值耗损坚强的意志。

二、高考落榜增志气,自修大学目标明。茅庐初出显实力,羞愧《无畏》写《信任》

在初中至高中这六年里,陈忠实一直是班里的优秀生,可惜时运不济,到他1962年参加高考时,全国高校纷纷减少招生名额,他这个优秀生也名落孙山了。落榜回乡,不仅在常人的眼里不光彩,就是他本人的心理也很失衡。虽然是一时的身处逆境,他也必须重新定义自己:我该怎么办?这是关乎他一生命运的重大抉择。

陈忠实的父亲虽然辛辛苦苦地供他兄弟二人上学,心里还是希望他将来能在家安心务农。忠实对父亲的这一想法很能理解却从未赞成。他初懂人事时,就知道曾祖父和祖父都做过私塾先生,祖父的遗物里令他油然起敬的是一堆用毛笔抄写的书,其字迹工整得如同石印的一般;父亲的确是一个地道的农民,但他却能在祖辈的教导下读书识字,小说、剧本乃至《明史》一类的史书他都爱读,毛笔字也写得很好;更重要的是,父亲能秉承"耕读传家"的精神,始终让家里拢聚着一种难得的文化氛围:练字读书,崇尚文雅,拒斥粗俗,鄙视龌龊。在这样的家风熏陶下成长的陈忠实,当然懂得有文化的重要性,他不愿再像父亲那样当农民,"挖一辈子土粪而只求一碗饱饭"。他要按照自己的爱好和向往来安排他的人生。

陈忠实的爱好和向往不是凭空而来的。初中的文学课本里那些反映当代农村生活的作品,一经老师的讲授和自己的精心阅读,即刻就能唤醒其心中有限的乡村生活的记忆,进而使其意识到这种唤醒其实就是对自己的生活经验非常明确的一种验证,而这种验证实际上是一种合理的价值肯定。正如他所说,这样的验证"在我无疑具有石破天开豁然开朗的震动和发现"[1]。他就是这样从自己的生命质感中确定了其所爱好和向往的事业,而且据此他可以想象到,只要自己矢志不移地努力奋斗,便能成为和那些作品的作者一样的作家。这说明,陈忠

---

[1] 陈忠实:《陈忠实文集·三》,广州:广州出版社,2004年,第504页。

实对文学的热爱是对自己潜在能力的发现和自觉,是他为建构一个有意义的真实的自我寻找到的人生之路。

他开始认真地阅读赵树理的作品,这种阅读已经不同于文学课上老师讲的内容了,他倾心关注的是怎样才能把自己熟悉的农村中的人和事写成小说。解决这个"怎样写"的问题,他只能从模仿赵树理的作品开始。模仿主要是一种求同的技艺操作,如果一味地与他人求同,那就会丢失自我,没有出息。陈忠实的清醒就表现在,他一定要写出自己记忆中的人,要传达出自己想说的意思。他获得老师好评的第一篇作文(小说)《桃园风波》就是这样写出的。对于一个初中学生来说,自己的一篇好作文,加上一位负责任老师精心的好评,两好累积所构成的那种只有自己才能感觉到的精神合力,极大地增强了陈忠实对文学写作的自信。

促使陈忠实进一步理解文学创作的是,当时享有"神童"美名的刘绍棠。他对忠实的影响是多方面的:一是,"神童"的作品《山楂树的歌声》的语言美给忠实留下了深刻的记忆,让忠实意识到小说创作务必重视语言的锤炼;二是,与刘绍棠自觉地、广泛地阅读文学名著相比,忠实认识到应该进一步扩大自己的名著阅读范围,特别是阅读异质文化的文学名著,只有这样才有可能较为深入地理解文学世界和文学与现实的关系,甚至成为自己全面认识文学的基本起点;三是,尽管当时的陈忠实还不能真正理解"右派分子"所犯的"严重的政治性错误",却知道了也牢牢记住了从事文学创作也可能犯可怕的政治性错误——对他来说,这是一个意味深长的警示;四是,由"神童"引发的关于文学创作需要天才的思考,这关乎忠实对自我的再认识、再估量。他经过不止一次的、反复的、认真的、联系自我实际的思考，认为搞文学创作天才是极为重要的，但自己还是相信关键在后天的所习上。他坚信自己有一根对文字敏感的神经，有与农村现实密切联系着的人生经验的积累，有勤奋笔耕的毅力和决心，这本身就是天分与所习的自觉融合。正是这样的对自我负责任的思考，坚定了他从事文学创作的信念。

如果说赵树理是以其文本的真实性和可读性给忠实以深刻的文学启迪，刘绍棠是以其文学语言的优美和文学才华的出众让忠实明白了努力优化自己文学才能的重要，那么柳青的长篇小说《创业史》则是耸立在他面前的一座文学高峰，是他必须认真学习的文学楷模。上进心极强的陈忠实总是取法乎上的，从不为自己寻找一般性的参照对象。

在高中学习阶段，赵树理、柳青和肖洛霍夫的作品成为陈忠实重点阅读的对象。虽然还是从"怎样写"的角度进行阅读，却更进一步地从他们作品的具体布局安排、人物命运的意义蕴涵和对时代精神的概括方面用功。为此，他在专心致志地阅读和体味名家作品的同时，尽可能地把自己有限的审美解析和判断能力充分调动起来，有意识地锻炼、提高其对文字的敏锐感受力和语言表达准确性的把握。他是在脚踏实地地进行着文学创作基本功的自我训练。值得人们特别注意的是，作为高中生的陈忠实在面对其"两中一外"的文学榜样时，并不盲目崇拜，而是以一种比较明确的趋优求异的自觉，学习和把握他们的文学精神，为自我的文学之路提供营养性资源。

基于这样的学习和相应的精神历程，陈忠实对高考寄托的希望当然很大，满以为考入大学就能在文学素养和文学创作方面获得深造，不料却落榜回家,打击真可谓不小!他不愿以务农为生,为了不远离文学,他选择了做村办小学教师。陈忠实心里明白,做小学教师绝不是自我人生的最终目标。他准备步入一个特殊的人生阶段,一方面踏踏实实地做好自己所担负的实际工作,通过自我奋斗,做出成绩;另一方面,从实际出发,为自己确定一个自修大学的目标:"我给自己订下了一条规程,自学四年,练习基本功,争取四年后发表第一篇作品,就算在'我的大学'领到毕业证了。"[1] 总之,要以自己的实干精神和文学才华向社会显示其实力。

如果换一个角度来看,高考落榜实际上激发了陈忠实更强烈的上进心。由于勤奋努力的工作提高了所在学校的毕业升学率,一举轰动了全公社,陈忠实被评为优秀教师,并获得奖励。调入公社农业中学任教后,被推举为校团支部书记。1965年的社教运动中,由于出色的工作和政治上的积极进取,陈忠实被选为出席社教总团的学习毛主席著作积极分子代表大会的代表。可以看出,走上社会的陈忠实,朝气蓬勃,敢于担当,工作热情负责,而且能团结同志。这在当时的历史条件下,是有志于上进的青年的共同特征。他的生活得到了新的充实,比在大学校园里的大学生能更广泛地了解社会,熟悉不同的人生世态,认识人际间的多样关系和复杂的人情世故。他开始实实在在地阅读社会这部大书、活书。

工作之余是陈忠实抓紧创作的时间。创作分两个方面,根据上级领导的相关布置,创作一些配合运动的宣传性作品,如发表在《西安

---

[1] 陈忠实:《陈忠实文集·三》,广州:广州出版社,2004年,第506页。

晚报》1965年1月28日上的《一笔冤枉债——灞桥区毛西公社陈家坡贫农陈广运家史片段》。而更重要的是，根据自己在生活里的发现和体验立足于文学性的创作，如他的处女作《夜过流沙沟》（发表于《西安晚报》1965年3月8日）。这篇散文"历经四年，两次修改，一次重写，五次投寄，始得发表"①。从中可以看出，陈忠实走在文学之路上的步履虽然一度受其自信和自卑两种不同心理交替的折磨而不乏短暂的彷徨，但就其总的趋势看，依然是坚定沉稳从严求优的，个中所显示的是不达目的誓不罢休的硬汉精神。

  陈忠实从其自修大学毕业了，"自信第一次击败了自卑"②。尽管随之而来的史无前例的无产阶级"文化大革命"摧残了人的精神，有着美好文学梦的忠实还是在朋友们的鼓励和支持下，继续在文学路上跋涉。沉默六年后，他在当时标语口号式的"文学作品"满天飞的情况下，发表了具有一定文学性的散文《闪亮的红星》（载《西安日报》1971年11月3日文艺副刊）。文章不仅引起了社会的关注，而且扩大了报纸副刊的影响。对跋涉者而言，每一个有实绩的进步都是其后继奋进的一次增力。继《闪亮的红星》之后，陈忠实创造了他70年代的辉煌，先是享有"一炮打响"美誉的短篇小说《接班以后》在《陕西文艺》1973年第3期刊出，紧接着是一年一个短篇小说，《高家兄弟》（载《陕西文艺》1974年第5期）和《公社书记》（载《陕西文艺》

---

① 陈忠实：《陈忠实文集·六》，广州：广州出版社，2004年，第127页。
② 邢小利：《陈忠实画传》，西安：陕西师范大学出版总社，2012年，第33页。

1975年第4期）陆续发表，这三个短篇小说被当时的文学圈内人士广泛热议，认为这是对时下流行的那种"假大空"文学的有力反拨。陈忠实成为人们关注的文学新秀。

　　文学总是和它所处的时代密切相关。陈忠实于"文化大革命"期间创作的小说的确不同于那些标语口号式的"假大空"作品，它有作者对人生的某种发现和相对真切的感受与体验在。特别是，这些小说的创作，从人物的构思、情节的布局到意义的概括提炼，是一种有机的艺术实践过程。陈忠实正是通过数次这样的实际操作探寻着自己的小说创作之路。对要成为一个作家的人来说，其特有的积极意义是不言自明的。然而不容否认的是，那个时代权力对文艺的掌控与强制导引对忠实创作的影响。革命现实主义的一个最基本的要求，就是必须用社会主义的思想和精神教育人民，这种规约首先强调的是政治方向的正确，它常能在创作的关键处迫使作家放弃自己的某种与生活真实相一致的深切感受，去适应那些抽象的本本说教，甚至不得已而改变创作的初衷。我们从陈忠实的这三篇小说就可以看出：与作品内容相关的党的路线政策的观念先在于作者对生活的发现和体验，后者只能确证先在者的正确性；作品中矛盾的发展和解决是为特定的政治路线和政策所限定的；作品中的人物不论是正面的还是反面的，其思想、情感和行为举止必须符合其所属的阶级本性。身处今天的我们一眼就可看出这些问题，可在当时，这些有问题的东西恰恰是衡量文学作品是否优秀的重要尺度。陈忠实这位文学新秀是在一个特殊的时代里走进作家队伍并受到称赞的，他的命运没有真正掌握在自己的手里。

　　1976年3月，陈忠实受邀前往北京参加由《人民文学》编辑部举办的创作培训班，写了短篇小说《无畏》（载《人民文学》1976年第3期）。这是一篇与党内走资本主义道路的当权派做斗争的小说，发表后不仅受到有关方面的称赞，而且为一些人所羡慕。可是不久，毛泽东去世，"四人帮"垮台，在举国声讨"四人帮"反革命罪行的时候，陈忠实也因写了《无畏》而受到非同一般的责难。

吃一堑长一智。《无畏》作为陈忠实一生中的一个不小的事件，激发了他极为深刻的反思。1968年12月，陈忠实调入毛西公社协助搞专案和整党工作，由于他工作一贯积极热情认真负责，先后于1971年出任公社卫生院革命领导小组组长，1973年5月转为国家正式干部，任毛西公社革委会副主任，1975年7月任中共毛西公社党委副书记。他的仕途还是顺利的。他的文学创作由于自己的勤奋努力，取得的成绩在当时也的确令人刮目相看。可就在这个自己意识到还应继续拼搏前进，而别人都普遍看好他的时刻，短篇小说《无畏》却让他陷入难言的"羞愧"：公社副书记被免职，文学创作被视为政治方向有错误，甚至被领导不点名地指责为"以小说反党"。处于这样的境地，陈忠实要承受的政治压力有多大，是不难想见的。好在《人民文学》编辑部派专人来西安主动向有关方面做了事情真相的说明，组织的内查外调最终也没有结果，事情总算过去了。经过这一番折腾，陈忠实的头脑清醒了许多。"羞愧"对他而言，是知耻的心理效应，也是其独立人格觉醒的一种强烈萌动。它激发了陈忠实忏悔的意识和追求新生的内力：既不怨天亦不尤人，而是严格地从做人和文学创作两个方面解剖自己。文学让他出人头地，文学也让他遭受挫折，甚至陷入人生的困境，但他真的酷爱文学啊！自己的生命之根就盘结在文学这块土壤里啊！官可以不当，文学绝不能丢弃。恰在这时，他读了刘心武发表在《人民文学》上的短篇小说《班主任》，心灵受到极大的震撼，"我确信文学创作可以当作一项事业来干的时代到来"①了！一旦自我的生命定位明确下来，他就下决心离开行政部门，请调到文化单位，出任西安市郊区文化馆副馆长。此时，他一方面有计划地仔细阅读莫泊桑和契诃夫的作品，另一方面则结合自己的创作得失，实事求是地重新认识文学。这是一个真正的自省过程。选择读莫泊桑和契诃夫，这就意味着忠实在更新自己的文学价值观，而重新认识文学其实就是要在新的基础上重塑自我的文学精神，拓展自我的文学视野，强化自我对现实的文学性的审视和批判意识。换句话说，经过一番自省，陈忠实已经意识到文学创作不能只听命于他者，要有自己的头脑和眼睛；不能简单地依据本本的论述认识现实，必须观察和把握事物的复杂性和多样性；不能把文学的批判意识单向化，要敢于面对社会主导力量所存在的问题，必要的怀疑和批判是不能少的。有了这样的自省，陈忠实于自责和羞愧之中，逐渐凝聚起了在文学路上重新起步的决心和信心。

  中共十一届三中全会开创了共和国改革开放的新纪元，"正本清源""拨乱反正"成为新时代的精神旗帜。遍体鳞伤的中国文学界快速反应，以文学的新精神、新内容集结队伍，走在"拨乱反正"的前沿。1979年，中国作家协会西安分会第二次会员代表大会召开了，陈忠实作为出席会议的代表强烈地感受到了时代的脉动。就是在这样的精神氛围里，《陕西日报》文艺部的编辑吕震岳约他为该报文艺版写一篇小

---

① 陈忠实：《寻找属于自己的句子》，上海：上海文艺出版社，2009年，第37页。

说。对忠实来说，这是极大的鼓励和促进：文学界没有忘记他，人们在等待他以新的姿态重返文坛！他知道自己铆足劲的文学新征程的第一步就要由此开始了。

可以想见，陈忠实是多么精心地在创作短篇小说《信任》的。在他的自我反省中，最让他警觉的也是他有着沉重生命体验的，是20世纪50年代中后期开始的，60—70年代愈演愈烈的一系列极端化的人为的阶级斗争所造成的严重社会危害。作为这期间一个时段的农村基层干部，他痛切地感受到"阶级斗争一抓就灵"已经严重破坏了人际间的和谐，人们相互间的防范意识不仅过度敏感，而且仇恨和报复的心理在不断强化，整个社会的信任感被所谓的革命行动践踏得一文不值。他决心要把这一社会病态及其根源真实地揭示出来。为了使作品具有强烈的醒世作用，他怀着饱满的激情和深深的敬意，浓墨重彩地表现曾被错误斗争打倒下台，新时期又复出的村支书罗坤，是怎样地不计前嫌从大局出发，真诚友善、切合实际地化解人际间的仇恨心结，同时是怎样坦诚地在众人面前提出让人有振聋发聩之感的"我们罗村的内伤不轻"这一关乎全局的重大问题。认真读过这一作品的人，大都能感受到作品在提醒人们关注国家严重存在的"内伤"。较之已经获得社会好评和喜爱的伤痕文学，这更能引发全民族对国家命运的深思。这是揭露，这是批判，更是积极的人的精神重建。短篇小说《信任》无疑是陈忠实精神"剥离"初期一次真正的思想闪光。

《信任》通过读者投票获得了1979年全国优秀短篇小说奖，这是全国的读者给予陈忠实最可信赖的支持。他受到鼓舞，也意识到新的压力：此后的文学之路还很长，更艰巨的跋涉在向他招手！

三、不谋富贵，不慕虚荣。粗茶淡饭，安居乡镇。读书增见识，创作登新程

　　1980年初，西安市政府将原来的大郊区重新分为雁塔、未央和灞桥三个区，陈忠实被中共灞桥区委任命为区文化局副局长兼区文化馆副馆长，主管农村业余文化及其创作活动。为了工作，为了不脱离农民群众和农村生活，他坚持和文化馆的干部一起在灞桥古镇于"大跃进"年代修建的电影院的一排低矮的土坯墙平房里办公。没有自己的机关食堂，一般的粗茶淡饭也得各自起火造做。这期间他主办了九期文学创作讲习班，实实在在地为灞桥区农村培养了一批业余创作人才。

　　一心想在文学事业上有所成就的陈忠实，骨子里有一种农民特具的倔强：只问耕耘不问收获。只要能把自己想做的事做成做到家，哪怕吃天大的苦，也算把人活成了。出于这样的精神准备，他对官场上的那种求富贵、好虚荣的不良习气，始终保持着应有的警觉和戒备。工作之余，他继续有计划地读书，在自己的内心和文学大师们真诚地对话；有针对性地对自己所经历的农村的历史和现实人生做文学性的思考，一旦成熟就毫不犹豫地迈步开始创作的新征程。

　　这期间他创作的短篇小说和以往相比有很大的不同，我们不妨先看看以下作品。

　　《枣林曲》：中国的改革事业是从农村起步的。农村的贫穷落后，常让心高志远的年轻人总想尽快地走进城市。玉婵姑娘既有改变农村面貌的心愿，也渴望到城里当个工人，两相比较使她"二心不定"，走

了一段弯路。令人可喜的是，她最终却能醒悟到"人，得为集体办好事，大家才尊重你"①的道理，便"一心一意"地转回农村。

《早晨》：面对朝气蓬勃的生产队新任队长、自己的儿子决心要"大闹！红红火火地闹！怎样能叫社员吃饱穿暖就怎样闹！"胆小怕事又不无因循守旧思想的村支书，"倒觉得身上更冷了，一股孤独和忧伤的情绪一下子潜入心中"。一个尖锐的问题摆在他面前："我怎么办？"②

《第一刀》：为了"腰粗气壮地活人"③，就得发愤图强，从改变陈旧的管理生产的方式和方法做起，把农民的生产积极性最大限度地调动起来。这"第一刀"就是要从生产管理体制上落实责任制，痛痛快快地割掉被"官老爷""当作神圣的优越性"的赘瘤！

《反省篇》：河东公社党委书记黄建国与河西公社党委书记梁志华，两人在"拨乱反正"时期的精神状态大不一样：前者背着沉重的历史包袱，感到委屈和无奈；后者却能既相当深刻地揭示出"在好多时间里，我们是在整农民，而且一步紧过一步"④的历史真相，同时充满信心地看到农村新的希望，能自觉地对过去错误路线下其所作所为进行认真反思，并从中吸取教训，进而更乐观地进入新的历史境遇，大胆地创造性地开展工作。在梁志华"袒胸掏腹"的诉说下，黄建国惭愧极了，"那最难于割舍戳透的一层感情的帷幕，终于撕开了……"

---

① 陈忠实：《陈忠实文集·一》，广州：广州出版社，2004年，第162页。
② 陈忠实：《陈忠实文集·一》，广州：广州出版社，2004年，第174页。
③ 陈忠实：《陈忠实文集·一》，广州：广州出版社，2004年，第187页。
④ 陈忠实：《陈忠实文集·一》，广州：广州出版社，2004年，第202页。

《尤代表轶事》：这是一篇意味颇深的讽刺小说。这个尤代表是"四清"工作组精心发现、精心打造出的一个阶级斗争的畸形儿，也是阶级斗争的最大受益者。自他自觉登上尤家村的"前沿阵地"，阶级斗争的新动向总能被他敏锐地捕捉到。极端的脱离实际的违背群众心愿的所谓阶级斗争，究竟给国家和人民带来了什么，个中可见一斑。

《土地诗篇》：河西公社书记梁志华登门向曾经被自己严重伤害过的队干部赔礼道歉。胡折腾、瞎指挥所造成的干部与群众之间的思想与情感隔阂，由于干部能放下官架子诚心实意地当面认错，这隔阂即刻转化为相互理解与关爱支持。作品中队干部的妻子彩娥既不无强烈的讽刺意味，又无一丝恶意地仿效梁志华当年喊过的口号，以及其婆母亲切地宽容大度地说"理"，其理虽不端而情真，表现了一种别具特色的干群间的和谐气氛，真实感人。值得注意的是，作者着意写了彩娥对婆母态度的评价："你有心做检讨，俺妈还不敢领受呢！你看怕人不怕人！"① 这个"你看怕人不怕人"倒实在令人震惊：我们的老百姓把顺民当惯了，还真不知道什么是公民呢！

《乡村》：被谑称为"小台湾"的小王村出了新招，由贫下中农家轮流着当生产队的队长。现在轮到了为人正气、公道，没有派性的泰来当队长了。为了解救小麦的旱情，他向曾经为王村大队创建下"贞观盛世"的老队长、"四清"运动被补定为地主分子的王玉祥借了五十元钱，让全队最能办事的九娃去买水管。谁也没有想到这个九娃从中捣鬼，趁机要讹去泰来的五十元钱。这件事顿时成为小王村引人注目

---

① 陈忠实：《陈忠实文集·一》，广州：广州出版社，2004年，第233页。

的"大事件"。宣传队的葛队长本着"阶级斗争一抓就灵"的原则，置实事求是于不顾，只认阶级不辨善恶，只信本本上的抽象教条，不识事态的复杂性，简单地认定这是阶级敌人破坏贫下中农团结的阴谋活动；批斗了王祥玉，长了企图篡权的九娃的志气，把泰来气得害了急性白内障。群众的眼睛是雪亮的，大家凑够了五十元钱给泰来，并且在葛队长准备提拔九娃当队长的社员大会上，以热烈的掌声欢迎泰来继续当队长。

《南村纪事》（共三篇）：首篇《正气篇》写新上任的南村生产队队长南恒，率领新班子与前任队长南志贤以借款、借粮的名义鲸吞集体财富做斗争的故事。在即将以最强硬的手段迫使南志贤在规定的时间里交回欠款欠粮的路上，南恒的内心翻腾的是：

> 这些生活在南村的父老，在他们把牛拉进集体饲养室，又把土地交给农业合作社以后，怕是万万不会想到，经过二十多年，在南村的生产队里，竟然有不凭劳动吃饭的人！竟然有明目张胆侵吞他们心血汗水的人！这样的人不仅有，而且很歪，很恶，社员谁要提个意见，马上就不给你派活了，或者专门派你去干那种又累又脏工分又低的活路。……生活并不是时时处处都是正义力量占上风的，有时候，在许多因素的挟持下，邪恶势力占上风，甚至占据相当长的时间，南村就是这样。①

---

① 陈忠实：《陈忠实文集·一》，广州：广州出版社，2004年，第285—286页。

就是在正义力量要占上风的信念鼓舞下，南恒得到社员群众的有力支持，击垮了邪恶势力。次篇《征服》写南恒针对不同对象，以宽容大度的心胸和巧妙的言辞，非常得体地处理南村另一派势力的头目、善于辞令的中学毕业生南红卫的偷窃事件，不仅改变了其对立的态度，而且使其乐于参加重办秦川牛繁殖场的工作。第三篇《丁字路口》讲述的是南村司机南小强与同学娟娟的恋爱故事。他们原本是要认真复习一年再考大学的，因为有感于南村的新气象而决心要跟南恒大哥在南村创业："背水一战，改变自己和乡亲的命运"！这个共同的心愿成为他们爱情的基础。

《初夏时节》：《第一刀》里的冯家滩二老汉在承包责任制的激励下，不再那么逍遥了，他精心管理起鱼塘来，居然"撒完青草"，乐意蹲在鱼塘边"惬意地观赏着绿水中活跃着的生命"。① 二老汉能感受到世事的变化，连被人在心目中瞧不起的说媒的刘红眼老汉都当上了公社办的婚姻介绍所的顾问，立马要在公社上班了。可他的人生经验是"世事……艰难"，"干归干"，未必就能靠得住，所以，总不愿意自己的女儿小莉和家境贫穷的副队长牛娃的自由恋爱，一定要给娃找个靠得住的下家。可是一转身，面对村巷里男男女女社员热气腾腾的实干场面也不由得心动：总要按自己的心愿干预女儿生活，是不是心头的负担太重了？这有没有必要呢？他的精神在寻求解放……

从以上对几篇作品内容的简述中，我们可以清楚地看出陈忠实这一时期创作思路的显著变化：

---

① 陈忠实：《陈忠实文集·一》，广州：广州出版社，2004年，第328页。

上篇　文学路上的硬汉

其一，沿着《信任》提出"内伤"问题的思路，进一步提炼出农村基层领导干部反思自我生命价值的文学创作议题。《反省篇》里的梁志华，面对试图从自己"在河东七八年间的往事"中刨出一个根儿来的黄建国，发自肺腑地说："我几夜睡不着觉了。从参加工作那时想起，自己审判自己！"他掰起指头说：

一九五七年怕农民跟着右派跑，我给农民算了一年账，证明合作化后比合作化前生活优越。

一九五八年，那阵儿我在渭北家乡。为了叫我那个乡的农民明天早晨就过上共产主义生活，我带领全乡政府干部，连夜下乡，拔锅挖灶，吃大锅饭。

从一九五九年下半年到一九六二年冬天，我的那个公社饿死过人，当时谁也不敢承认那是饿死的，说是病。

一九六五年夏天，我从渭北被派到咱们县来搞四清。我所在的那个公社，二十九个大队，运动后保存下来一个支部书记，是为了体现政策啊！其他干部、队长、会计都一杆子打光了……

四清刚毕，"文化大革命"紧接上开战，刚上来的那一批干部又一齐倒台……我也靠边站了。

一九七一年，我被宣布"解放"，调来河西学大寨，大批促大干，想大的干大的，割资本主义尾巴，限制自发倾向……

……我们把农民身上的"肉"都割掉了，岂止"尾巴"！

......这是怎样的一张工作履历啊！而又何止是梁志华一个人独有的创造！①

现在，梁志华觉得给农民还债的时机来到了，由于他的大胆改革，河西公社的社、队两级都有了一些积累，还准备将二道塬改造成自流灌区。他找到了自己生命价值的真正所在！而那个在挫折面前心灰意懒的河东公社书记黄建国，在梁志华这面镜子面前，终于看到了自己的"小"来："梁志华在遭到群众批评的困境里时，面对的是人民！是被自己折腾得一贫如洗的人民！而我面对的是自己！问题就在这里。"②他真心地明白了，在哪里跌倒了就应该在哪里站起来！

对自我生命价值的反思不只是干部，还有对其生存状态渐趋自觉的劳动者。《枣林曲》里的玉婵姑娘，就是由于对自己的"二心不定"有了明确的认识，才对其生命价值做出了新的选择；《初夏时节》里的二老汉，当自己精心务养起鱼塘时，对世事的变化也有了相当实在的感觉，虽然陈旧的思想还不是那么干脆利落地被克服，却也感觉到了"别人似乎都比他轻松，少事"，他的心头已经起了怀疑：如此劳心伤神地为已经有着自己生存意向的女儿操心婚姻大事真的有必要吗？这是他经独特的反思后迈向自我精神解放的第一步。

对生命价值的反思还涉及政府行为，《尤代表轶事》和《乡村》把极左政治路线下的阶级斗争的恶果真实地揭示出来，让不同层面的

---

① 陈忠实：《陈忠实文集·一》，广州：广州出版社，2004年，第202—203页。
② 陈忠实：《陈忠实文集·一》，广州：广州出版社，2004年，第205页。

执政者直接面对历史的真相,并从中汲取有益的启示,使政府的作为(鲜活的生命力)能真正与人民的要求和愿望一致起来,成为名副其实的人民政府。

其二,展示新上任的基层干部兑现承诺、说到做到的实干精神。这是与反思自我生命价值相匹配的文学创作议题。《早晨》里有一段父子间的精彩对话:

"爸!社员说你是个好人。"儿子说,"可也对你不抱啥希望。"

不能不承认儿子说的是实话。这一点,冯老五自己早就感觉出来了。

"你到社办厂去,我把你兄弟们安顿好!我下台呀!我早就不想当这空头支书咧!"冯老五说,"我还不是为你们嘛!"

"爸!大官捞大油水,小官捞小油水,你这个农村支书,只能给儿子求得个社办厂的工人!"豹子嘲弄地说,"社员呢?谁为他们想呢?"说到这儿,豹子居然激动了,声音也高了:"咱冯家滩,二十七八的小伙子不下三十,有几个订下媳妇了?为啥?人家谁把闺女给到这里来讨饭呀?"

冯老五觉得儿子说得太扎刺了,说:"你耍吹!农村事情的复杂性,你还没尝过,就说三队,换过十二任队长了,谁上去也搞不好!你先耍张罗!"

"三队的十二任队长,我一个一个都了解过了。"儿子胸有成竹地说,"我们三个昨黑专门研究了十二任队长的得失,给自己订下了纪律!"

"你再想想!耍一时热血蒙心!等得你后悔的时候,就晚了。"冯老五说,"三队这个烂摊子,凭你仨?哼!好好掂量掂量!"

"我们掂量过了!绝不会比现在更瞎!"豹子说,"要是一年没见变化,我绝不赖在台上!"①

儿子对父亲的狭隘自私和不作为极其不满,他和自己的新班子是在充分了解实际情况的基础上,有计划有步骤有办法地要为"社员吃饱穿暖"脚踏实地地"大闹"(大干),为此,他们给自己立下规程、定下纪律,一年没见变化,绝不赖在台上!紧接着的《第一刀》就是写这位新上台的队长冯豹子是怎样大刀阔斧地推行生产管理制度的改革的,而从《初夏时节》便能看出冯家滩最牛的二老汉精神上的新变化。至于《南村纪事》的《正气篇》《征服》《丁字路口》已如前所述,由于以南恒为首的新一届队干部,敢于与欺压群众、贪占集体财富的邪恶势力进行坚决斗争并取得胜利而使南村的形势大为好转,不仅广大社员的生产积极性提高了,而且为年轻的高中毕业生的美好爱情提供了坚实的物质的和精神的基础,他们自觉自愿地要为改变农村落后面貌进而掌握自己的命运而努力。

由对曾经的错误做出深刻的反思,到行动上能兑现承诺,说到做到的这种实干精神,是"拨乱反正"真正达到目的的可靠保证。遗憾

---

① 陈忠实:《陈忠实文集·一》,广州:广州出版社,2004年,第173页。

的是，不论是历史还是现实，我们常常给人民许诺的多而实际兑现的并非令人那么满意。陈忠实如此珍视地写出基层干部的实干作风，绝不只是人们见惯了的那种一般性歌颂和表彰，它寓含着一种召唤：不要把"实事求是"口号化、空泛化甚至虚假化，应该像他笔下的最基层的干部那样，把"实事求是"生命化！否则，人民就可能会用豹子说给其父亲的话来评价我们："社员说你是个好人"，"可也对你不抱啥希望"。

其三，从上述两种文学创作议题可以看出，陈忠实这时已经进入了一种新的创作境界，即不再是倾力表现党的路线方针政策是怎样通过阶级斗争在农村得到具体落实的，也不再是突出展示先进人物是如何壮志凌云地率领群众战天斗地了，而是回到对生活的文学性思考上来，把自己创作的关注重点转移到对人性的多样性和复杂性的文学性表现上。那个被群众称为"梁胆大"的河西公社书记梁志华，虽然那么异乎寻常地毫不留情地审判了自己，却在要登门给一个被他错误地整治过的生产队长赔礼道歉并请求谅解时，心里还是不断地犯嘀咕：

> 梁志华推着自行车，心里开始发虚，咋样和那个有点逆生、甚至睁眼不认人的犟牛开口呢？你给他检讨，道歉，赔情，他要是牛眼一瞪，朝你脸上吐一口唾沫儿，然后扭身走掉，给你一个揽不起的难堪局面，怎么下台呢？怎么收场呢？怎么从胡家沟里走出来呢？这是很可能的，那个犟牛给他的整个印象是这样……
>
> 梁志华双腿沉重，索性撑起车子，停立在沟沿上，点燃

了一枝烟。①

  山村的夜是这样静。走进村口的时候，自行车链条的响声听来似乎更响了，谁家门口传来一声凶猛的狗叫，吓了他一跳。别这么神经紧张吧！别这么丧魂失魄吧！搞过瞎指挥的公社干部，全省也不是我一个哩！他给自己宽解，有我的责任，也有上级的责任！别自己把自己搞得灰溜溜地抬不起眼……②

  这是作家对梁志华处于特定境遇里的独特心情和思绪的动人描绘，它是那么样的真实可感。当梁志华走进犟牛家的土门楼时，犟牛的媳妇彩娥迎面甩来的是梁志华过去的口号："大批促大干，大干促大变，河川园田化，山坡梯田化。你现在化得咋个向吗？"梁志华窘迫极了，脸上热烘烘地说不上话来。可彩娥却不放过他："一批二斗三背砖，不怕社员不上山。你的这一套办法好啊！硬啊！咋不用了呢？哈呀……"彩娥说得正解气，婆婆走出来制止她，她却顺着自己的思路自顾自地说下去："梁书记赏给我一个牌子才好！""我脸厚，不怕游街！在山沟小村有啥好游的？要游到西安城里游！咱乡下人难得机会进城，全当逛热闹哩！经世事哩……"与彩娥外倔内善的态度截然不同，婆婆听说书记是来认错道歉的便宽容大度地说："谁都有失手！""一家人过日

---

① 陈忠实：《陈忠实文集·一》，广州：广州出版社，2004年，第225—226页。
② 陈忠实：《陈忠实文集·一》，广州：广州出版社，2004年，第230页。

子，也有碰磕！大人训娃娃，也不定都是娃没理！'老子训儿儿不羞，官家打民民不恼'！""大婶，我们是同志，平等……"梁志华连忙纠正说，老人把他和旧时的官家联在一起了。① 三个人三种心性，三种态度，三种话语风格，三种为人处世之道，形象鲜活生动且寓意深刻。这说明，陈忠实对他笔下人物的人性所具有的多样态和复杂性有了真正的文学性把握：始终从独特的"这一个"出发，尽可能地开掘和表现其本真的品性特征。

四、八十年代涌新潮，健全自我狠剥离。更上层楼开新篇，《康家小院》奠新基

20世纪80年代，是中国人民直面历史和现实、敢于独立思考的年代。用查建英在《八十年代：访谈录·写在前面》中的话说，"八十年代的中国是一个人文风气浓郁、文艺家和人文知识分子引领潮流的时期"②。用阿城的话说，"八十年代几乎是全民进行知识重构的时候，突然允许和海外的亲戚联系了，有翻译了，进来了这个理论，那个理论，这个那个知识。这也造成很多人变化非常快"③。

---

① 陈忠实：《陈忠实文集·一》，广州：广州出版社，2004年，第231、232页。
② 查建英主编：《八十年代：访谈录》，北京：生活·读书·新知三联书店，2006年，第7页。
③ 查建英主编：《八十年代：访谈录》，北京：生活·读书·新知三联书店，2006年，第24页。

陈忠实是一个目标明确且志在必成的人，对自我的生存状态非常自觉。80年代的时代特色，各种思潮的此起彼伏，众多学理的接踵而至，他不仅强烈地感觉到了，而且深受触动。他清醒地意识到，时代给他提供了机遇，只不过他有着自己独特的精神激变的路径。不像人文学者那样，面对历史和现实所暴露出的问题，自觉地从理论研究出发，在思考和解决其问题的同时，重构自我的知识结构，重建自我关于意义和价值的尺度，陈忠实由自己所从事的农村实际工作本身自然而然地提出问题，并联系自我深入思考。

1982年春天，陈忠实正在渭河边上落实中共中央的"一号文件"，"把生产队集体的大片耕地，按照地质的优劣划分等级，再按人头分给一家一户"。摆在他眼前的事实是，"集体所有制彻底解体"，"单家独户种庄稼过生活的乡村秩序"[①] 得到恢复。此情此景让他情不自禁地想起对其认识农村、农民，提高其文学创作能力有着重大影响的柳青和《创业史》来。"一个太大的惊叹号横在我的心里，我现在在渭河边的乡村里早出晚归所做的事，正好和30年前柳青在终南山下的长安乡村所做的事构成一个反动。"这个太大的惊叹号带着一个在意义和价值层面"必然要面对的生活课题"[②]，即怎样在现实生活和实践中正确认识社会主义、社会主义革命和建设。正是这个宏大而又沉重的"生活课题"，既使陈忠实切切实实感觉到了作为一个作家的"软弱和轻"，又

---

① 陈忠实：《寻找属于自己的句子》，上海：上海文艺出版社，2009年，第92页。
② 陈忠实：《寻找属于自己的句子》，上海：上海文艺出版社，2009年，第91、92页。

使其于自我实际获益①的现实面前,解放思想,改变思维方式,重新解读历史,进而从一个更高的境界意识到必须进行自我精神剥离的重要性。

与这种对历史、社会和人生的深度思考同在的是,陈忠实还有这样一种关于自己的文学创作现状的认识:自《信任》获奖后,他在文坛的影响日渐扩大,他的作品在全国诸多文学刊物上都能得到发表甚至获奖。作品的发表不再艰难,对他也是一种压力和鞭策:不能停步不前,不能总在一个层面上创作,让读者看着一张熟悉的老面孔。必须创新!而创新对主体的第一要求就是务必具有与创新相应的崭新的思想和精神风貌!陈忠实说:"剥离的实质性意义,在于更新思想,思想决定着对生活的独特理解,思想力度制约着开掘生活素材的深度,也决定着感受生活的敏感度和体验的层次。"② 对此"我有甚为充分的心理准备,还有一种更为严峻的心理预感,这是决定我后半生生命质量的一个关键过程。我已经确定把文学创作当作事业来干,我的生命质量在于文学创作;如果不能完成对原有的'本本'的剥离,我的文学创作肯定找不到出路"③。

两种并行不悖的上进内力强化着陈忠实剥刮其精神上的"腐肉"的自觉性。他明白,"剥离"既不是在一个短时间里就能完成的事,也

---

① 指土地分到户后,陈忠实家的小麦获得大丰收,从根本上解决了家里的吃饭问题。
② 陈忠实:《寻找属于自己的句子》,上海:上海文艺出版社2009年,第103页。
③ 陈忠实:《寻找属于自己的句子》,上海:上海文艺出版社2009年,第104页。

不是一次性的精神飞跃,更不是为了盗名欺世而玩的那种遭世人唾弃的花拳绣腿,它是作为精神价值创造者的作家理应具备的自我精神更新的品性,是一种终生不断的精神升华过程。

陈忠实精神剥离的基本内容是抛弃和选择。抛弃那些关于时代、历史和现实等重大理论问题上过时的、实践证明是不正确的东西。这种抛弃不是轻而易举的事,因为被抛弃的对象曾是最具权威的理论,是党的媒体在一个时期里反复宣传和灌输的核心内容,而且有些是不允许老百姓有丝毫怀疑或动摇。换句话说,是一个人"忠于不忠于"的大是大非问题。大凡经历过在意识形态领域实行无产阶级专政的时代的人,心里都明白,这种抛弃意味着自我精神赖以支撑的整体知识构成及其思维方式的更新和重构,是一次心灵世界的不无痛苦和欢乐的"拨乱反正"的大洗礼。选择经过"正本清源"实践证明是具有真理性的政治的和文学的理论与学说,不是简单的跟随和顺从,而是要成为一种全新的自觉。这就需要"以积极的挑战自我的心态"[①],在认真学习和实践的基础上,建构切合时代需要的主体精神:具有鲜明个性特色的"自由自觉"的生存。对一个作家来说,真正具有了这样的生存态度,就会有自己的头脑、自己的眼光、自己的审美意识,才能成为名副其实的文学创作主体。

后来的文学创作实践已经证明,陈忠实的精神剥离是非常成功的。从政治方面说,他从农村、农业生产和农民生存状态的深刻变化的现

---

① 陈忠实:《寻找属于自己的句子》,上海:上海文艺出版社2009年,第104页。

实中,强烈地意识到曾经被视为完全正确的社会主义革命和建设,有其严重脱离实际、急功近利、盲目冒进的失误,今天必须实事求是地认识真实的中国国情,既要抓紧抓好国民经济建设,同时更要持续不断地提高全民的思想文化和道德水平。作为一个作家,历史赋予自己的责任很重大,务必尽心尽责;从文学思想方面说,他从新时期我国文学发展的现状和对世界文学发展态势的了解中悟出,必须重新确立与世界经典作家的文学实践相一致的文学观念:文学是人创造的一种特殊的交流活动,这种交流不应仅仅局限在本阶级、本民族,而应融合在人类的精神巨流之中;从自我的精神建设方面说,他养成了纯粹指向自我的挑战心态,"实现一次又一次精神和心理的剥离",建构起了独立的艺术人格。

1982年11月初,也就是"一个太大的惊叹号横在我的心里"之后的半年多时间,陈忠实完成了中篇小说《康家小院》的创作。这部作品反映的是康家小院于解放初期发生的一次精神危机。父亲康田生三十岁上死了妻子,由于家贫,十四五年过去了,依然没有续上弦。他虽然有一手打土坯的绝活儿,却也只能勉强糊口度日,可"没有女人的家,空气似乎都是静止的"[①],小院显得特别孤清。等到儿子勤娃也学会打土坯而且技艺出众时,已经到了该给儿子订媳妇的时候了。由于父子二人为人忠厚,打出的土坯不仅质量好,而且一旦发生了摞整齐的土坯意外倒塌,父子二人会无偿地重新给主家打造,因此在乡里享有很高的信誉。吴庄的吴三就是看中了康氏父子的这一点,愿意将

---

① 陈忠实:《陈忠实文集·一》,广州:广州出版社,2004年,第401页。

自己的二女儿许配给勤娃。勤娃结婚了,小院里一经女人的精心操劳,孤清的气氛便一扫而光,"平静的和谐的生活开始了"。解放后的新农村要开展扫盲识字活动,勤娃媳妇玉贤进了扫盲班。面对年轻英俊满嘴的新知识而且敢于当众抓住自己的手改正错字的杨老师,玉贤产生了勤娃不曾给予她的新感觉,终于在杨老师的引诱和强迫下接受了他"爱"的要求。勤娃当场捉奸后,小院陷入了家丑危机,玉贤先后遭到丈夫和家父的痛打,便暗自下定决心,只要杨老师答应与自己结婚便和勤娃离婚,她要按婚姻法自由恋爱结婚。不料,那个她心爱的杨老师竟然向她表示:自己的爱人也是教员,国庆节就要结婚,他们之间只不过是玩玩而已。"玉贤再也忍受不住这样的侮辱,一口带着咬破嘴唇的血水,喷吐到那张小白脸上,转身出了门"。在一棵大柳树下,玉贤面对一口水井,想到死和死的后果,更想到阿公和勤娃对她的信任与关爱,觉得有必要对自己已经意识到的错事悔过。她来到桑树镇,碰巧遇上客栈的人给因心里痛苦酒醉而痉挛着的勤娃灌醋醒酒,"玉贤一下扑上去,抱住勤娃,哭喊出来:'我的你呀……'"①

  康家小院的家丑危机以有了婚姻自主意识的玉贤的精神复旧——"死了也该是康家的鬼"——作结,相当尖锐地提出了人自身进步的严重问题。政治上的翻身解放,旧社会苛捐杂税的废除,农民识字班的文化启蒙,客观上是在向农民提示,时代前进了,随着日月的渐渐好过起来,人的精神也得有所进步。实际上,这就是时代要求农民应有

---

① 陈忠实:《陈忠实文集·一》,广州:广州出版社,2004年,第454、456页。

一种与政治解放相应的文化的自觉。遗憾的是，长期生活在落后的小农经济基础上的农民很难具有这种自觉，他们的生存方式所寓含的传统理念和由其转换而成的习惯性力量强化着他们保守的心性。家丑事件的发生与其生存方式的代际重复有着深刻的内在联系。康家小院的悲剧根由正在这里：知勤劳致富之重要却昧于自我精神上的自觉更新。

就作家陈忠实而言，《康家小院》的创作和发表，是随着对他心头的那个"太大的惊叹号"的深入思考而自觉地将其创作意向转向文化批判的重要标志。"太大的惊叹号"惊叹的是什么呢？陈忠实绝不简单地只是对基本政策的调整而惊叹。他想得更深远。过度地强调社会存在决定社会意识，因而一味地以自上而下的积极性和自上而下的推动方式，加速改变社会存在（生产方式）来促进社会发展，而无视甚至强行改造人的自主精神，始终让人处于丧失主体精神的被解放、被改造的状态，才是人自身难以真正进步的症结所在。只见物的样态的改变，而不见或少见人的精神和价值观念的深层的自觉的改变，才是诸多社会悲剧发生的关键所在。正是基于这样的关于社会发展的深度思考，才使陈忠实更加看重人自身的自觉进步。《康家小院》的创作与对那个"太大的惊叹号"的哲理思考不仅是相通的，而且是对其一个相当完满的艺术回答。这一回答更加坚定了陈忠实关于"人的文学"的文化批判意向。《康家小院》遂就成为陈忠实文学创作更上层楼的奠基篇章。

五、规划自我生命，步步脚踏实地。优秀中篇原下著，《初夏》《蓝袍》《四妹子》

1982年11月，陈忠实成为中国作家协会西安分会的驻会专业作家。按一般的情况说，一个人的身份如果是上向变化，其时间空间乃至行为举止都会随之而有所更新。忠实却不是这样。他的确有一个空间选择和时间把握的问题，对这个问题如何处理，可以见出其追求生命价值的意志状态。空间，他决定回归祖屋，一是那里清静能接地气，不脱离创作得以发展和提高的根基；二是能排除非文学性的生存干扰，把精神关注倾力凝聚在文学创作上。时间，他自知其年龄在同辈作家中属于偏大的，有一种搞好自己文学事业的紧迫感。为此，他在内心对自己的创作有一个规划，必须一步一步地实现。他从不说大话，也不向人们预告什么，馍不蒸熟决不揭锅盖，一切都要由最后写出的作品来展现。

《初夏》是这一期间陈忠实"倾注了自己较多的心力的作品"。它写在《康家小院》之前，历经三年多时间的修改，发表在《当代》1984年第4期上，并获《当代》文学奖。用作家自己的话讲，《初夏》是他"想通过用较大的篇幅来概括我经历过的和正在经历着的农村生活"[①]。"我所要努力揭示的，是我们的生活在发生重大变化的转折时期，从冯景藩的沉重感叹声中和冯志强的幽灵里，诞生了新的冯家滩

---

① 陈忠实：《陈忠实文集·二》，广州：广州出版社，2004年，第491、492页。

的一代青年。他们继承了父辈最可宝贵的精神财富,摒弃了他们的思想重负,在新的生活天地里,展示自己的风采。"① 需要进一步追问的是,新的冯家滩的一代青年所展示的风采在意义和价值层面究竟是什么?通过对作品的分析人们可以看出,创造条件让农民逐渐名副其实地掌握自己的命运,逐渐成为农村社会真正的价值主体,正是其所展示的精神风采的实质所在,而这也是农村政治、经济和文化落后面貌得以改变的关键。

冯景藩,新任冯家滩三队队长冯马驹的父亲、大队党支部书记,是从土地改革、合作化、人民公社化一路走来的农村老干部,他把自己的大半生无私地奉献给了农村的社会主义事业。家庭责任制落实后,他突然发现自己虽然领导着一个生产大队,"在冯家滩讲了几十年大道理",其实并没有掌握自己的命运,政策一变再变,自己的荣辱也随之而变,"害人的运动"让他吃尽了苦头。是特定的体制运作将其打造成一种具有顺从品性的文化存在,使他习惯于自上而下的意义流动方式,习惯于将自己和大队的农民整合进体制所需要的范式。对此他并没有醒悟,一旦体制有所调整和更新,需要他转化为新的文化存在时,他便很难适应,精神失落,心态失衡,情绪灰败,甚至滋生出强烈的抵触行为。他和儿子马驹冲突的实质是要不要农民自己掌握自己的命运,而不是简单地让自己和马驹换一个工作岗位,谋一条比农民更好的生存之路的问题。

冯马驹,复转军人,出任三队队长后率先在本小队实行了家庭责

---

① 陈忠实:《陈忠实文集·二》,广州:广州出版社,2004年,第496页。

任制，之所以敢带这个头，是他意识到这一生产体制上的更新，有利于农民掌握自己的命运，能充分调动其生产的积极性和能动性。为了给生产队的剩余劳动力谋出路，他和自己的一班人马有计划地办起了砖厂和种牛养殖场，尽可能地让每个人都有施展其才能的机会。在为种牛挑选饲养员时，他居然出人意料地要请身体残疾却认真负责的来娃担任。事实证明，有了用武之地的来娃，果真勤勤恳恳任劳任怨事事尽心尽责。马驹在三队的所作所为，表明他已经把自己的生命意义对象化在生产队长的实际工作中了，这是对自我命运自觉把握的表现。不错，面对父亲不经商量就给他在县城谋下一个司机工作，他虽一度有所犹豫，最终却违背父命而被赶出家门，而这反而坚定了他"埋头奋斗，终生不悔"的决心。

冯彩彩，乡村医生。其父冯志强是当年决心要"用党教给我的知识"和家乡人民一起建设新生活的回乡青年，在所谓"二次土改"的"四清"运动中被迫害身亡，母亲改嫁到北岭上的一个村子，其时五岁的彩彩和奶奶只得偎依着生活在越来越混乱的冯家滩。不幸的童年铸就了彩彩冷峻严格地掌控自我的性格。她深深地爱着马驹。由于背着父亲的政治抱负，为了不影响马驹在部队提升为排长，她自觉疏远了他；她瞧不起那个薛家寺的姑娘，那姑娘听说马驹要升排长就订婚，未能如愿就反悔，继而得知马驹要进城当司机又不知羞耻地"爬后墙"。彩彩有自己的人格，自食其力乐于为乡亲看病打针。当她得知马驹决心要带领三队脱贫致富时，便全身心地支持他，他们的爱情终于有了完美的结局。彩彩是一位真正能掌握自我命运的人，她志向坚定，人生目标明确，稳稳地走着自己选择的路。

诚如陈忠实所说:"生活里既然有冯景藩,就不会没有冯马驹;生活如果只有衰竭和死亡而没有新生,社会和自然界一样早该完结了。因为有沉重的昨天,才有奋发的今天,更可以预示光明的明天。昨天和今天——历史和现实,正在我们生活的一切领域进行交接,它不是简单的交接和替代,而是对已经意识到的新的使命的热情,是对已经廓清的历史教训的责任感"[1]。马驹和彩彩就是真正体现新的使命和责任感的新生力量。

《蓝袍先生》是陈忠实这一时期创作的最有思想深度和最具艺术冲击力的中篇小说。作品通过蓝袍先生徐慎行几乎一生的精神演变,向人们提出了一个需要认真思考的重大问题:必须为社会的先进文化化而奋斗。因为没有为先进文化所化成的社会,作为文化存在的人性是不可能获得健全发展和真正优化的。

子承父业的人生之路把徐慎行打造成了一个寡情、古板的私塾先生,"守节持仪"的楷模。作为"读耕传家""读"的继承人,徐慎行自小就受到父亲的严格训练,读书练字是"双倍的严格",心理和行为的培训更是以"为人师表"为要求,务必做到处处达标:"坐要端正,威严自生";"走有个走势";"两目平视",绝对不能"左顾右盼"以免"显得轻佻";"说话要恰如其分,言之成理","出得自己口,要入得旁人耳"[2]……如稍有不到之处,便有"柳木削成的木板"伺候。一言以蔽之,徐慎行必须成为"由爷爷和父亲在杨徐村坐馆所树立起

---

[1] 陈忠实:《陈忠实文集·二》,广州:广州出版社,2004年,第495页。
[2] 陈忠实:《陈忠实文集·三》,广州:广州出版社,2004年,第71页。

来的精神和道义上的高峰"的真正传人。穿上蓝袍的徐慎行果真不负父望,"学堂里的秩序按照父亲过去的模式继承下来了",村人说他活脱脱就是二十年前其父的原样儿!连脾气也跟其父一模一样了。徐慎行一心一意为爷爷和父亲所恪守的礼仪活着。

　　生动活泼充满朝气的新群体重新打造了徐慎行,使其成为一个热爱集体、有所作为的青年。解放了,徐慎行怀揣父亲亲笔写下的"慎独"训示来到师范学校速成二班学习。这是一个全新的集体,他的穿着、举止和谈吐与这个生气勃勃的集体格格不入,屡遭同学们善意的讥刺和嘲笑。可贵的是,他能慢慢地适应这个在他看来不仅陌生甚至看不惯但不乏乐趣的学习生活:他由最初的"不会说话,也不会走路",一经穿上蓝袍改作的列宁装,便敢当街蹦跳唱歌,欢呼自己得到了解放与自由;他参加班篮球队,虽球技不高难得上场,却能热心地为上场的队员服务;他敢于在同桌田芳突遭抢婚的危急时刻挺身而出,赶上快速奔跑的马车机智地拦车夺人;事后又与同学们一起组织师生募捐,坚决把田芳从不人道的婚姻束缚中解放出来;他居然能勤学苦练登台演出《白毛女》中的黄世仁,而且由于角色扮演得成功被愤怒的观众打伤腿却不悔……总之,在团结友爱的新集体里,徐慎行青春焕发积极上进敢爱敢恨,把父亲的"慎独"训示付之一炬。父亲获知他因有了自己心爱的女同学田芳要与家里的丑媳妇离婚,亲赴学校当面以死相逼。徐慎行不得不暂作妥协,却仍然与田芳共同立下誓言:"两情若是长久时,何必在朝朝暮暮",坚持斗争,争取自己的幸福。速成二班的学习生活让徐慎行深深地意识到,"我……像一只关在笼子里的鸟儿,好不容易飞到蓝天上去了,哪怕被雷电击死在空中,也不会自己重新钻进笼子去！"①

反人道的意识形态国家机器的残暴"传唤"② 与"慎独"家教的合谋迫使徐慎行的心灵畸形化。虽是中共预备党员却毫无政治斗争经验的徐慎行，在党的"重要考验"的召唤下，于其所任教的牛王砭小学的鸣放会上，痛斥"右派分子"对新社会的污蔑，后仅就改进学校工作而提到校长有些好大喜功的缺点，便被视为"攻击党的领导"，被定为中右分子，留本单位接受监督改造。所谓监督改造，其实就是意识形态国家机器为了再生产所需要的社会关系而施行的一种软暴力。具体到徐慎行，首先是取消他的预备党员和任教资格，由教师降为工人；其次是无休止的"向党交心"和群众批判；与上述两点相应的再次，是承担校内一切繁重的体力劳动。徐慎行从此被打入另类，受尽凌辱，丧失尊严，没有人格，生不如死却又不能死。这样的监督改造快速地将徐慎行非人化，并且很自然地产生了两种社会效果：作为"反面教员"他会让其他的教师以他为"训"，不得不"自觉地"与体制有机化；就其本人而言，只能规规矩矩安于非人现状，不得有任何非分之想。在这样的境遇下发生的两件事使徐慎行再也没有信心把自己当人看了。一件是田芳不止一次地到他所在的学校对其进行当面批判，她虽出语尖锐态度决绝，他却能意识到那是她假批判自己之名在怒斥

---

① 陈忠实：《陈忠实文集·三》，广州：广州出版社，2004年，第134页。
② "意识形态'起作用'或'发挥功能'的方式是：通过我称之为传唤或呼唤的那种非常明确的作用，在个人中间'招募'主体（它招募所有的个人）或把个人'改造'成主体（它改造所有的个人）。我们可以从平时最常见的警察（或其他人）的呼唤——'嗨！叫你呢！'——来想象那种作用。"参见《哲学与政治：阿尔都塞读本》，陈越编译，长春：吉林人民出版社，2003年，第364页。

校长刘建国这个伪君子。他心里明白,这是田芳在表示"我永远在等你"的不摧意志。他不愿田芳再这样执着地等待自己,便写信言不由衷地丑化田芳,声称再不看她的来信,为的是让她早点忘记自己,早点解脱。这是徐慎行不得不狠心斩断能给自己带来幸福和积极上进力量的精神支柱的自我摧残行为。另一件事是父亲知道他不堪重辱欲自杀之时登门施教。在父亲严厉追问并要他把训诫其"慎独"的二字拿出来时,徐慎行此时此刻"想到这个嘱言","心猛然一震,更加抬不起头来"。这"猛然一震"是发自内心的一种无可奈何的叹服和不由自主的精神回归:"不管造成我的这种结局和处境的原因如何解释,而结论却正好证明了父亲的正确"①。

>我躺在床铺上,不由得思索回味我的父亲给我起下的这个名字:慎行,由此又联想到弟弟的名字慎言,以及父亲临别时嘱咐我的座右铭:慎独。言语和行为,在一个人单身独处的时候,应该慎而又慎,就是这个意思。这个意思,我只有现在才体味到它的颠扑不破的正确性。回想在师范学校的生活,我真有点不敢相信自己,我多么轻狂啊!想唱就唱,想说就说,想玩就玩个痛快,简直跟疯了一样啊!如果我当时起码在心里给父亲的嘱言保留下一个小小的角落,在'鸣放'会上有一点警策的作用,我就对自己的言论谨慎了,就不至于说出刘建国'好大喜功'的意见来,就不会有今天的

---

① 陈忠实:《陈忠实文集·三》,广州:广州出版社,2004年,第145页。

这种蹲不下又站不直的难受处境了。……

我再不能不慎言慎行了。①

徐慎行精神上再次穿上了"蓝袍",取出笔和墨盒,"写下了对自己的警告:慎独",贴在床头,深感"绝对需要这样一张护身护心的神符来佑护我,再甭出乱子"。这是徐慎行回归严父家教后的一种逆向醒悟,否定了真正觉醒了的自我,甘愿抛弃自由,甘愿被奴役,甘愿下向为人的心态的形成。现实的封建专制的意识形态的传唤和被歪曲了的儒教的"反求诸己"的"慎独",构成的上下合力把徐慎行推向"心死"之路。

徐慎行一旦进入"我的那间小库房",犹如蜗牛适应了螺壳一样,他孤独成性了。即使他后来被通知可以任课,按教师对待了,他除了"感动得热泪盈眶",就是习惯性地应诺"对对对";他的语言仓库全部关闭了,上课突然觉得不会说话了,开会时总怕说错了什么;他觉得自己只能做学校的事务工作,也只有"蜷缩在螺壳式的小库房里才舒服,到别的房子里反而觉得活不了啦!"无缘无故的叹气成了他的习惯。

徐慎行最后的人生感叹是:"尽管我退休回到家里,我的心,似乎还在那个小库房里蜷曲着,无法舒展了。田芳能够把我的蓝袍揭掉,

---

① 陈忠实:《陈忠实文集·三》,广州:广州出版社,2004年,第159—160页。

现在却无法把我蜷曲的脊背捋抚舒展"①。徐慎行的心被新、旧两种专制意识形态的合力所组构的精神枷锁牢牢箍死，他还活着，孤独地凄凉地活着。他的生命悲剧作为一种具有警示性的符号，提醒人们在文化的再生产中务必警惕新、旧两种封建专制意识形态幽灵的作祟。换句话说，批判意识形态的非现代性本质，正是陈忠实文化批判的一个重要课题。

《四妹子》是陈忠实继《蓝袍先生》之后写成的又一部中篇小说。蓝袍先生徐慎行的命运史让读者强烈地意识到，由传统社会向现代社会转型，必须要有先进文化的价值观的统领。其时，作家的着眼点在社会体制的先进文化化上，他渴望社会能够为人的文化自我的优化提供一个良好的环境。《四妹子》虽也关注社会的进步，但其重点却转移到个体的文化自我是怎样于闯世事的奋斗中不断优化的，强调的是个体改造其文化境遇的能动性，并据此来理解作为文化存在的人之文化属性：为了趋优而创新。

四妹子来自贫穷的陕北山区，为了不再"伸长脖子咽糠，撅着尻子让人掏屎！"②她搭乘汽车来到关中一个名叫杨家斜的村子，由二姑给她找一个婆家。经过疼她爱她的二姑的认真挑选和媒人刘红眼的撮合并征得她的同意，她走进了吕家堡吕克俭主掌的家，成为他的三儿子吕建峰的媳妇。

吕克俭"精明强干一世，却被一个上中农成分封住了嘴巴，不能

---

① 陈忠实：《陈忠实文集·三》，广州：广州出版社，2004年，第171页。
② 陈忠实：《陈忠实文集·三》，广州：广州出版社，2004年，第175页。

畅畅快快在吕家堡的街巷里说话和做事"。为了不被意想不到的运动将其成分升为富农或地主，他在家里对儿子、媳妇和孙子实行严格管理。他成功了，其经验是"我在吕家堡没有敌人！"他教训小字辈道：

> 看明白了吗？甭张狂！你只要一句话不忍，得罪一个人，这个人逢着运动咬咱一口，受得！人家好成分不怕，咱怕！咱这个危险成分，稍一动弹就升到……明白了吗？咱好比挑了两筐鸡蛋上集，人敢碰咱，咱不敢碰人呀！我平常总是说你们，只干活，甭说话，干部说好说坏做错做对咱全没意见，好了大家全好，坏了大家全坏，不是咱一家受苦受害，用不着咱说长道短。干部得罪不起，社员也得罪不起。咱悄悄默默过咱的日月，免遭横事。①

这是吕克俭独创的家教、家学：如何在"阶级斗争一抓就灵"的社会得以安稳生存的文化哲学，个中寓含着弱者的心性气质所组构的文化品性。

吕克俭在外规矩小心，从不张狂为人，回到家却是一个说一不二的严厉家长。他垄断一切家庭资源，家里的大事小事都得按他的意志办，不准有任何悖谬的行为出现。他外奴内霸，有自己专制的小天地。他的专制，造成了家庭诸多不平等和分配上的不公平。

从陕北来的新儿媳四妹子，面对这样的家教所营构的家庭氛围心

---

① 陈忠实：《陈忠实文集·三》，广州：广州出版社，2004年，第210页。

里感到憋屈,她不得不拉着脸,故做谨小慎微的样子度日。终于,由于自己的二姑来吕家堡走亲戚她未能按吕家的规矩办事,致使二姑遭到冷遇。她心怀不满,她要抗争了!只是此时的抗争仅仅是为了赢得做人的尊严。当她提出要走娘家(二姑)被老公公婉转而又体面地拒绝后,她便以怀有身孕装病不起,迫使公公给了五元钱让她跟丈夫去镇上看病。她抓住这个机会在镇街上海吃了一顿,也尽兴地玩了一次。一次抗争获得了一次自由,手段虽不好,心愿却得到了满足。她的独立自主个性得到了如愿展示。

"五块钱,把一个和睦贤良的十口之家搅得人仰马翻了!自信而又威严的家长吕克俭老汉,气得心口疼了,躺在炕上起不来了。"他的人生经验告诉他,面对这种情况唯一的出路就是分家。可当他向三个儿子提出"趁早分了,免得日后搅得稀汤寡水"时,却遭到三个儿子的坚决反对。分家之事就此搁下。可就在这个家刚刚恢复了那种不淡不咸的气氛后,四妹子却"闯祸"了:她"偷偷贩卖鸡蛋,投机倒把,走资本主义道路,被公社里抓获",推到吕家堡的戏楼上斗争了一家伙。吕克俭老汉吓坏了:这个陕北来的三媳妇居然敢于冒险惹祸,势必殃及这个十口之家的安全。他再不犹豫了,断然分家各自另过。

是四妹子的并不成熟却具有挑战性的独立自主生存方式把那个严父一统天下的大家庭击碎了,同时把自己从那个以社会主义名义确立的僵死的社会秩序中解放了出来。她并没有由于遭到批判斗争就放弃了贩卖鸡蛋,反而做得更老到了,塬坡和北岭上大大小小百余个村庄的经济状态和人际关系怎样,四妹子几乎比县委书记或公社的头头还要用心,还要了解得多。她更不惧怕分家:"分了好!好得很!我就盼这一天哪!"

如果说分家前四妹子由于受到二姑的启示，意识到有必要为自己的小家积攒一点私房钱以防意料不到的变化，而去偷偷贩卖鸡蛋，还只是文化自我的初步觉醒的话，那么，分家后的四妹子对自己小家庭现在和未来的设想和建设，就更具有主动性和能动性了。她的目的非常明确，就是要把自己的日月过得越来越好，让这样的好日月显示自己存在的意义和价值。此前，她虽然遭到大队长组织社员开她的批判会，大队长的老婆却偷偷向她借钱；那个在批判会上慷慨激昂发言的女团员的母亲也悄悄向她借钱。当时她是怀着一种报复的"恶毒"心理，把钱塞到对方手里，"让你们的大队长老汉和会写批判稿子的女儿想想吧！四妹子不大光彩的赚钱行为，给你们却帮上忙了！""帮上忙了"，正说明她的存在和作为是有意义的，是不能简单地予以否定的！现在，她要放开手脚按自己的心愿来过不同于他人的日月了。

有了明确的目的还需要有眼光，要看得远，不为眼前利益所干扰。"四人帮"垮台后，那些在"四清"和"文革"运动中挨批受整的，以及被补定为地主、富农的干部与社员，急头急脑地要求给自家平反，四妹子对此虽表示热烈响应却没有实际行动。她有自己的构想，"没收过的十来块鸡蛋钱，退了也没多大意思。"她已经瞅准了一笔生意：利用南张村为了给平反的人退赔经济损失要贱卖库存的一批粮食的机会，买下这批麦子，将麦子加工成面粉，再以低于市场价格买给城市里的重体力劳动者。经过三夜四天的辛苦劳作，四妹子积累下了她打造好日月的起步基金。眼光是一种智慧，智慧一旦与吃苦肯干的拼搏精神结合起来，其效益就不言而喻了。

"这一年的春节，小两口过得红火，过得热闹。四妹子给自己和建峰做了一身新衣新裤，都是当时乡村里最时兴的'涤卡'布料，而头生儿子更不用说了。"只是酒肉衣食的丰盛和阔绰并没有让四妹子满足起来，她不愿意去做建峰的电器修理铺的老板娘，这与她的心性不合，她要办一个小型家庭养鸡场。为此，她"已经把一本《养鸡知识》念得能背过了"，她心里有数：我必须按科学办法来养鸡，不能再像婶子和嫂子们只会老土办法。鸡场办起来了，四妹子一次买回来了五百只小鸡，惊动了吕家堡的男女老少。仅仅过了半个月，三百只母鸡开始产蛋。为了科学饲养、优化管理，她请老公公吕克俭和婆婆前来帮忙，同时教会他们进入鸡栅栏务必要脚踩石灰消毒，务必要按配方比例给鸡拌食。一贯说一不二、严厉治家的老公公居然听她的话了，而且心里暗暗佩服。老公公第一次给南工地食堂送鸡蛋回来自然而然地向四妹子交钱，一种新的文化润物细无声地调整着家庭里的人际关系。

当四妹子成为河口县的第一个养鸡专业户时，她并没有止步在既有的成就面前，新的商机被她发现了：买一台孵化雏鸡的机器，那利润比养鸡大多了。为了不落下个雇长工的名声，四妹子同意了老公公的兄弟三家联合经营养鸡场的意见。从不做无准备事的四妹子在决定走这一步棋之前，就已经在离家二十里远的国营养鸡场无偿地跟班劳动，从选择种蛋到小鸡出壳看了一个全过程。生产雏鸡虽然没有问题了，却面临着多家养鸡场的市场竞争，四妹子几经琢磨，决心以"保活"的承诺来争取自己的市场份额。她实实在在地做到了"负责指导饲养，负责治病，免费医疗，随叫随到"，整天忙碌在生产与销售的诚信交往中。四妹子的名声随之大震，成了远近赫赫有名的"鸡大王"，她们养鸡场的发展态势特别好，而且引起了媒体的关注。

然而，人与人不同的文化自我间的矛盾终于爆发了。大嫂、二嫂及其子女出于私心对四妹子的无端猜忌引发了妯娌间的一场恶斗，这个兄弟三家联合经营的养鸡场分裂瓦解了。胸襟大度的四妹子，不只是能吃苦肯干，更在于她有向前看的价值追求，不愿斤斤计较一些在她看来不值得犯愁的事。她答应了早有准备的大哥所提出的偏心的财产分配方案，心甘情愿地吃大亏。躺在病床上的四妹子经过一番精心谋划，要在"大队里决定果园承包半月了，没人敢应承，听说人都怕烂包"的情况下，承包果园。她告诉老公公："我盘算了三天。那果园百十亩地，苹果、梨和葡萄刚挂果，队里管不好，现在又要承包出去。甭说现有的果树，单是利用这块地养鸡养蜂养奶牛，想想会弄出多大的世事！"听罢四妹子承包果园的构想后，老公公的第一感受是："哦呀呀！这个陕北女人，真厉害！"[①]

一个夏日的傍晚，四妹子和丈夫吕建峰一同去看要承包的果园，路上她捡起一株长到路中间任车碾马踏人踩的车前草，情不自禁且又自豪地对建峰说，它就叫"四妹子"。

> 走进果园，一眼望不透的苹果树、梨树和葡萄藤蔓……
> 她张开双臂，大声喊：

---

① 陈忠实：《陈忠实文集·三》，广州：广州出版社，2004年，第280、281页。

"砸不烂的四妹子,又闯世事来了……"①

好一个"砸不烂的四妹子"啊!在艰难的人生道路上,在僵硬的社会秩序面前,在有着严格家教的家庭里,为了自主地掌握自己的命运,她的文化水平虽不高却能从人的趋优的本能出发,智慧地抗争着、拼搏着,自觉地把自我打造成一个"砸不烂的"勇敢女性,一个能尽最大努力实现其生命价值的女性。她充分地体现了人作为文化的存在所应有的健康的文化属性:为了追求生存的优化而自觉地去奋斗和创造。

六、文坛争先恐后,牢牢把握自己。对话挚友高境界,挥笔豪狠著秘史

20世纪80年代,陈忠实创作发表了《康家小院》《初夏》《梆子老太》《十八岁的哥哥》《夭折》《最后一次收获》《蓝袍先生》《四妹子》《地窖》等九部中篇小说,其中《康家小院》获《小说界》(1983年)首届优秀作品奖,《初夏》获《当代》(1984年)文学奖,《十八岁的哥哥》获《长城》(1985年)文学奖,《四妹子》(中篇小说集)获陕西作家协会首届(1988年)"双五"文学奖。②陈忠实的文学创作

---

① 陈忠实:《陈忠实文集·三》,广州:广州出版社,2004年,第282页。
② 邢小利:《陈忠实画传》,西安:陕西师范大学出版总社,2012年,第252页。

进入了"井喷"期。就在此时，沉稳冷峻而又能牢牢掌控自我的陈忠实，强烈地意识到不能满足于这样的创作现状，要对得起自己把生命对象化了的文学事业，就必须创作出让自己也让文学界称道的大作品来。有了这样的价值追求和明确目标，肩负着新的审美创造的精神跋涉便悄然开始了。

由创作短篇小说起步并得到评论界的称誉，到中篇小说获得丰收与普遍好评，再以坚韧不拔的劲头创作长篇小说，一个阶段一个阶段地踏踏实实地走来，不走捷径不侥幸，勤奋地严格地锤炼自己，这就是文学硬汉陈忠实的本色。

当时的陕西文坛可说是热气腾腾、争先恐后，特别是陕西作家协会于1985年8月下旬先后在延安和榆林召开长篇小说创作促进座谈会后，作家们创作长篇小说的热情和劲头处于一种鼓舞人心的状态，唯独陈忠实认真表示，他阅读马尔克斯的《百年孤独》后，与其相比，痛感自己已发表的所有作品"顶多只算是不大高明的连环画"[①]。他自觉地给自己树立了一个高标准，并于严峻的自我评估中，下狠心聚集冲刺文学高峰的内力。而这需要更扎实的、多方面的、只有自己心里明白是否火候恰到好处的资料与精神准备。这期间，他与评论家李星在一个座谈会上有一次可以在当代文学史上传为趣谈的对话。

李星告诉陈忠实路遥的《平凡的世界》获得了第三届茅盾文学奖。

忠实说："这是大好事。"

李星问他："你的长篇写完了吗？"

[①] 邢小利：《陈忠实画传》，西安：陕西师范大学出版总社，2012年，第96页。

忠实说:"还没有。"

李星说:"几年了,你躲在乡下都干了些啥,咋还没有完?"

忠实说:"不急。"

过了一会儿,李星让忠实俯过头来说:"今年再拿不出来,你就从这七楼跳下去。"

忠实:……

这是朋友间最坦诚的私下交谈。《白鹿原》问世后,陈忠实把他当年没有说出的话说了:"李星让我从出版社七楼跳下去,心急我了解,但我是不以为然的。自己还不满意的作品,匆忙拿出来又有什么意思?只能是又多了个印刷垃圾。"① 这就是陈忠实对自我的严格要求和掌控:文学创作是一种精神价值的创造,务必对自己对社会高度负责,来不得丝毫的草率和虚假。

最能揭示陈忠实进入新的审美创造时的精神状态的文本,是李下叔写的《捡几片岁月的叶子——我所知道的《白鹿原》写作过程》②,我们从中选出五个关键词来展开论述。

其一,枕头工程。陈忠实对李下叔说:"东济,你知道啥叫老哥一直丢心不下?就是那垫头的东西!但愿——但愿哇但愿,但愿我能给自己弄成个垫得住头的砖头或枕头哟!"这是陈忠实对即将创作的长篇

---

① 邢小利:《陈忠实画传》,西安:陕西师范大学出版总社,2012年,第92页。
② 冯希哲、赵润民编:《走近陈忠实》,西安:陕西人民出版社,2006年,第15—29页。陈忠实曾对李下叔说:"你老弟算是这个世界上知之(指《白鹿原》创作)最细介入最深的人咧,我没瞒你,也瞒不过你"。以下涉及五个关键词的引用均出自此处。

小说所作的自我定位。他把这部长篇小说视为自己文学生命和艺术人格的标志，在自己百年后能够把头垫起堂堂正正地告别人世，并向世人宣告：我没有枉到这世上当了作家、走了一遭！这是最真诚的心里话，从中人们就能看出陈忠实对这部长篇创作所投入的巨大心劲儿。

其二，社会最后的良心。李下叔在文章中说："我跟忠实交谈，有一句话被抖落得太勤快，险乎把舌头都弹烂了，把嘴皮子都磨出了茧——那句话其实很平凡：作家是社会最后的良心。"这句话确实很平凡，大凡从事文学创作或研究的人都知道，但要真正承担起作为"社会最后的良心"的使命，却并不是那么容易。它需要智慧和勇气，需要技能和策略，更需要为现代知识潜移默化了的做人品性。李下叔和陈忠实之所以把这句话抖落得太勤快，是两人心照不宣地意识到这部作品具有价值重估的历史分量，一对挚友深感有必要在精神上相互沟通和支持，有必要为忠实奋力拼搏树立一个高尚的精神标杆。

其三，境界。文章中，李下叔曾这样推想过陈忠实："我相信忠实甚至不甘于'良心'这个较为朴素平俗的层面，他后来升华为名言一句：文学依然神圣！（我在他获奖后与其交谈时又加了一句，遂成：文学依然神圣，忠实依然沉静）。"在日常生活被权力和商品逻辑殖民化了的现实面前，陈忠实把"社会最后的良心"升华为积极的具有感召力的"文学依然神圣"，这里面就有一个作家精神境界提升的问题，即敢于把作为"社会最后的良心"这一使命自觉地担当起来，敢于在权力和商品逻辑面前智慧地挺立而不动摇。真正做到了这一点，就会有作家之为作家的人格气象。"忠实依然沉静"的那个"沉静"，就是自觉化后的自信，这是一种不易企及的境界。

其四，豪狠。当李下叔听罢忠实要写一部垫得住头的枕头书时，不由得激动起来："陈老师，想得对路，就得有那朴素而结实的念头。可你想啥才能做那东西呢？那就一定得进文学史，能被世界承认，要为民族为历史甚至为整个人类行文立传才行啊！"忠实立即认同下叔的说法："对，对对的！东济，你给咱说得美，就得有个那气概才对。"下叔似乎觉得忠实还没有说到位："岂止气概，那不解气。就是豪狠！豪狠！！"忠实也随之激动起来了："东济呀东济，你老弟今黑夜教给老哥多得捶的一个词呀——豪狠，太对老哥的心思咧！"从这番彼此知根知底的最亲密的掏心窝子的对话中，我们就能把握住陈忠实以创作《白鹿原》来实现其攀登文学高峰的狠劲儿有多大多足！

其五，挖祖坟。这是陈忠实给李下叔谈到自己即将创作的长篇小说，"牵涉到民族的某种根基的挖掘和构建"时，下叔当即附议说"挖祖坟"，忠实对此"非常欣赏"。"挖祖坟"通常是不肖子孙干的遭人痛骂的事，忠实何以会对此欣赏？如果我们概略地追溯一下陈忠实于改革开放新时期创作的基本思路可能就不难理解了。从他在《信任》中严肃地提出"内伤"问题，中经《康家小院》对人自身进步的重要性的思考，《初夏》对人怎样才能真正掌握自我命运的揭示，《蓝袍先生》对扭曲人性的体制及其文化根基的批判，《四妹子》对"砸不烂的四妹子"一步步冲破精神束缚，敢于"闯世事"的精神的赞颂，便可看出他对民族的某种根基的关注、批判和更新的意向，已经成为贯穿其文学创作的一条主线。"挖祖坟"虽听起来不雅却有一种刺人的震撼力，更何况，这"挖"不是纯粹地挖掘破坏，而是挖掘与建构的统一。所以忠实接下来告诉下叔："我们这民族绝对不能没有魂呀"！这真是一语道破天机。原来忠实即将创作的长篇小说是要为我们民族铸魂!

这个民族之魂的核心内容究竟是什么？我们接着看李下叔与陈忠实的对话。

"土匪黑娃得是你长篇的主人公？"

"我老陈倒想叫他当，可历史不给他机会。黑娃那好小伙子，他是当不成主人公了，土匪咋能当一部历史正剧的 A 角呢嘛。"

"那谁是一号角儿？"

"我也没想明白。反正要是一个你没见过的，绝对中国的，我们这民族绝对不能没有魂呀，东济，你说是不是？"

"陈老师，你起名了吗？是不是姓白？白是正角，黑娃是黑，那就是反角了，你安排得贼，正反角儿用姓都能分开。"

"东济，你灵醒过头咧。其实黑白是互补的，历史还有功过相抵相济呢嘛对不对？"

我们从忠实称赞东济"灵醒"却不乏贬义地讽其"灵醒过头咧"和他所说的"绝对中国的""黑白是互补的"这些话里，就能意识到陈忠实心目中的民族之魂，不再是统治阶级强加于民族的各种统治理念，而是这个民族在其漫长的历史进程中，被不间断的代际实践证明是合理的、有利于社会的发展和人自身的进步的处世为人的准则。正是这种处世为人的准则将其与其他民族区别开来。换句话说，这个民族之魂不是抽象的、高高飘浮在远离人们日常生活的空中，它是能具体到每一个人的身体力行中，使其成为一个鲜活的独具个性的但却有着一定的民族文化共识的自我的做人守则。这个自我虽然千差万别，彼此矛盾冲突，却是"互补"的，"功过相抵相济"的。一个民族的处世为人准则，是该民族文化的核心价值所在，真要为民族铸魂而必须对民族的某种根基进行挖掘和建构，就应该在这个核心价值得以普遍践行上下足工夫，这才是真正的也是实实在在的文化建设。陈忠实的过人之处，就在于他不仅看到了这个民族的根基所在，而且能以相当完美的艺术形象绘制出巨幅的历史画卷，起到"观人文以化成天下"的作用。

　　陈忠实不无讽意地说李下叔"灵醒过头咧"，是因为下叔既有猜对他未来作品中人物设计（"白"嘉轩与"黑"娃）的一面（的确够灵醒了），又有其将人物关系简单化地分为绝对的正反对立的一面。这后一面恰恰是陈忠实从文化的视角对民族的某种根基进行挖掘和建构时要竭力摒弃的。《白鹿原》里的白嘉轩和黑娃是两个不同的文化自我，前者对自己的文化身份自觉认同而且坚定不移，后者的文化身份虽有一个曲折复杂的建构过程，最终还是在"学为好人"的基础上重新定义了自己。作为两种不同的文化自我，他们之间既有矛盾冲突尖锐激烈的一面，也有前嫌尽弃相融和谐的一面，陈忠实艺术地将这两面生动地展现出来，就是要向人们审美地辨析民族的某种根基上的优劣因素，进而请其悟出处世为人所应有的道德准则。

　　与此相类的，是对与我们民族的某种根基相联系的国共两党斗争的评价。国共两党从一度合作、共同推进国民革命，到分裂后你死我活地"围剿"厮杀。作品中能站在民族大义的政治立场和先进文化立场相结合的高度，对其做出评价的仅有朱先生一人，而他对两党之间的及其于外敌入侵时的彼此厮杀的贬义评价是"窝里咬"。特别是，这位白鹿原上"最好的先生"，有着独立自主的文化人格，他不看重党派的宣言而重视党派的实际作为，他记着党派在争夺政权时对人民的承诺，却不轻易对此做出评价，他还要看其得天下后的更本真的作为。陈忠实这样创造令人起敬的朱先生的艺术形象，虽与以往的"党的文学"所创造的历史主导倾向不同，却是对朱先生内在的为人品性最有深度的开掘，也是对历史本真面貌最真实的呈现。这是他的文化批判意识为其赋予的精神优势，也是其对民族的某种根基进行挖掘和建构的必要。

还有白鹿原上最有抗争精神的田小娥。她是陈忠实在翻阅蓝田县志时，阅读了大量的贞女烈妇事迹后，于异乎寻常的激动中虚构出来的一个人物。她的悲剧性命运的必然性最深刻地揭示了我们民族根基上的某种痼疾，正是这痼疾严重戕害着人们的文化心理，扭曲着人们的处世为人之道。

再就是白鹿原上"最好的长工"鹿三，他和其主家白嘉轩是"仁义白鹿村"的典型代表，主仆间那种世间少有的亲密友善的交往，总是向外辐射着动人的仁义光芒。他二人不仅为自己活着，更为仁义活着。在他们的心目中，古今之变，天人之际，仁义地做人才是人的真气象。然而，田小娥的鬼魂却毫不留情地让鹿三当众出丑，并向世人宣告了她精神的存在。作家这样褒贬浑然一体的文化性描写，凸显的是处世为人上的搏斗，激发的是建构具有现代性的文化的强烈愿望和对仁义杀人一面的严厉谴责。这是一种令人难以忘怀的深度的文化批判。

可以看出，决心通过"挖祖坟"——既挖其优以肯定，亦掘其劣以否定，于优劣的鲜明对比中彰显并刷新民族优秀传统的处世为人之道——来为民族铸魂的陈忠实，是怀着崇高的敬畏之意和发自肺腑的深沉之爱，理智地审美地为人们剖析民族文化的精华与糟粕的。这其中给人留下极深印象的是，处世为人重要的不是自我宣示，自我标榜，而是真诚的知行相符。白鹿村的白嘉轩和鹿子霖对《乡约》中所讲的"德业相劝"和"过失相规"心里都是一清二楚的，口头上也是拥护赞成的，两者的区别就在于，一个是真知真行而且相当自觉，另一个则是虚于应付表里不一甚至败絮其中；真而自觉者虽也有其失德成过之处，却能让人见出其大节上的可贵可信；不学有术、言行不一以其细美藏其大恶者，虽亦有机会在众人面前耀武扬威，却终究难免成为遭人耻笑和唾弃的对象。这就是历史告诉人们处世为人的真谛，也是一个社会的价值系统扎根于人心的关键，更是民族灵魂得以健康的根本保证。

现在，我们回过头来看看陈忠实坚定走来的文学之路，及其在这条路上自觉地将自身打造成一个什么样的人。

贫困的家境和理智的品性使陈忠实早熟。从"汽笛一声惊醒"中，他便明确意识到"命运自主掌握"的重要性，对自我生存状态保持自觉的文学人生之路，就是由此奠基的。但这是一条并不平坦的路。"高考落榜增志气"，他于无奈中进入了自我设计的"自修大学"，毕业的标志就是发表自己满意的处女作。短篇小说《高家兄弟》和《接班以后》的发表，使他从业余作者的队伍中脱颖而出，成为创作潜力雄厚、理应重点培养和扶持的、来自工农兵的文学新人。他就是以这样的身份被邀请（组织）到北京写与"党内走资本主义道路的当权派"做斗争的作品的。《无畏》在《人民文学》上的发表和随着"四人帮"垮台而来的政治审查，为陈忠实提供了平生最沉痛也是最深刻的反思机遇。这次反思的最大收获，是在意识形态领域活动中必须具有掌控自我的内力，必须清醒地守住自我的本真。《信任》的发表与获奖是忠实对人生、对现实自主观察、独立思考，真正做到守住自我本真的突出表现。这是陈忠实踏稳作家步子的重要印痕。此后的一个时期，是忠实通过认真阅读经典文学作品，联系自我创作实际，逐渐调整心态并日趋文学化的过程，作家应有的文学品性就是在这一时期逐渐得以内化的。随着对作家这一独特的文化自我的身份的真诚认同，忠实深刻的心灵裂变发生了。曾经被视为真理的"本本"成为束缚其思想与精神的桎梏，发自内心的精神"剥离"活动随之就成为一种建构新的文化自我的迫切需要和动力。步入20世纪80年代的陈忠实，已经成为一位创作实绩丰硕的著名作家，对人的命运的关注和对历史和现实人生的文化批判已经成为贯穿其作品的主线。80年代后期，陈忠实本着作家的良知、以豪狠的心劲儿开始创作长篇小说《白鹿原》。这部醒世传世的大作品，以罕见的多种艺术形态长久地享誉中国当代文坛、艺坛和影坛。面对自己的文学生涯，陈忠实沉稳平静地说："回首往事我惟一值得告慰的就是：在我人生精力最好、思想最敏捷、最活跃的阶段，完成了一部思考我们民族近代以来历史和命运的作品。"① 统而观

---

① 陈忠实：《原下的日子》，西安：太白文艺出版社，2004年，第323页。

之，这真是"稚少痴梦艺苑里，老大醉耕不计年。遭遇灾变谁无哭，醒来沉静我有缘"。"体验未深不谋篇"，"欣慰拙著有人传"①。

1992年夏，长篇巨著《白鹿原》杀青，陈忠实填了《小重山·创作感怀》和《青玉案·滋水》两阕词。

小重山·创作感怀

春来寒去复重重。掼下秃笔时，桃正红。独自掩卷默无声。却想哭，鼻涩泪不涌。

单是图名利？怎堪这四载，煎熬情。注目南原觅白鹿。绿无涯，似闻呦呦鸣。

青玉案·滋水

涌出石门归无路，反向西，倒着流。杨柳列岸风香透。鹿原峙左，骊山踞右，夹得一线瘦。

倒着走便倒着走，独开水道也风流。自古青山遮不住。过了灞桥，昂然掉头，东去一拂袖。②

1995年元月，陈忠实与宁夏张其玮先生唱和，其诗云：

文坛百态毋需忧，

---

① 陈忠实：《陈忠实文集·七》，广州：广州出版社，2004年，第479页。
② 陈忠实：《陈忠实文集·七》，广州：广州出版社，2004年，第477页。

> 我行我素静如初。
> 凄风苦雨蚀斯民,
> 旧礼新潮划亲仇。
> 拭目扪心史为鉴,
> 破禁放足不作囚。
> 国事家事生死事,
> 同舟共济到尽头。①

我们从陈忠实的文学之路所呈现的艺术人格和他值得告慰的言说,以及这三首诗词所抒发的情怀中,不难感受到一位文学硬汉的品性。"破禁放足不作囚",知其被"囚"而敢于"破禁放足不作囚"者,硬汉也!勇士也!智者也!"文坛百态毋需忧,我行我素静如初。"生命价值取向明确坚定,严格掌控自我,决不虚度时光,决不耽误走向既定人生目标的行程。硬汉之志也!"凄风苦雨蚀斯民,旧礼新潮划亲仇。""注目南原觅白鹿","独开水道也风流"。自我与时代紧密融为一体,深切关注民族的命运,是硬汉作为"社会最后的良心"之体现者的情怀、气度与作为也!"自古青山遮不住。过了灞桥,昂然掉头,东去一拂袖。"赤子之心,襟怀坦荡,自觉进行价值重估,进而通过自我对历史与现实人生的生活体验和生命体验的文学性叙述,呈现出世相的本真面貌。硬汉以史为鉴放眼看,信心倍增也!

---

① 陈忠实:《陈忠实文集·七》,广州:广州出版社,2004年,第478—479页。

实事求是地说，中国当代文坛上的硬汉绝不止陈忠实一人，然而能创作出"笔意纵横八百里，墨痕点染五十年"①的《白鹿原》这样的大作品者，陈忠实却是其中的佼佼者。

---

① 路友为赠忠实诗，参见陈忠实：《陈忠实文集·七》，广州：广州出版社，2004年，第479页。

中篇　内涵丰赡的文学世界的创造者

中篇　内涵丰赡的文学世界的创造者

　　陈忠实是中国当代文坛上的一位名副其实的精英，之所以这样定义他，是从他的文学创作实绩来看的。他是一位小说家，其短篇、中篇和长篇小说创作均取得了优异的成就；他的散文如其本人，思锐文昌，质朴真诚，独具特色。他以自己所创造的内涵丰赡的文学世界为中国当代文学的繁荣和发展做出了重大贡献。这个文学世界真实地呈现出中国20世纪以来的社会和人的精神风貌的演变，是中国当代文化的重要组成部分。

一、短篇小说

（一）"文革"时期

《接班以后》

本作品创作于1973年11月。

叙事主题：必须在阶级斗争的风口浪尖培养优秀的革命接班人。

故事结构：刘家桥村新上任的党支部书记刘东海，被大家推举为农田基本建设的总指挥，"踢腿骡子"四队队长刘天印故意派些弱劳半劳出工，把硬劳派去捞石头赚外快。接班人刘东海面临着一场尖锐的阶级斗争。故事结构就这样组成：由土改时期走出来的老支书掌舵；年轻的接班人刘东海接受考验，在第一线解决问题（深入四队，边劳动边调查研究）；贫协（贫下中农协会）组长配合协助其工作；刘东海当众揭穿地主分子刘敬斋的阴谋；斗争取得胜利，犯错误的干部自觉认识错误并检讨。

叙事逻辑：培养好接班人是党根据革命事业的需要而提出的新课题，对此阶级敌人必然通过其所能掌控的"坏人"按其旨意从中破坏；敌情一定能为党的领导敏锐地发现、及时地开展有效的斗争并取得胜利；在斗争中让敌人的阴谋败露，让犯错误的同志警醒，让群众受到教育，让集体更加团结。

叙事语言：语言的文学性要为凸显时代精神和各类人物的阶级本质及其思想和精神状态服务，英雄人物语言的革命色彩务必鲜明强烈，并要具有一定的理论高度。试看两例。

其一，抓革命促生产的大好形势。

> 不管四队的情况多复杂，刘家桥大队的革命和生产的形势总的是好的。在大队党支部的领导下，批林整风运动步步深入，分布在街心显眼地方的大批判专栏，不断地更换着新的内容；漫长的冬天的夜晚，不断地有这个或那个生产队召开批判林彪的会议。河滩里，高高的井架上，电灯在夜幕里

闪着耀眼的光辉,把紧张繁忙的打井工地照耀得如同白昼。劳动的号子,热烈的问答,紧张的呼号,不时传到村里来。白天,这个场面就更加壮观。十里长的大渠工地上,人们沿渠一字儿摆开,推车挑担,拉夯运石,红旗在凛冽的寒风中啪啪作响,广播在播送着工程的进度和先进事迹。紧张欢乐的号子声,从早到夜,一直不停。刘家桥啊,在社会主义革命的大道上,高歌猛进!①

其二,表现英雄人物本质的语言。刘东海和刘天印个别谈话没有谈拢,刘天印愤愤然地说了一句:"反正,只要我不把集体的钱往自己兜里搂,谁把我也不能咋样!"便走了:

> 东海明显地感觉到,当一个人陷入一种错误,走上了邪道的时候,往往却把领导和同志的忠告当作敌意。"你怎么办?撒开手叫他钻死胡同,等着他摔跤以后再来扶,甚至处分他吗?"年轻的支部书记立即对自己在心里说,"不能,千万不能,那是对革命,对同志的严重失职!一定要用毛主席的革命路线照亮他的心,使他真正认识到自己的错误……"
> …………

---

① 邢小利主编:《陈忠实集外集》,2011年,第33页。内部发行。下文有关《接班以后》《高家兄弟》《公社书记》《无畏》四篇作品的引文均引自该书,后文不再注明。

在东海苦苦地思索的时候,突然,一句闪光的话语在他脑子里一亮:共产主义革命就是"要同传统的观念实行最彻底的决裂"。他拍了一下自己的脑袋,"对咧对咧!从根本上说来,天印问题的根子还扎在那个私有观念上喀!在社会主义社会这个历史阶段,还存在着阶级斗争和两条道路的斗争嘛!这没啥奇怪的嘛!"

叙事效应:在阶级斗争中,胜利者和失败者都是既定的、必然的;胜利者所追求的价值目标具有深远的革命意义;失败者的失败确证了历史的进步。

《高家兄弟》

本作品创作于1974年6月。

叙事主题:必须坚决批判修正主义教育路线及其流毒。

故事结构:和睦友爱的高家兄弟围绕着推荐谁去上大学产生了矛盾冲突。哥哥作为党支部领导成员,继承父辈光荣的革命传统,先公后私,力主推荐认真经管医疗站、热心为社员服务的乡村医生秀珍去,而不同意有着"不健康思想"一心想成名当专家的弟弟去,由此引发了一场严肃的、涉及家内家外相关人之间思想感情上的斗争。斗争的实质是坚持毛主席的革命教育路线,还是听任修正主义教育路线回潮反扑。

叙事逻辑:高家是有着革命传统的家庭,兄弟间的冲突是由于修正主义教育路线的执行者继续图谋不轨和其受害者的执迷不悟,只有通过发扬革命传统精神和坚持联系实际的路线教育才能化解兄弟间的矛盾。

叙事语言：人物间的对话和社会氛围的营构，以认识继承革命传统精神和坚持路线斗争的重要性为宗旨。

其一，社会氛围的营构。

一九七三年的伏天，无产阶级"文化大革命"以后第二次招收大学生的工作开始了。消息一传进高村，人人奔走相告，街谈巷议；尤其是符合选拔条件的男女知识青年，招生更成为他们一时谈论的中心话题。高村党支部作出决定，把推选大学生的工作当作贯彻毛主席教育路线的大事，认真落实。党支部书记赵聚海在社员大会上作了动员，让社员们充分酝酿讨论，按党的要求进行推选……

其二，人物间的对话。大队赤脚医生刘秀珍听说党支部推荐她上大学，从河湾村回来的路上碰见正一筛一筛过着麦草的兆丰哥，随之放下药箱蹲在兆丰跟前，也在筛子里捡起来：

"兆丰哥，听说支部推荐我上大学？"
"有这事儿！"兆丰说……
…………
……秀珍说，"还有一点，听人家说，今年招大学生，主要靠分数录取，我是个农中学生，咋能考上？还不是白白占了咱们一个名额，叫俺兆文哥去，保准考上，也给咱村贫下中农争光。"

"噢！"兆丰很认真地听着，忽然停下手，盯着秀珍说："秀珍，靠分数上大学的事，'文化大革命'中早批倒批臭了，谁要是再给咱抬出这把铁锁来，咱就坚决把它砸烂！"

"真的，兆丰哥，我早晨到河湾村出诊，听张小翠给我说，公社文教干事祝久鲁说，今年要把好考试关哩！"

"不管谁说的，咱只信毛主席说的！心里拿定主意！"兆丰说，"秀珍，把头扬起来，进考场！万一真的出什么难的怪的题目，咱就不答它！干干脆脆写上：我是贫下中农的赤脚医生，会看病，不会答你们的题，我是为了更好地为社员服务，才来上大学；你们办社会主义的大学，我要上；你们再办修正主义的旧大学，拿八抬大轿抬我也不来！就是这话。"

秀珍不言语了，睁大两只黑乌乌的圆眼睛，瞅着这个穿着粗布衣裤的共产党员，心里像开了锅。兆丰短短几句话，把她整整矛盾了一早晨的思想整顺路了，也把她心里的火点燃起来了。

"秀娃，你要明白，让你去上大学，不光是我的主意，是党，是贫下中农！也不是叫你去享福，是叫你给咱贫下中农争气！"

"我，记着你的话，兆丰哥！"秀珍一字一板儿，轻轻地说，两眼深情地瞅着兆丰棱角分明的脸膛，一团亮晶晶的泪花，在她那又黑又亮的大眼睛里，旋转着……

叙事效应：深刻认识修正主义教育路线的危害，努力提高坚决执行毛主席革命教育路线的自觉性。

《公社书记》

本作品创作于 1975 年 4 月。

叙事主题：在建设社会主义社会的历史阶段，必须坚持无产阶级专政下的继续革命。

故事结构：公社党委的正、副书记不仅在农业学大寨、狠抓农田基本建设的轰轰烈烈的运动中持有截然对立的态度，而且在批判农村的资本主义倾向上，立场也决然不同。通过对这种冲突的展示和矛盾的解决，凸显继续革命的必要性和重要性。

叙事逻辑：正反对比，以"反"衬"正"，以"正"批"反"，"正"促"反"变，共同前进。新上任的书记深入生产大队，与群众同吃同住同劳动，调查研究，发现问题，解决问题。副书记曾经以权谋私，安排儿子工作；又通过与以搞集体副业为名，实为个人谋私利的生产大队副业主任勾结，给自己盖房买砖瓦木料；如今又心甘情愿地为其充当保护伞，从中牟利；对本职工作则假"不出风头"之名，看家坐机关。牟私利的事情被揭露后，他在书记、贫协主任、烈士儿子（大队支书）等人的帮助下，认识错误自觉检查。

叙事语言：凸显政治理论话语在人物的交往和对话中的作用和意义。

请看徐生勤（公社党委书记）与张振亭（公社党委副书记）在张寨大队饲养室的一次对话：

徐生勤看着对方烦恼的神色，口气委婉、诚恳地继续开导着老战友说："先不要责怪张宗禄（张寨大队副业主任）吧！我觉得，有一个根本问题值得我们深思：在党和人民给了我们权力，当了党的干部以后，是当人民的勤务员，全心全意为人民服务，还是当官做老爷，图自己享受，这是两种世界观的分水岭！咱们可不能挂着共产党员的头衔，当资产阶级的官吏！斗争的实践说明，那些虽然出身于贫下中农，实际已经脱离了贫下中农，挂着共产党员的牌子的资产阶级的官吏，甚至比张守仁（地主分子，两位书记曾给其当过长工）更危险！"

"我不同意你的观点，那有你这个说法！"张振亭说，"你太过激了！"

"同志，这不是我的观点，是马克思和毛主席的话！"徐生勤耐心地说："马克思在总结巴黎公社的历史经验时指出，必须用无产阶级的'社会公仆'，去代替资产阶级的官吏！'社会公仆'是什么？叫我想，就是毛主席教导我们要做人民的勤务员，要全心全意为人民服务！党的九届二中全会以来，全党读马列，这是一个基本观点，难道你也不清楚吗？"

张振亭不言语了，脸红了。他在此之前，确实没有看见马克思的这一段精辟的论述喀！

再看对公社党委会议的描述：

党委会如期举行。在张寨大队当年地主张守仁吊打穷人的"老爷庙",现已改作大队阶级教育展览室的大房里,坐着红旗公社党委的全体成员和大队党支部书记,这是红旗社的精华。从党委书记徐生勤,到每一个与会者,男的女的老的少的,手里都捧着一本白皮红字的书——《共产党宣言》,在认真地读。

他们早晨在张寨大队的南沟水库劳动,中午和下午读书、讨论。

当着党委会进入第二阶段,整风开始以后,上级党委传达了毛主席理论问题的重要指示。坐在县城里大剧院的前排木椅上,徐生勤全神贯注,一个字也不漏过,结满茧甲的大手,捏着自来水笔,在日记本上记下了动人心魄的话:

"列宁为什么说对资产阶级专政,这个问题要搞清楚。这个问题不搞清楚,就会变修正主义。要使全国知道。"

"列宁说,'小生产是经常地、每日每时地、自发地和大批地产生着资本主义和资产阶级的'。工人阶级一部分,党员一部分,也有这种情况。无产阶级中,机关工作人员中,都有发生资产阶级生活作风的。"

当革命发展到某一个重要的历史阶段,无产阶级的革命队伍要继续前进的时候,领袖的深刻教导、指示,会使浩浩荡荡的革命大军的目标一致,方向明确。那个力量,那个威力啊,世间没有任何物质的东西可以与之比拟!

叙事效应：继续革命是必要的，否则，就会变修正主义！

《无畏》

本作品创作于 1976 年 4 月。

叙事主题：回击右倾翻案风，把无产阶级"文化大革命"进行到底。

故事结构：县委书记坚持贯彻以"整顿为纲"的精神，与县革命（造反）派的主要领导者、跃进公社党委书记发生了尖锐的对抗。随着"重要讲话"的传达和贯彻，坚持党的基本路线的公社书记无所畏惧地与县委书记进行了面对面的斗争后，被县委派往五七干校学习。在五七干校的公社书记终于从广播里听到了以毛主席为核心的党中央的声音：回击右倾翻案风。

叙事逻辑：县委书记错误地估计形势，自以为手握"整顿为纲"的权威指令，便可以放手大胆地肃清他心目中的极左流毒；公社书记虽身处逆境且首当其冲，却立场坚定，自信"文化大革命"是谁也否定不了的伟大创举。县委书记得意于一时，等待他的是声势更加浩大的反击风暴。

叙事语言：紧紧围绕着两条路线决战的需要，展示反潮流英雄大无畏的革命精神。

请看两位书记的对决：

> 刘民中（县委书记）弹弹烟灰，正式告诉他："县委决定你去五七干校学习。"

杜乐（公社书记）听了一愣，这一点他确实没有料想到，说："这可不是处分呀！"

"这是给你的最后一个机会，认识改正错误的机会。"刘民中口气很硬，"你有什么意见？"

"我现在就可以说，我不会改变看法的！"杜乐说，"当然我愿意去五七干校学习，把斗争的武器磨得更锐利！"

"不要太自负！"刘民中气得毫无办法，站起身，走到办公桌前，坐在办公椅上，想尽快打发开这个扎手的"刺儿头"，说"要是你同意，谈话就到这儿。"

"就这么打发我走吗？"杜乐讽刺似的笑着，微微偏着头瞧着窗外。

…………

杜乐瞧着，瞧着，不由地轻轻走到窗前，出神地看着，然后转过身，问刘民中："我们栽下这一排白杨的时候，你当时怎么说的呢？"

刘民中斜着眼，瞅了一眼窗外，扬起头，脸上掠过一阵难堪的表情，随之烦恼地说："我年岁大了，通统忘了！"

杜乐站在当面，鼻腔里不由地"哼"了一声，火气冒了出来："你，当着丰川县五十万人民，一把鼻涕，一把眼泪作过的检讨和保证，也忘了吗？'通统忘了！'可就没忘走老路！"

"你来教训我？怕是太嫩了吧！"刘民中象被人揭着了疮疤，也忽地立起来，脸红脖子粗，"你也别忘了，现在不是

'文化大革命'那时候了!"

"不要以为你混过了'文化大革命'这一关,就可以穿新鞋,走老路了!"杜乐说,"革命和斗争,永远不会完的!"

刘民中冷笑着说:"那好嘛,你再等第二次'文化大革命'吧!"

"根本不用等!"杜乐说,"我们已经和你斗上了!"

刘民中气得张口结舌,说不出话来。

"我相信,党的基本路线没有过时。"杜乐说,"无产阶级'文化大革命',作为国际共产主义运动史上一次伟大的革命,尽管人们可以挑剔这样那样的缺点和不足,但是,她仍然将以其灿烂的光辉载入史册,照耀后来!你一腔的牢骚,满腹的仇怨,也无济于事,你否定不了她,谁也否定不了她!"

"你……"刘民中如坐针毡,汗流满面。

叙事效应:发扬无产阶级的彻底革命精神,坚决回击走资本主义道路的当权派刮起的右倾翻案风。

作品特点及其文学世界

《接班以后》《高家兄弟》《公社书记》和《无畏》这四个短篇小说,是陈忠实作为业余作者在"文化大革命"后期创作的作品,也是他步入文学之路的初始阶段的创作实绩。作为一个单元来看,四篇小说有以下五个共同的特征。

其一,叙事主题。四篇小说的主题都是紧紧围绕着党在特定时期的中心任务构想的，是紧密配合党的宣传需要的。这时的陈忠实，是党的农村基层组织的一名负有一定领导责任的干部，他的社会角色要求他必须在思想和行动上与党中央的路线、方针和政策的精神保持一致。他工作认真负责，听党的话，按毛主席的指示办事，他是真诚的，这是以其对党的领导及其指导思想的充分信任和自觉的理解为基础的。因此，在当时的历史条件下，他的叙事主题只能来自党的理论和政策，绝不可能与其相冲突。换句话说，要让他在那样的历史境遇里，对文学的相对独立性和作家独立的艺术人格有一个明确而又自觉的认识，并能在创作实践中有所体现，是不切实际的。而正是由于这一点，他的这四个短篇小说给我们提供了关于"党的文学"的典型个案："党的文学"必须站在"党性和党的政策的立场"上，坚持"政治标准第一，艺术标准第二"的原则，旗帜鲜明地为党在一定历史时期的中心任务服务。也就是说，"党的文学"必须凸显党的权力和意志，把文学的力量转化为党的力量，为党所掌控的文化支配力增力。

其二，叙事结构。陈忠实的作品是以人物为结构中心的，但人物均被他根据阶级斗争的理论予以本质主义化了：在阶级社会，人是具有阶级性的，不同阶级的人有着不同的阶级本质，人的一切思想、感情及其言行均为其本质所决定；被本质化了的人物，尽管其内在心理和外在行为有着多种多样的不同形态，却都可以还原为其阶级属性的具体展现。换句话说，每个人物都有一个清晰的阶级内涵，他的一切作为都与其阶级本质相对应。这样的一种断然否认人是被铭刻在一个社会关系的多元性中的叙事结构原则，很容易把人物简单化，将故事情节公式化，最终遮蔽了现实人生的复杂性，使作品的艺术真实性不是以生活的本真面貌为基础，而是以与意识形态的内容相吻合为其价值目标。这说明，"党的文学"是党的意识形态的有机组成部分，是要为读者提供党所认可的精神价值，进而把读者培养成党认为应该是的人。

其三，叙事逻辑。矛盾冲突的出现和解决是党的基本理论已经指出和规定了的，是已被党正确把握了的历史必然性的展示；面对阶级敌人的阴谋破坏或所谓的修正主义路线的回潮反扑，以及革命队伍内部消极落后因素的干扰阻挠，党所领导的革命事业总能在斗争中不断取得胜利和发展；英雄或先进人物所代表的革命精神、时代风貌以及个人的德性人品都是可歌可颂、堪为人民楷模的。这是"党的文学"必须以社会主义的思想教育人民的体现，是作为党的意识形态重要组成部分的文学务必坚持正确社会导向的职责所在。

其四，叙事语言①。叙事者必须具有两个阶级、两条道路和两条路线斗争的高度自觉性，不论是写人还是叙事，叙事者的着眼点在于开掘人和事中的阶级斗争和路线斗争的本质和意义；叙事语言首先要凸显党的政治性要求而不是文学性特征，针对不同人物的阶级属性，叙事语言必须具有区别分明的正反、明暗色彩②；展现人物的语言重要的不是为表现其独特的个性，而是为表现其态度分明的政治立场；表现英雄或先进人物精神高度的语言，要具有与其所处时代相应的政治理论色彩。这是"党的文学"构建其叙事语言必须恪守的基本原则。

---

① 为了说明"党的文学"叙事语言的特色，我对作品的引用较多，就是要给读者留下一个较为深刻的感性印象。

② 这一点在短篇小说《无畏》中表现得尤为突出。

其五，叙事效应。由于叙事者主观所追求的叙事效应，与当时权力所营构的社会需求和被权力强加于文艺生产机制的审美原则相一致，其叙事效应在当时还是相当显著的。陈忠实作为业余作者也因此而蜚声文坛。

文学世界①是作家在掌握了丰富的生活真实的基础上以审美的方式精心虚构的世界。这个世界理应既有生活的本质真实，亦有作家价值追求的本真愿望。这个世界是具有审美品质的精神价值的世界。作为"党的文学"的这四篇小说所营构的精神价值世界是：现实和历史的基本内容是阶级斗争；人的思想情感和行为无一不是其阶级本性的展示；党是领导我们事业的核心力量，只有在党的正确领导下，我们的事业才能取得胜利和发展；英雄人物和先进人物是时代的和社会的价值主体，代表着前进的方向；人应该自觉地将党的要求内化为自我的生命价值追求，努力把自己打造成为党所需要的革命战士。真正做到这一点，人的精神世界就是高尚的，就是美的，社会也会因此而成为一个完美的统一体②。

---

① 文学世界就作家的创作而言有两种存在形态，一种是待完成的文学世界，即世界以图画的形式与作家善于图解的内心进行交流；另一种则是完成的文学界，即作家文本中所展示的历史的或现实的人生。

② 据中国美术家协会副主席、中国美术学院院长许江回忆，习近平总书记在文艺座谈会上谈到党对文艺工作的领导时说，加强党的领导，"最主要的两点：第一，依靠广大的文艺工作者；第二，按照文艺的规律办事"（见《南方周末》2014年10月30日《文化》版）。实事求是地说，这是以往党的领导人未曾如此明确说过的。习总书记这样讲，令全国人民欣慰。在我看来，这两点正是习总书记强调的"以人民为中心导向"的文学艺术得以发展和繁荣的根本保证，其精神同时是我国人文社会科学乃至国家软实力得以健全发展的指导原则。愿习总书记所讲的这两点能尽快通过具体的制度运作得到认真贯彻。

陈忠实从酷爱文学之日起到创作出这四个短篇小说，不论是他个人的生活和工作，还是其文学创作，都是在"以阶级斗争为纲"的、对意识形态的专政愈来愈严酷的极左时代里所从事的。当时，社会的主导价值取向为意识形态的国家机器所掌控，个人的生命价值要为社会认可，就必须按照主导价值的规范去实践，而且要实践得好，能出优秀的成果。在这样的历史境遇里，一贯积极上进的陈忠实按照"党的文学"原则从事创作就是极其自然的事。但这并不是说，他对极左的东西就没有自己的警觉和心理上的某种防御。一个接一个的不同名目的政治运动，尤其是农村社会主义教育（"四清"）运动和"文化大革命"对农业生产和农村基层政权的破坏，他是心中有数的。心理上的警觉和防御意识，使他常冷静思考并在心中保留一些不合时宜的思想和不为主导价值所认可的艺术感觉。正是这些潜在的思想和艺术感觉为他从"党的文学"走向"人的文学"奠定了一定的生活与艺术的基础。

（二）新时期

《信任》

本作品创作于1979年5月，获1979年全国优秀短篇小说奖。

这个短篇小说真正令人震撼的，是作品通过一场有预谋的打人事件，向世人揭示，由于我们长期坚持开展极左的阶级斗争而给社会、国家乃至执政党所造成的严重危机：内伤不轻。"人的心不是操在正事上，劲儿不是鼓在生产上，都花到钩心斗角、你防备我、我怀疑你上头去了嘛!"①

"内伤"是一种能给生命带来严重危害的、具有一定综合性损伤的病症,作家能在作品中通过罗村党支部书记之口说出这个词,绝不是其创作《信任》时突然涌现出来的一个概念。它是人物的反思成果,也是作家在自己十余年来的农村生活和工作中所积累的另一层面的人生感悟,是提炼概括的结果。作家与其笔下的人物在精神上的互动融合,强化了"内伤不轻"的审美批判力和冲击力。

意识到"内伤不轻",使陈忠实的文化批判意识进入了自觉状态。作品紧扣"信任"这一主题,创造出一位胸襟开阔、识大体、顾大局、严律己、开民智的农村党支部书记罗坤的形象,给社会以振聋发聩的审美启示。这位在"四清运动补划为地主成分、今年年初平反后刚刚重新上任的党支部书记",整整五天里坐在被自己三儿子罗虎打成重伤的"贫协主任罗梦田的儿子大顺"的病床边,"喂汤喂药,端屎端尿,感动得小伙子直流眼泪"。"大顺难受地告诉罗坤,说他爸在四清运动中被那个整人的工作组利用了。""罗坤给小伙子解释,说梦田老汉苦大仇深,对新社会、对党有感情,运动当中顶不住,也不能全怪他。"七天后,大顺的伤口拆了线,罗坤用自行车带着大顺回村,路上两人有一段感人肺腑的对话:

"大叔!"大顺在车后轻轻叫,声音发着颤,"你回去,也

---

① 陈忠实:《陈忠实文集·七》,广州:广州出版社,2004年,第72页。再引该文不注。全书下同。

耍难为虎儿……"

罗坤没有说话。

"在你受冤的这多年里,虎儿也受了屈。和谁家娃要恼了,人家就骂'地主',虎儿低人一等!他有气,我能理解……"

罗坤心里不由一动,一块硬硬的东西哽住了喉头。在他被戴上地主分子帽子的十几年里,他和家庭以及孩子们受的屈辱,那是不堪回顾的。

小伙子在身后继续说:"听说你和俺爸,还有大队长清发叔,旧社会都是穷娃,解放后一起搞土改,合作化,亲得不论你我……前几年翻来倒去,搞得稀汤寡水,娃儿们也结下仇……"

罗坤再也忍不住,只觉得两股热乎乎的东西顺着鼻梁两边流下来,嘴角里感到了咸腥的味道。这话说得多好啊!这不就是我罗坤心里的话吗?他真想抱住这个可爱的后生亲一亲!他跳下车子,拉住大顺的手:"俺娃,说的对!"

"我回去要先找虎儿哩!他不理我,我偏寻他!"小伙子说,"我们的仇不能再记下去!"

这场叔侄间掏心窝子的交谈令人感动。大顺所说的那句"他有气,我能理解",在作品规定的情境里,道出的是真诚的和解的心愿,在"内伤不轻"的危机面前,提出了人际间彼此真心理解的重要性。这不是轻松简单的一笔,理解是人际间的新文明,它是对极左的阶级斗争

中篇　内涵丰赡的文学世界的创造者

所造成的人际间的冷漠、仇视和花样繁多的内耗等恶德的坚决批判和否定。当然，新文明在人心里确立和稳态化也不可能一蹴而就，它需要与其相应的人性的升华。作家由"内伤不轻"引出人际间的真诚理解，使得彼此的信任成为一代风尚的意向，这是时代的期盼！至今如此！

　　读《信任》，人们能感觉到作品的故事结构和语言上的新变化。故事中的人物不再是本质化了的特定符号，人际间的关系也渐趋人性化，叙事的逻辑同时向人性的优化回归。与此相应的是，前四个短篇小说中那种剑拔弩张、声色俱厉、义正词严的批判话语没有了，那种狭隘的、不切实际的阶级仇、阶级爱没有了，流淌在作品中的感情，表达的是我们这个民族优秀文化传统中的仁者的智慧和大义，是被真诚所感发的通情达理、无私和正气。

　　　　就在民警把虎儿推出门的一刹那，一直坐在墙角，瞪着眼、嗫着嘴的贫协主任梦田老汉，突然立起，扑到罗坤当面，一扑踏跪了下去，哭了起来："兄弟，我对不住你……"
　　　　罗坤赶忙拉起梦田老汉，把他按坐在板凳上。梦田老汉又扑到姜所长面前，鼻涕眼泪一起流："所长，放了虎娃，我……哎哎哎……"
　　　　这当儿，在门口，大顺搂着虎儿的头流泪了。虎儿望着大顺头上的白纱布，眼皮耷拉下来，鼻翼在急促地扇动着。
　　　　虎儿挣脱开大顺的胳膊，转进门里，站在爸爸面前，两颗晶莹的泪珠滚了出来："爸，我这阵儿才明白，罗村的人拥护你的道理了!"说罢,他走出门去。

读罢作品最后的这几段文字,我们不难意识到作家真的是在为情而著文。这情实在是太宝贵了!有此真情在,何愁内伤不愈!

《信任》开启了陈忠实小说创作的新阶段,同时为他将文学视为毕生所从事的事业奠定了一块宝贵的基石。

《立身篇》

本作品创作于1979年12月,获《甘肃文艺》1980年短篇小说奖。这是继《信任》之后陈忠实创作的一篇关于农村基层干部坚持党的优良传统,坚持"立党为公"宗旨的小说。

县上关于招工工作的详尽安排下达了:"这次招工,所分配的名额,全部下到队里,公社不许半路拦截扣留一个名额,就是不准任何人以任何借口走后门。"公社王书记和民政干部薛志良都意识到"各种关系"会趁机"干扰"。书记表态说:"矛盾肯定会集中到咱俩头上。咱俩撑硬,把杆杆儿撑端立直,事好办!"①

可谁也没有料到,紧接而来的诸多干扰,都是让王书记不得不答应的关系,不是老上级,就是牵涉到公社所属单位的至关重要的关系户,要不就是书记的至亲老舅家。每答应一次书记总要叮咛薛志良"下不为例",可每次都把"下不为例"置之不顾了。直到最后,王书记下乡时亲耳听到社员们"话更难听"的纷纷议论,回到公社又看了

---

① 陈忠实:《陈忠实文集·一》,广州:广州出版社,2004年,第119页。

县上转回的两三封揭露走后门的人民来信,才下定决心,把自己给薛志良开的十张条子一把火烧掉:"四十个名额,全部分配到大队。公社一个也不要留。"答应过的人骂我们,"不过十来个人!社员骂起来,一万多人呢!"王书记深有醒悟地说道:"社员们拿眼睛瞪着我们,看我们咋办?要是把好事、有利的事都让我占了,那么以后社员谁还听我说话呀!""我们党丢掉的东西太多咧!""如果我们不能立身于党的原则,社员怎会跟你走!如果不能尽快恢复群众对党的信任,就会影响我们的整个事业……"王书记的党性回归,让薛志良心头一阵阵发热,庄重地点点头:"放心吧!这样,事情就好办!"①

如果说《信任》提出了"内伤不轻"的问题,那么,《立身篇》的警示性就在于它要让人们知晓:"我们党丢掉的东西太多咧!"要我们注意:"社员们拿眼睛瞪着我们,看我们咋办?"一言以蔽之,共产党人凭什么立身,已经成为执政党能否长期执政的一个不容回避的问题了。

很显然,粉碎"四人帮"以后,陈忠实沿着"拨乱反正""正本清源"的思路,不断地重新梳理自己的生活记忆,重新认识和发现生活里真正有意义的东西,曾经不无粉饰性的颂扬心态为共产党人严以律己的革命责任心所取代。在这篇小说中,作家之所以着力描绘那些干扰者的神态和个性鲜明的话语特色,就是要凸显具有强烈异化效能的多样而又复杂的人际关系,是怎样以各种名目于不为人见的方式中,

---

① 陈忠实:《陈忠实文集·一》,广州:广州出版社,2004年,第130、131页。

蚂蚁啃骨头似的侵蚀党的肌体的。

实事求是地说，陈忠实是中国当代作家中最早看到丢弃党性原则、以权谋私的腐败现象，并能通过其作品予以积极、正面反映的一位有使命感的真作家。

《反省篇》

本作品创作于 1980 年 10 月。

这是陈忠实为《立身篇》创作的姊妹篇。作家继续给公社书记们画像。就作品的叙事主题看，两个作品是相通的，都是在言说共产党的干部应当以什么原则立身（做人和谋事）。《立身篇》是通过招工这一具体事件来考验书记的党性立场是否坚定，《反省篇》则是通过河东、河西两个公社书记因对调工作岗位所引发的不同反省，来辨析共产党人的立身原则。就作品的叙事结构看，《立身篇》主要围绕公社王书记的态度变化结构人物间的关系，《反省篇》则是将两位书记截然不同的工作态度置于鲜明的对比中，让彼此于坦诚的对话中勇敢地面对历史和现实，同时通过群众侧面的议论或评价，让陷于精神迷茫的河东公社书记黄建国感到震惊和痛心，而其最终目的仍在于促使黄建国对立身原则有正确认识。就叙事逻辑看，《立身篇》里的王书记，面对群众的批评监督而自省，《反省篇》里的黄建国则是因为自己主政的河东公社的群众实际生活水平和精神风貌远不如梁志华主政的河西公社，而意识到自己愧对人民！愧对党！两篇作品所要高扬的精神价值，均是通过对其叙事逻辑的序态展示呈现的，并且构成了它们之间的内在联系：只有严格地、清醒地、历史地反思自身是否真正地把人民的利益置于做人谋事的首位，才能名副其实地解决好立身问题。

从"内伤不轻"的警示到"立身"和"反省"的自查，陈忠实的现实主义创作的批判意识更加深化，其批判的基本价值指向是恢复和发扬党的优良传统，让共产党人成为广大人民群众发自真心拥戴的社会核心力量。

需要多说几句的是，陈忠实于1973年春任毛西公社革委会副主任，1975年被任命为中共毛西公社党委副书记。《反省篇》中河西公社党委书记梁志华对河东公社党委书记黄建国痛说的那笔"流水账"，忠实或间接或直接的经历过，他对那段历史的史实记忆和情感记忆异乎寻常的深刻和独到，而且一经触发便有难以遏止的激情和感慨将其倾泻于笔端。梁志华的"工作履历"，是作家对背弃马克思主义科学社会主义原理的乌托邦行为的痛彻批判。想想看，能在上世纪70年代末80年代刚刚开始即做出这样的艺术呈现，创造出当时少有的敢于自我反省、自我批判，并勇于投身新的"长征"之路的农村基层干部的形象，说明由历史感和现实感所构成的作家的总体精神状态是处于时代前沿的。

《尤代表轶事》

本作品创作于1980年11月，获《延河》1981年短篇小说奖。

极左的阶级斗争必然生产畸形的人物。把这类人物的心灵撕开让人们看看，不仅具有特定的政治意义，而且能由此引发人们对一段历史的深度思考。

尤代表大名尤喜明，游手好闲，好逸恶劳，却有着自己独特的

"活法"!

> 大约是解放那一年,二十三四岁的尤喜明已经卖过五六次壮丁了。每一回,他把卖得身价钱往腰里一揣,连着在小镇上的饭馆里饱餐几天,然后听候命令开拔到任何地方去,不难受也不流泪。不出半月,尤喜明又活脱脱地出现在尤家村,向愚陋笨拙的庄稼汉讲述逃离壮丁队伍的惊险经历……①

土改时,他换了一种可怜巴巴的口气给工作队队长哭诉:"我孤儿喜明,没一丁点办法","那是拿小命换得一口饭吃"。据此,他分到地主两间厢房。可他并不收心过日子,趁着西安大兴土木的建设热潮进城做民工了。凭着他能说能跑又活跃的特长,很快便被建筑单位吸收为正式工人,领起民工施工了。得了势的尤喜明断然决定和已有着三岁儿子的媳妇离婚,把土改分的房拆了卖掉木料和砖瓦,头也不回地出了尤家村,直到牵扯进一件贪污案被遣返回来。"我老尤,能享得福,也能受得罪!"他就是这样向农业社主任尤志茂表态的,同时,主动要求到东沟那个看守庄稼的窑洞去住。这一住就是七八年,每年领取政府的救济款他一点不愧。"瓜菜代"的年月,他住的东沟窑洞即使"大白天偷豆挖薯,也不会担心有谁发觉;他是尤家村少数几个没有浮肿的人中的一个"。现在"四清"运动来了,他被工作组安组长选为打

---

① 陈忠实:《陈忠实文集·一》,广州:广州出版社,2004年,第210页。有关《尤代表轶事》的引文,均出自此处。

响批斗漏划地主分子尤志茂头一炮的关键人物。尤喜明欣喜难抑,兴奋得总想往上蹦:"天不灭尤"啊!

尤喜明明知"尤志茂是个不错的支书呢!单是对他本人,也没啥过不去的事喀!"可他从安组长给尤志茂定性为"走资派",意识到"要搞二回土改",便给自己壮胆:"我老尤就不客气了!"他居然能"用凄楚而委屈的声音"在台上喊一声"贫下中农阶级弟兄们",便"哇"地放声痛哭,且不顾自己当众出丑,急中生智地扑到尤志茂面前,挥拳打了"一记顶心捶:你害得我好苦啊!"尤喜明演戏似的一炮打响,尤志茂被补定为地主分子,他再次分得两间厦房,那是尤志茂为儿子结婚准备的新房。他原来住过的东沟窑洞成了"阶级教育展览馆",每天他就在那里"现身说法,成了专职讲解员"。他"心里好笑:人都知道串村走巷的野大夫卖的是假药,可偏偏人都爱买!管屄它!咱只要一天挣十分工就对咧!不推车,不捉把儿,在凉窑里说几句话,比公家的干部少操心多啰!嫽!"

欲壑难填的尤喜明万万没有料到,他以"我要革命",要当干部的愿望被安组长婉言否定;夜里睡觉还睁着一只眼坚守"前沿阵地",发现的阶级斗争新动向也被已经是公社书记的安组长轻描淡写地给处理了,反而严肃地提醒他要参加生产劳动。他感到这个曾经把自己的裤子脱下给他穿的安书记对他有了"讨厌的神态"。"运动完了,革命凉了,尤代表也不时兴了……"可尤喜明不甘心,他期盼着,等待着。终于在一天早晨,他突然从隔壁的半导体收音机里听到了"文化大革命"开始了,"心猛烈一跳,不由得把胳膊抡起来,走路也有劲了"。他开始盘算,在这场新的运动中,他"该吃谁的呢"?

尤喜明，一个货真价实的流氓无产者，本是社会上的沉渣，却能在"四清"运动中泛起，摇身一变，成为革命依靠的对象；他欺上瞒下，以邪压正，忘恩负义，无耻下作，竟能耀武扬威于一时；他不甘于寂寞，期盼着新的运动开始："天不灭尤"，私欲膨胀；"我要革命"，丧尽天良！画出这类人的丑态，辨识这类人的来龙去脉，便会帮助人们对那种背弃社会发展规律，主观武断地按其头脑里的所谓革命理念和强行的权力举措，推行脱离实际的阶级斗争的政治危害性有一个深刻的认识，进而引发其对一个阶段的历史真相及其沉痛教训的思考和反省：我们国家的政治怎样才能真正体现人民的愿望？我们的代表究竟应该怎样产生？

1983年11月，陈忠实对自己的小说创作有一次认真的总结，并以《突破自己》一文予以说明。他认为："突破首先是打破自己的局限"[①]。为此，必须"正确估计自己"，"不断地找到突破口"。他的第一阶段的突破口是纠正短篇小说在结构上"太单调太笨拙"的缺点；第二阶段的突破口是"进一步锤炼和提高"语言的文学性；第三阶段的突破口是要以情动人，即要准确生动地写出人物在规定情境中的感情色彩和感情波澜。找到突破口固然不易，但真正的难点是在创作实践上如愿以偿。对忠实来说，尽管各阶段的突破都不是一次到位的，但由于有了明确的价值目标，其创作的思想和艺术水平总是在稳步有效地提升着。

---

① 陈忠实：《陈忠实文集·二》，广州：广州出版社，2004年，第482页。

《马罗大叔》

本作品创作于 1984 年 10 月。

《马罗大叔》是《我自乡间来》的一组短篇小说中的首篇。马罗是村中的一个老光棍，五保户，专司看庄稼之职。作品从他精心负责看护庄稼、诚心实意地对待心爱他的女人和不求回报的人品三个方面，对他的为人处世做了动人的描绘。

马罗看庄稼认真负责，六亲不认。为了让庄稼免受人的偷盗和无人看管的鸡鸭猪羊的糟蹋，他要有意造成一种独有的威势："他曾经一梭镖扎透过一头公猪的肚子，吓得所有养猪的村民纷纷修补坍塌的猪圈和羊舍。他曾经把一个偷摘棉花的汉子捆在树杆上，嘴里塞满他自个偷摘下的籽棉（真是自食其果），解下宽皮带，一手提着裤子，一手挽着皮带，抽得那汉子可想而知是什么滋味了。有马罗看守庄稼，比阎罗更沁人。"① 其实，马罗是要"杀出这一条威风，才能免去更多的唇舌"。尽管这样，他还是悄悄地给人家赔了猪款。可是，当马罗在饥饿年代发现"我"——一个为了能闯进某所有名望的大学而复习功课到深夜的高中毕业生——因难忍肚饥而偷掰生玉米充饥时，不仅没有施暴，反而在破口大骂"修正"和假积极之后，主动给"我"烤熟玉米吃。面对马罗"安详的神态，专注的眼神，雄狮守护幼仔一般雄伟而又慈爱的神情"和那"软软乎乎的苞谷粒儿，酥软香甜，一口咬进嘴里，我的眼泪禁不住扑洒下来了"。马罗爱憎分明、善解人窘、区别

---

① 陈忠实：《陈忠实文集·二》，广州：广州出版社，2004 年，第 404 页。

对待的做人谋事风格一下子就鲜活起来。

"有人暗里说,马罗常在他的窑里会野婆娘,怕旁人突撞了他的好事。"这一夜,"我"实在饿得忍不住了,硬着头皮再次走下河滩,站在马罗的庵棚前叫了一声"马罗大叔"。先是没有应声,叫第二声时,庵棚里吼出一声"滚远!""我"羞得无地自容了,无奈地坐在河边。不一会儿,马罗悄悄来到"我"的身边,"像无事人一样,乐悠悠地说:'你瞅,河心沙滩上,那是……'"

我抬起头,朦朦胧胧的月光下,无掩无遮的沙滩上,一个人正踽踽朝对岸走去,似乎从姿势上可以辨出来,那是个女人……我突然像明白了什么,回过头,看见马罗喜眯眯地咂着烟袋,悠悠然喷出一口口烟雾:"甭记恨叔骂了你一句……你来得太不是时候!把叔差点吓失塌咧……"①

接下来是叔侄两人一场推心置腹的谈话:

"解放前,我在河北岸王财东家熬活的时光,这女人就跟我好上了。她男人是王财东的大少爷,狗日长得白白净净,可是个白脸傻瓜!十个铜元数不完就乱了码号。土改的时光,王财东一上斗争台,这白脸臭瓜吓得拉下一裤裆稀屎,越是臭气了,嘴角成天吊着一串串涎水,她更见不得他了……"

---

① 陈忠实:《陈忠实文集·二》,广州:广州出版社,2004年,第409页。

"你该是跟她结婚,成家,何必偷偷摸摸的。"我说,"解放了,你怕啥?"

"结婚当然好,我咋能不想到。唉!这女人也真是说不清,又不忍心把那涎水嘴男人撂下。她怕孩子隔着一层,日后旁人骂'野种'。我呢?也没心思讨旁的女人成家;再说,那女人也不让我讨,就让我跟她这么混……十四五年了,我也习惯咧。这女人好啊!只是如今饿得慌慌,她背着地主成分,政府发下救济粮,根本没她的份儿。好!我这儿给她救济。没办法,那几个娃儿没跟得上沾他财东爷子的光,倒刚刚跟上挨挫。队里分给我的,政府救济下的粮食,都给她了。妈的!解放前我给老财东熬活,而今又养活起几个猪娃子!没有办法!谁让我跟这女人……"

"那……你这么混下去,老了,怎么办?"我插嘴问,"你的好心,人家儿女大了想回报也没法回报,名不正言不顺哪!"

"不想!我马罗根本不想叫谁回报。老了死了,我啥也不留给旁人,也不想要旁人骂我。只要我活着,有这个女人跟我相好,行啰……"①

叔侄间于夜深人静时的真诚对话,能让读者对马罗的质朴善良、倾心相爱、敢于担当、不求回报的人品牢记不忘,甚至能让读者强烈

---

① 陈忠实:《陈忠实文集·二》,广州:广州出版社,2004年,第409—410页。

地感受到马罗在坦诚言说时的情感波澜和在现实处境不易改变的某种无可奈何下的将就,而禁不住地理解和同情、感慨与钦敬,虽掩卷却悠长。特别是,后来在马罗的灵堂前,他心爱的那位人们不知名姓的女人来了,"点燃一支香,插进香炉的时候,手指抖着,竟然两次把香弄断了。她的表面倒装得沉静,跪下去,磕了头,站起来的时候,我看见了她眼角渗出的泪痕"①。这不同于一般人的祭奠,寓含着多么深沉的爱和痛啊!这对她来说,又是需要多么大的勇气啊!这真是情至深而不惧,志弥坚而正气!我们得承认陈忠实对其笔下人物的内心情感的把握和叙述是极其准确的。

马罗大叔去世了,"我"奉母命"给你马罗大叔送几张纸去",心情沉重地走在路上,不由得想起一件事。已经进入花甲之年的马罗,由于去年的政府贫寒救济款和冬季物资全被村子的干部悄悄私分了而非常气愤:"不为要钱,为闹事!""要把这事闹得全村都知道,还要寻县委反映"。今年村干部借口老汉"不学大寨",硬是不给他的领条上盖章。马罗为此来找公社的民政干部反映情况,被"我"发现叫到自己的办公室亲切询问。

"屁事也没!"他响亮地说,很轻松的神气,老虽老了,说话仍是一派刚阳之气,"我逛到镇上来,到公社院子转转。毬!我才不受忙迫,办毬啥事!我不打扰你了,你忙。我浪呀!逛呀!"说着就站起身要走了。

---

① 陈忠实:《陈忠实文集·二》,广州:广州出版社,2004年,第403—414页。

马罗大叔对我只字未提,甚至有意躲避着我,本能地使我记起他说过的"不求回报"的话,自己也不知是一种什么滋味在心头了。①

这就是马罗大叔的为人处事!他明知"我"是公社的一位领导,能够解决他的问题,却用那句轻松响亮的"浪呀!逛呀!"的话搪塞。一位极普通的农民能牢记自己"不求回报"的承诺,如此的气度,这般的胸襟,怎能不让人肃然起敬!

这就再一次说明,作家对其作品中的主人公在规定情境下的个性化情感、心态和语言是了如指掌的,叙事也是十分逼真到位的。如果说,在《信任》《立身篇》《反省篇》和《尤代表轶事》这几个短篇中,人们还能在某种程度上感觉到忠实的创作有某种理念的影子在,那么,《马罗大叔》相当完美的形象化叙事表明曾有的理念性的构思和叙事痕迹已经弱化得不易觉察。尤其是,能对一位极平凡的劳动者的人性美发出深情的感念和赞赏,应该说,这是他突破自己所取得的可喜成果。

《轱辘子客》

本作品创作于 1988 年 2 月。

轱辘子客王甲六原本不坏。

---

① 陈忠实:《陈忠实文集·二》,广州:广州出版社,2004 年,第 411、412 页。

> 他有文化会写又能画常常帮助党团支部搞宣传工作，满村满街的墙壁上都是他写的画的标语口号和图画。他的俊俏眉眼不仅吸引男青年更吸引女青年。他很快成为青年们的领袖，很快取代了已经超龄的团支部书记而成为龟渡王村的重要角色。①

年过六旬的党支部书记有意要把王甲六培养成他的接班人。与支书貌合神离的大队长刘耀明唯恐大权旁落，表面上不持反对意见，却伺机设计圈套，让王甲六和其要好的女青年王小妮在捉奸拿双的现场面前当众出丑。这不仅让王甲六抬不起头，"比龟渡王村揪出来的地富反坏分子还灰"，而且使支书的接班人计划彻底落空。

这个刘耀明，一朝人权在握，便放胆为所欲为，明里他给王甲六说了一桩亲事，让王甲六折服得五体投地，暗里却利用自己承包大队砖场之机，与王甲六的妻子通奸。奸情被王甲六发现后，报复心切的他却不当场捉奸，而是强逼刘耀明的老婆和他一起在砖厂窗外观听其奸情，并趁机以恶抗恶，迅即将刘耀明老婆强奸。对王甲六来说，这也是一种与刘耀明比谁更强势的赌博。

经过这番较量后，王甲六对刘耀明不再有畏怯感了，"他侮辱了刘耀明比刘耀明欺侮了他更使他觉得划算得多"。在刘耀明为他摆的酒肉桌前，"心情竟是从未有过的沉静"。"酒后的默契是各行其是和忘却前嫌。"王甲六子承父业干起杀猪卖肉的营生，日子虽然好过了，钱也多

---

① 陈忠实：《陈忠实文集·五》，广州：广州出版社，2004年，第87页。

了，人却随着老母的去世，精神陷入虚无，"看去什么都清清楚楚又什么都朦朦胧胧……他觉得自己可怜可笑又十分可憎。他觉得刘耀明可憎可笑又十分可怜"。"他想散心了"，"把千余元现钞塞进腰里"，"想逛他妈的逛一逛了"。他想起由于丑事败露与他相好的王小妮被迫远嫁到山里，便去找她；得知她新婚之夜就走进了自己的坟墓，他便在山里的小镇上逛了三天，绵绵情思与小妮的灵魂相伴。当他再次返回城里，便对一切都心灰意冷了，唯一能诱惑他让他开心的，就是那副米黄色骨质麻将了。

>辘轳子客王甲六打麻将已经修炼成一身真功夫。一摆开麻将，如果没有派出所的民警和提着菜刀的女人的惊扰，他可以一直打下去，不吃一口饭也不喝一口水更不会丢盹打瞌睡，最高的纪录是五天六夜。……无论村人的鄙视亲友的苦劝警长的训斥以及最难对付的女人的混闹，一当看见赌友的眼色时全部烟飞云开忘记得干干净净。①

王甲六虽属屡教不改早应收监劳改的对象，警方还是想再给他一次机会："向村民坦白检讨保证"，接受群众的批评教育。他被带回龟渡王村。当他看到这个批判会要由刘耀明主持时，他"心里呼呼呼往上蹿火"，蹦到警长面前，态度坚决地表示："刘耀明……没资格主持批判我的会……"，"我绝对不愿意再听见刘耀明在我面前说三道四！"

---

① 陈忠实：《陈忠实文集·五》，广州：广州出版社，2004年，第86页。

王甲六虽处弱势却不愿在刘耀明面前低头，还想最后再与其赌一把，不让这个比他更恶劣的家伙在自己面前耀武扬威。可当乡长"作出和蔼耐心状"，询问他刘耀明到底有什么问题时，他由于"想到自己曾经用锈迹斑驳的杀猪尖刀割断刘耀明婆娘裤带的犯法的事"，终于不敢"把刘耀明从根到底连兜子翻一遍"了，只说了些"风马牛不相及的话"，便"扑通一声跌坐在地上"。几年来甚为稀罕的村民大会"说定了"，还是由刘耀明主持。

　　王甲六知道自己"十分可憎"，却不知道怎样才能新生。他堕落为轱辘子客，虽不乏以恶抗恶的意味，却也说明其甘愿自暴自弃走上犯罪的不归路。龟渡王村依然是刘耀明的天下。

　　陈忠实笔下这个轱辘子客王甲六的命运值得人们思考。他曾工作热情积极，是村里青年人的领袖，只因为被支书内定为接班人，便无端地被刘耀明为夺权而设计陷害，进而又被其玩于股掌之中；他从以恶抗恶、自暴自弃，到堕落成轱辘子客被群众监督，主要责任当然在他。但造成他悲剧命运的一个重要的社会根源，即坏人刘耀明作恶掌权，凭着他那故作的"认真诚恳态度"，一手遮天，无人敢监督，无人敢追究，而且上级不觉察。这样不健康不公正不人道的社会境遇，怎能确保不会再出现第二个"王甲六"！作品结尾的那个不无讽刺意味的村民大会颇耐人寻味。为什么开个村民大会"甚为稀罕"？说明这个村子平时极少有村民说话的机会；一句"说定了"，就意味着权还在这个坏人手里。真正可怕的并非王甲六，而是人面兽心、作恶多端的刘耀明！

　　在这个短篇小说的创作过程中，陈忠实对其叙述语言的内在结构做了有意识的创新实践,目的是要为其即将开始创作的长篇小说《白鹿原》的叙述语言提供一种经验。他认为《白鹿原》的历史容量很大,其叙述语言务必在内涵的容量上要大而富有弹性。我们试举几例,以观其实践之效果。

关键主语的修饰语。"解放后禁绝多年以至后来出生的男女村民像看工艺品一样看见的麻将,就是王甲六不知从哪里弄回来的。"[1] 请看这个句子的主语"麻将"的修饰语。它包含了三层意思:一种历史的记忆、麻将的工艺美和没见过麻将的后出生者对其惊异的观赏行动,全句呈现的是一个富有生活情趣的画面,让人读起来能感受到递进的意涵里寓有一种弹性,即情感的节奏。

人物的肖像与品性的叙述。"那人的刀条脸上永远没有大喜大怨的时候,那刀条脸永远也看不到谄媚什么人或厌恶什么人,那刀条脸对龟渡王村的男女老少永远是帮你解决一切最困难最琐屑的愁肠事的认真诚恳的态度,你只能完全信赖而不会产生一丝猜忌。"[2] 这是对刘耀明最具个性特色的由表及里的肖像与品性的叙述,连用三个排比句,将其平常情况下不动声色的刀条脸,一旦面对龟渡王村的男女老少即刻故做的"认真诚恳态度"所隐藏的险恶用心刻画得入木三分。如果联系他对王甲六的所作所为,就更能看清这副外在的嘴脸和内在的品性的丑恶。这就是语言的容量:既看到当下叙述的所指,又能联想到与其相关的意涵来充实这一所指。而更引人注目的是,这样的人物肖

---

[1] 陈忠实:《陈忠实文集·五》,广州:广州出版社,2004年,第85页。
[2] 陈忠实:《陈忠实文集·五》,广州:广州出版社,2004年,第91页。

像与其品性的叙述不是对人物的一种孤立的静态观照,而是将其纳入整体的叙事过程,不仅将其动态化,而且使叙述语言的形象性同时得到强化。

对赌徒王甲六家特有的场面叙述。

女人终于逮住了一回,撕着耳朵把他拖回家里,今晚输了多少?他态度和蔼满脸堆笑,没输也没赢。女人追问说,去了赌场身上自然装着钱,既然没输没赢那钱也就原数未动就该立马交出来。他依然笑着说他根本没有一块钱只是看看热闹。于是她就扒光他的衣服,搜了里子又搜夹层,果然只搜罗到几张烂糟糟的毛票。她肯定他输光了。打得男人王甲六跑到炕上又窜到桌子底下,她依然不停不饶地追着打着。王甲六的头上脸上隆起一个个鸡蛋似的疙瘩身上横竖交错着红血印子。王甲六实在撑不住招不起猛地拉开门栓往外逃。女人急了赶上两步一家伙砸在他的未跨过门槛的那条腿腕上。王甲六扑通一声栽倒在门外,挨打的那条腿慌急中甩脱了棉鞋,那鞋窝里哗啦啦飞出一张张十块面额的人民币少说也有七八十张。她顾不得他摔得是死是活赶紧扔下擀面杖捡拾票子。这当儿王甲六已经金蝉脱壳似的逃走了。他并不十分难受,另一只棉鞋里还藏着五六百块,总算保存下来已属万幸。他又赶往赌场里去了。①

---

① 陈忠实:《陈忠实文集·五》,广州:广州出版社,2004 年,第 86—87 页。

这是一个很精彩的场面，但它不是人们习见的那种对人物个性化的语言和动作的客观描写，而是由创作主体直接叙述出来的。这种叙述是在作家对赌徒之家特有的夫妻关系、生活内涵及其各自的心理品性准确把握的基础上展开的。整个叙述是随叙事逻辑的推进，紧扣赌徒夫妻之间的基本症结——是输是赢和钱在何处——将人物的对话和动作的状态与其个性特征既浑然一体又承接有序而结构的，旨在展示轱辘子客王甲六为打麻将而修炼成的另一种真功夫：巧言欺哄，诡秘藏钱。作家的叙述语言笔墨不多，却能将两个人物的心态、神情和独具的个性化作为表现得淋漓尽致。这的确是"一种对活泼的生活语言经过提炼的优美朴实的文学语言"①。

事实表明，陈忠实在《轱辘子客》的创作中，对其叙述语言的结构、容量及其弹性的创新实践是富有成效的。

《日子》

本作品创作于 2001 年 5 月，获 2007 年首届蒲松龄小说奖，获 2007 年首届陕西文艺大奖"艺术成就奖"。

人常说"过日子"这样的话。"过日子"就是说人是一天接一天地活着，活得是否有意义，就看每个日子过得怎么样。

《日子》写的是一对中年农家夫妇挖沙取石度日的事。这种劳动简单、机械、繁重，一般人但凡有点门路绝不会整天待在空旷寂寞的沙滩干这种出大力挣小钱的活路。这家的男人是个高中生，到城里找个

---

① 陈忠实：《陈忠实文集·二》，广州：广州出版社，2004 年，第 483 页。

营生干，不会有多大的困难，可他还是愿意挖沙取石。他在回答"我"提出的"你该到城里找个营生干"的问题时，这样说：

> "找过。也干过。干不成。"男人说。
> "一家干不成，再换一家嘛！"我说。
> "换过不下五家主儿，还是干不成。"女人说。
> "工作不合适？没找到合适的？"我问。
> "有的干了不给钱，白干了。有的把人当狗使，喝来喝去没个正性。受不了啊！"他说。
> "那是个硬熊。想挣人家钱，还不受人家白眼。"她说。
> "不是硬熊软熊的事。出力挣钱又不是吃舍饭。"他说。
> "凭这话，老陈就能听出来你是个硬熊。"女人说，"他爷是个硬熊。他爸是个硬熊。他还是个不会拐弯的硬熊——种系的事。"
> "中国现时啥都不缺，就缺硬熊。"他说。
> "弓硬断弦。人硬了……没好下场。"她说。
> "这话倒对。俺爷被土匪绑在明柱上，一刀一刀割，割一刀问一声，直到割死也不说银元在哪面墙缝里藏着。俺爸被斗了三天两夜，不给吃不给喝不准眨眼睡觉直到昏死，还是不承认'反党'……我不算硬。"
> "你已经硬到只能挖石头咧！你再硬就没活路了。

——— 中篇　内涵丰赡的文学世界的创造者

硬熊———"①

从这番各自都发自内心真实感受的拌嘴中，人们便能看出这家的男人的确是个"硬熊"。

有趣的是，这对夫妻很乐意拌嘴儿，为男人爱看姑娘的"好腰"，夫妻两个拌嘴；为一个县委书记被逮捕，他们也拌嘴，而且拌得很有兴味。据说，这个县委书记在县三干会上，做完落实全县五年发展规划的报告，没吃饭就驱车进城钻进一家三星级宾馆，打了三天三夜麻将，打乏了还有小姐给搓背洗澡按摩，第三天后晌回到县里给三干会做总结报告。

"听说'双规'时，从他的皮包里搜出来的尽是安全套儿壮阳药。想指望这号书记搞五年计划，能搞个球……"

"你生那个气弄啥？"女人这时开了口。

"我听了生气，说了也生气。我知道生气啥也不顶。"

"那就甭说。"

"广播都说了，我说说怕啥。"

"广播上的人说是挣说的钱哩，你说是白说，没人给你一分钱。"

"你看看这人……"

"书记打麻将，你跟我靠捞石头挣钱；书记不打麻将不搞

---

① 陈忠实：《陈忠实文集·七》，广州：广州出版社，2004年，第4—5页。

小姐，咱还是靠淘沙子捞石头过日子。你管人家做啥？"

……………

"你以为我还指望那号书记领咱'奔小康'吗？哈！他能把人领到麻将场里去。"男人说，"我从早到黑从年头到年尾都守在这沙滩上掏石头，还不是过日子么！我当然知道，那个书记打麻将与咱球不相干，人家就不打麻将还与咱球不相干喀！他被逮了与咱球不相干，不逮也球不相干喀！"

"咱靠掏挖石头过日子哩！"女人说。

"我早都清白，石头才是咱爷。"男人说。①

这对中年夫妻极平常的拌嘴，不仅道破了那时干群关系的真相，而且找到了何以会这样的原因。尽管如此，男人还是忍不住为与自己过日子"球不相干"的县委书记的担心：

"享惯了福的人呀！前呼后拥的，提包跟脚的，送钱送礼的，洗澡搓背的，问寒问暖的，拉马押镫的，这会儿全跑得不见人影了。而今在号子里两个蒸馍一碗熬白菜，背砖拉车可怎么受得了？"男人说。

"你是闲（咸）吃萝卜淡操心。"女人说。

"他这阵儿连我都不如。我在这河滩想多干就多干想少干就少干不想干了就坐下抽烟喝水，运气好时还能碰见一个腰

---

① 陈忠实：《陈忠实文集·七》，广州：广州出版社，2004年，第7—8页。

好的女子过河,还能看上两眼。他这阵儿可惨了,干不动得干不想干也得干,公安警卫拿着电棍在尻子后头伺候着哩!享惯了福的人再去受苦,那可比没享过福只受过苦的人要难熬得多吧?"

没有人回答他的发问。……他突然自问自答——

"我说嘛人是个贱货!贱——货!"①

作品中的那个老陈说,"他们两口子拌嘴的话所涉及的内容和范围,我都不大在意。我只是想听一听本世纪第一个春天我的家乡的人怎样说话","看这一对中年夫妻日常怎样拌嘴儿"。② 言为心声。不论是说话还是拌嘴,都能这样或那样地反映出家乡人的心声。这对夫妻的拌嘴给人们透露出的心声是什么呢?

首先是,中国现时"就缺硬熊"。硬熊者,硬汉也。意志坚定,活得有主见,为了活得尊严,硬折而腰不弯的主儿。男人的爷爷和父亲就是硬汉的样子。中国现时何以见得就缺这样的硬汉呢?就作品的内容看,男人之所以如此说,意思有二:一是面对贪腐官员的为非作歹缺硬熊起而抗争,就像男人的父亲那样;二是面对"把人当狗使"的奴隶境遇,缺硬熊起而捍卫人的尊严,就像男人自己那样:虽然日子过得苦焦,却自在自乐,有一种自主安排日月的舒心,即使因女儿考试成绩不佳未能分到重点班,心里不免难过一场,却也想得开,大不

---

① 陈忠实:《陈忠实文集·七》,广州:广州出版社,2004年,第9页。
② 陈忠实:《陈忠实文集·二》,广州:广州出版社,2004年,第8页。

了再给女儿撑一架挖石的罗网！他们的日子过得硬气、干净、高尚，是特定历史阶段里劳动者之为劳动者本真的文化存在。

其次是，人不能"是个贱货"。贱货就是犯贱的人，这样的人心性忒轻贱，做人不自重，这是其人性中建设性因素几乎丧尽，而破坏性因素日渐强化的恶果。那个县委书记就是个贱货，势虽大而心灵肮脏，明里堂堂书记率领人民奔小康，暗里狐群狗党男盗女娼，金玉其外败絮其中，卑贱而又丑恶。人啊，一旦成了贱货，那还称得上人吗？一个社会如果犯贱的人多了，硬熊自然就少了。

再次是，"与咱球不相干"。这是劳动者旗帜鲜明的表态：我们（人民）已经与诸如那个县委书记一样的干部不仅在思想上划清了界线，而且不乏唾弃之意：逮他不逮他都"与咱球不相干"。这是向执政者发出的最具危机性的信号。曾几何时，全心全意为人民服务的宗旨悄然退场，如今成了"与咱球不相干"的、生分得不能再生分的关系了。小说结尾，"遇见啥事都硬，就是在娃儿们上学念书的事上心太重"的男人，经过一番既痛苦又无奈的思考后，对女人说"不说了"，接着对所有的人也对自己说"再不说了"，又说了一遍"不说了"。这是对一种希望破灭的宣告。它和"与咱球不相干"的那些人和事，果真就没有丝毫的联系么？

《猫与鼠，也缠绵》

本作品创作于 2002 年 7 月。

公安局的水工表面上工作认真负责，勤快能干，为人也老实，实际上是一个胆大包天的惯偷。他居然敢在公安局里作案，而且当场被抓获后，竟然口气大地说："我要见局长。"这怎么可能呢？这么个小案子还要惊动局长！然而，出人意料的是，局长一听汇报，竟然亲自"审讯"小偷了。

其实局长并不是来真正审讯的，而是假审讯之名来摸清小偷的底细，以便从容应对可能出现的危机。这个局长从他由局办副主任升主任、副局、正局这期间，已被小偷偷了很多次，累计有六位数的钱被偷走，因为是赃款，他都没有报案。现在小偷公开说要见他，他能不来吗！为了让飞来的横祸尽快过去，他不得不与这个小偷过招儿了。

局长心里也明白，这个"小偷要向他坦白的目的，其实说穿了就是一点小小的勾当。他不能在小偷的胁迫下让小偷的欲望得到满足，留下心灵深处的亏损。他要把小偷这个歹毒阴险的招数粉碎之后，不失局长体面地给予他一点满足"[①]。局长的目的达到了。小偷经局长一番软硬兼施的审讯（实际上是"开导"）后，当即给局长说："局长，我没偷过你。我连你的'零用钱'也没偷过。打死我我都说这话。"局长听后，只瞥了小偷一眼就迅即避开了。"那一瞥忽悠一闪之后就深掩不露了"，可这一瞥给小偷留下了极深刻的印象："他和我一样其实都是鼠哇！"

"猫"和"鼠"本是天敌，何以会缠绵起来？原来"猫"已异化为"鼠"，只是还披着一张"猫"皮，没有被揭穿！

值得人们注意的是，这个局长为了把这张猫皮披得不露出破绽，几十年来一直背着自己当年当警察时就背着的那个"体现着绝对的平

[①] 陈忠实：《陈忠实文集·七》，广州：广州出版社，2004年，第63页。

等和绝对的一律"的,帆布质地黄绿颜色的挎包,成为局里一道独特的风景。"人们不仅不以为它落伍,反而装满了敬重,也装满了荣誉……"甚至报纸上刊登称赞这个"假猫"局长"勤政廉洁"的通讯中,还专门将这个黄绿色帆布包单独列一节,"赞美的句子和诗歌一样"。假"猫"玩的这套弄虚作假、装腔作势的花招,倒值得大小真"猫"的警觉。当"猫"皮被撕下露出其"鼠"的原型时,"猫"们既有对假"猫"的愤恨,也不乏对自我被欺骗的无奈,他们的咒骂声中寓含着一种可能的觉醒,一种务必深刻认识社会深层矛盾而不辜负自己使命的觉醒。

异化问题是马克思主义哲学的一个重要命题。以往我们谈异化主要是批判资本主义社会的异化现象,至于像我们这样的社会主义社会有无异化现象,由于国家意识形态对此是有争论的,因而对其很少有认真的理论联系实际的研究。然而大量的事实已经说明,在我们的国家和社会,异化现象不仅严重地存在着,而且可以说是我们今天之所以面临某种危机的一个不可忽视的根源。警、贼怎么就一家了?正义与邪恶何以就融为一体了?猫和鼠这样的天敌为什么会如此缠绵?这难道还不能引起善良的人的警觉吗?

《猫与鼠,也缠绵》的可贵之处,就在于它不仅尖锐地揭露了国家机器中某种严重的异化现象,而且艺术地展示出异化者的矫饰伎俩。那个足以引发人们历史记忆的"帆布质地黄绿颜色的挎包",给那个假"猫"真"鼠"的局长带来了多少敬重和荣誉,多少爱国的公民就是由于难以识透这种华丽的矫饰而盲目崇拜不止一只假"猫"啊!

更应该注意的是,大凡假"猫"多是善用其权的人物。在我们这个受官本位影响的体制下,掌权者易获一般人的敬重和信任,他们能最大限度地利用这一优势,眼观四路钩挂六方,精心组建自己的上下人脉,以便其官位在可能的条件下步步高;他们还善于笼络媒体为自我大造舆论,把本来的矫饰合法化扩大化,以赢得社会的美誉。

《猫与鼠,也缠绵》更深远的意义在于,它能扩展人们的视域,让人们进一步看到矫饰("不是那样"非要装成或说成"是那样")在时下的普遍性和危害性,几乎成为一种难以治愈的社会病。更值得反思的是,当那位给局长汇报小偷案情的李警长在外地听到其妻报告局长被双规和当天的日报还在赞美局长的挎包时,居然很理解地为那位作者辩护:"我要是那位作者也会这么写的。"这其实是一句不易听到的真话,是对媒体的生态环境的真实说明:并非媒体要说假话,而是不得不说假话。这从另一个方面表明了,假"猫"的不断涌现和缺少监管是密切相关的。

《李十三推磨》

本作品创作于 2007 年 5 月,获 2007 年"茅台杯"人民文学奖,《小说选刊》2008 年首届中国小说双年奖短篇小说奖,《小说月报》2009 年第 13 届百花奖。

李十三[①]是创作陕西地方戏碗碗腔剧本的第一位作家。他原本也打算走仕途之路,从秀才到举人还比较顺当,再往上攀登就费劲了。五

---

① "李十三,本名李芳桂,渭南县蔺店乡人。他出生的那个村子叫李十三村。"参见陈忠实:《接通地脉》,北京:作家出版社,2012 年,第 29 页。

十二岁那年他进京参加嘉庆四年庚申科会试，拿了个"拟录六十四名"，徒有了个候补县长的虚名。从此他不再寄希望谋生于官场了，"专心侍弄起戏剧"。之所以选择了"打本子"（编剧），固然与他生长在碗碗腔的戏窝子中，耳濡目染，特别喜好密切相关，但更重要的是他内在的秉性。他对人情世故有独到的生命体验，而且具有撰写戏剧文本以传达这种体验的文字功力。在他二三十岁时就已经写出了《春秋配》，十几年后进京赶考时，京都许多戏剧班都还在演唱他的这出戏，足见他在戏剧艺术方面的造诣非同一般，是相当高超的。

在陕西，他写的戏更为老百姓所喜闻乐见，"《春秋配》《火焰驹》一个村接着一个村演，那些婆娘那些老汉看十遍八遍都看不够，在自家村看了，又赶到邻村去看，演到哪里赶到哪里"。他创造的戏剧中的人物黄桂英，"把乡下人不管穷的富的老的少的男的女的都看得迷格瞪瞪的"："权当少收麦一升，也要看一回黄桂英。"①

如此深受群众喜爱和拥戴的戏剧艺术家，日子却过得意想不到的艰难。他经常得让老伴向邻家借一碗面来做饭充饥，即使有戏班主田舍娃送来的两斗麦，也得年迈的他和老伴在磨道里用力推磨转上几百上千个圈圈才能得到可吃的面粉。在繁重的推磨劳作中，他本想用哼唱几句碗碗腔解解乏困，由于气力不足，不得不哑声喘气，自嘲"连个蔫牛也不抵"，不得不认命。

认命也不行。以大造"文字狱"著称于史的清王朝统治者，竟以传播"淫词秽调"的罪名，要"提李十三进京"。田舍娃及时报来的

---

① 陈忠实：《接通地脉》，北京：作家出版社，2012年，第21页。

————————— 中篇　内涵丰赡的文学世界的创造者

这个要命的信息,犹如晴天霹雳,让正忙着推磨的李十三,在惊吓与气愤的夹击下,喷吐鲜血晕倒在磨道上。最后只得弃家出逃。逃亡的路上,他坚定明确地叮嘱田舍娃:"我的戏本都压在你的箱子里,旁人传抄的不全,有的乱删乱添,只有你拿的本子是我的原装本子。想想,把我杀了不当紧,我把戏写成了。要是把你杀了又抄了家,连戏本都会给人家烧成灰了……你而今活着比我活着还当紧。"李十三最后发起狠来:"你先把戏本藏好再逃命。"田舍娃深明个中道理,跪拜辞别李十三,奔逃而去。李十三在"清晰地意识到这是最后一口所能喷吐出来的血"时,转过身来,"眺望一眼被绿色覆盖的关中和流过关中的渭河","吐出最后一口血,仰跌在土路上,再也看不见渭北高原上空的太阳和云彩了"。①

历史上大凡明智的统治者都知道"野有遗贤士",他们尊贤敬贤并不全是只做表面文章;只有那些智商低而又无能的统治者,才恃权横行、唯我独尊、无法无天、禁言杀贤、毁弃文化,在历史上留下遗臭万年的恶名。

《李十三推磨》的警示意义在于:把戏写成了的李十三,老百姓将一代接一代地传诵着他的美名,观赏着他编写的戏剧;而下令"提李十三进京"的嘉庆皇帝,诚如田舍娃所骂:"嘉庆呀嘉庆,我没有你这个爷了!"历史就是这样无情,不管你的权力有多大,把自己置于人民的对立面,终究要被人民唾弃。

今天,人们读《李十三推磨》还会进一步思考,作为社会关系再

---

① 陈忠实:《接通地脉》,北京:作家出版社,2012年,第27、28页。

生产机制的国家的意识形态的建构，不能仅仅适应统治者的现实的或理想的要求，它还应尊重人民的精神发展和优化的需要，让意识形态的运作不只是自上而下的强行灌输，还应更加重视自下而上的真诚认同。如是，李十三的悲剧才会真正成为历史。

作品特点及其文学世界

从1979年创作《信任》到2007年发表《李十三推磨》，陈忠实的短篇小说创作呈现出这样一些特点。

他抛弃了一元论的本质主义的阶级论，从多维的文化视角揭示人性的善与恶及其历史的与社会的根源，所创造的人物形象愈来愈丰富多样而且鲜活生动、意蕴深厚，具有强烈的思想穿透力和艺术感染力；作品的情节简明意浓、铺排有序，能状生活之真相于有机的人物关系中；作品的语言风格独特，叙述语言的情境化和状态化使作品的叙述呈现出耐人寻味的客观性；人物语言的品性化足以凸显规定情境里人物特有的心态与情感。人物语言的品性化是指其语言与其内在品性的完美统一。诸如尤喜明的"天不灭尤啊！"马罗大叔的"我日你妈——'假积极'！你胡毬欺哄毛主席，放你妈的臭'卫星'！你得了奖状，得了表扬，叫俺社员跟着受洋罪——啃生包谷棒子！""屁事也没！……我不打搅你了，你忙。我浪呀！逛呀！"[①] 李十三的"想想，把我杀了不当紧，我把戏写成了。要是把你杀了又抄了家，连戏本子都会

---

① 陈忠实：《陈忠实文集·二》，广州：广州出版社，2004年，第406、411页。

给人家烧成灰了……你而今活着比我活着还当紧"。田舍娃的"嘉庆呀嘉庆,我没有你这个爷了"。① 还有,《日子》里的那对中年夫妻间的拌嘴,皆是人物语言品性化的显例。

从提出"内伤不轻"到畸形人物沉渣泛起,坏人掌权,直至"猫"与"鼠"也缠绵,对政治体制中的某些弊端,坚持从人民真正当家做主的层面进行深刻的批判;

从田舍娃的"嘉庆呀嘉庆,我没有你这个爷了"的痛骂,到中年夫妻间关于某县委书记被双规"与咱球不相干"的拌嘴,真诚地提醒掌权者,丧失人民大众的政治信赖的危机严重存在,紧迫呼吁执政当局对此务必采取能生实效的真作为,以解危局;

从农村基层领导干部的自查自省到马罗大叔的敢于担当和信守承诺,再到对"硬熊"的期待,满腔热情地渴望人性的优化和民族精神的振作。

可以看出,这一期间陈忠实创作的总体意向,是对制约着社会关系的生产和再生产的意识形态国家机器及其运作的深层忧虑和批判。而正是这种忧虑和批判开启了陈忠实从特定历史时期的"党的文学"(革命的现实主义)走向"人的文学"(文化批判的现实主义)的内在逻辑。

作为"人的文学",其关注的基本点是人的命运。当陈忠实面对由意识形态掌控的体制时,很自然地有一个不能舍弃的意向,这就是,经过历史积淀的意识形态因素能否形成一个得到绝大多数国人自觉认

---

① 陈忠实:《接通地脉》,北京:作家出版社,2012年,第27、28页。

同的价值观,并据此凝聚人心,进而促使人们形成具有现代文明性质的人生观,以优化其生存方式。这期间,陈忠实的短篇小说就是立足于这样的认识来建构其文学世界的。虽然直接呈现的更多的是意识形态及其主导下的体制的某种负面现象(这是真诚的文化批判所必要的),实际上却是在激发人们提高自我判断是非的自觉性(如河西公社书记梁志华),提高自我掌控生命价值取向的自主性(如马罗大叔和挖沙取石的那对中年夫妇),坚守自我生存意义的忠贞不渝精神(如李十三),目的在于唤醒人们对自我生存状态的自觉,进而自主自觉地将自我建设成为社会迫切需要的、积极的、健康的、具有现代精神的文化存在。

二、中篇小说

《康家小院》①

本作品创作于 1982 年 11 月,获《小说界》首届 1981—1983 年优秀作品奖。

康家小院的悲剧是谁直接造成的?是那个留着文明发型、谈吐和举止高雅、妇女解放的大道理也讲得新颖动听,心灵却十分龌龊的杨老师,这个伪君子在心地善良的玉贤面前具有极大的诱惑性和欺骗性。

---

① 鉴于前文已对该作品的故事情节做了概述,此处仅对其做进一步的分析。下文《初夏》《蓝袍先生》《四妹子》亦同。

他的丑恶行径给康家小院带来了灾难,激发了被封建传统文化熏陶成人的勤娃和其岳父对玉贤的暴力惩罚。这种家庭的暴力惩罚和伪君子的精神凌辱,不仅扼杀了玉贤对婚姻自由的向往和追求,而且迫使其精神回到封建道德的规约上来。在那棵大柳树下的水井旁,玉贤想到阿公对自己的真诚信任,想到勤娃是那样一片真心地爱她,"她对不住阿公和勤娃。应该在离开阳世的时候,对自己已经觉悟到的错事悔过,补一补心,再死也不迟啊!"① 玉贤的这番自我反思,无师自通地与儒家的教诲相吻合。儒家视人的情感激发的瞬间,为其承负做人责任的关键时刻,即"发皆中节,情之正也。无所乖戾,故谓之和"(朱熹《中庸章句》语)。意思是说,人不能因情感的激发而失节乖戾,丢弃了为人的准则。玉贤显然后悔自己没有看透那个人面兽心的杨老师,未能在其情感激发的时刻控制住自己,现在她愿在知错后重新调整自己的情感,回归到"中节"上来,"死了也该是康家的鬼!"这是她知错改错,以实际行动重新回归"妇道"。玉贤的这种命运遭际,固然是特定的历史境遇使然,却也相当深刻地让人们意识到,人要真正地掌握自我的命运,就必须有一个关于自我生命价值的觉醒,而这是人自身得以进步的精神基础。

康家小院的悲剧,是陈忠实对传统的中国社会走向现代社会,所必经的艰巨性和复杂性的清醒认识和艺术展现。他要提醒人们的是,处在这样的大变局中,勤劳质朴的劳动者既要警惕那些花言巧语"为人师表"的骗子,也千万不能忽视自我精神上的局限!康家小院平静

---

① 陈忠实:《陈忠实文集·一》,广州:广州出版社,2004年,第455页。

和谐的日月经不住歹毒邪恶的外力冲击,这说明,生存在封闭的社会文化圈中的小生产者的生存方式是落后的、脆弱的,相应的,当支撑其生存的意识形态面临挑战时,严重的危机就出现了,因而亟待更新。可惜这并不为康家小院的男人和女人们所真知,他们还没有觉醒到需要以新的生存方式活着。悲剧降临到他们头上,却启示了更多的人:解放了,仅仅是在政治的意义上翻了身,却没有在自我日常生活中关乎人的生命价值取向上获得现代文明的重塑。生存的方式依旧,活着的生命意义依旧,这并不是真正的人的解放。因为在这样的历史境遇里,人们不可能由于被解放而具有精神上的独立自主的品性,进而成为社会和日常生活的真正的价值主体。

《初夏》

本作品创作于 1984 年,获 1984 年《当代》文学奖。

就陈忠实创作的初衷来看,《初夏》是为了反映党的十一届三中全会后轰轰烈烈的农村经济体制改革大潮所带来的生活新变化。

《初夏》发表后,著名作家王汶石写信给陈忠实,在热情称赞作品的成功之余,指出他在处理父子二人矛盾时,对"毕竟是当过多年支书的老共产党员,大队的老干部,受过多年党的教育"的冯景藩把握得不是那么准确,即"在他和一心想把队搞好的儿子的矛盾冲突过程中……绝不会像一个普通的农民群众那样简单,那样毫无顾忌"。[1] 陈忠实在回信中坦诚地说,之所以要把冯景藩写得那样绝情,一怒之下

---

[1] 陈忠实:《陈忠实文集·一》,广州:广州出版社,2004 年,第 490 页。

将不听劝告的马驹赶出家门，是由于他们父子间的矛盾已不再是一般的家庭矛盾，而是"衰竭和死亡"与"新生"的较量，社会要发展就不能不进行"除旧布新的交替"。历史地看，陈忠实对冯景藩所寓含的社会意义及其为人品性的理解和把握是符合这一人物的生命逻辑的。

值得人们注意的是，陈忠实用"衰竭和死亡"这样的词语来概括冯景藩曾经为之奋斗了大半辈子的事业，不能不说这在当时是作家对历史和现实深刻思考后所形成的独到的审美预感。这种预感在《初夏》发表五六年后，随着苏联解体和东欧剧变成为现实。人们经过一番震惊与重新认识，特别是真正回到马克思所论证的社会主义理论立场时，方才意识到"衰竭和死亡"的准确性。由此可见，陈忠实的这一预感在当时所具有的深刻的启蒙意义。

当然《初夏》的局限性也是明显的。这主要表现在对马驹这一人物形象的创造上。作家更多地看重新一代创业者对传统革命精神的继承，而忽略了新时代赋予他们的新视野和新气质。从某种角度讲，作家对马驹性格的刻画和柳青对梁生宝的精神气质的表现属于同一类型，几乎看不出不同时代精神的内在特质。严格地说，这是作家艺术体验与构思尚未完全摆脱人物本质主义化所养成的思维定式的结果。我们从马驹进县城找冯安国时对农贸市场的观感中，可以看到他对新的时代特征已经有了一个相当敏锐的感知："这儿也有穿着当代中国最时髦的服装的青年男女在人流中溜达。紧绷着屁股的牛仔裤和喇叭裤，与庄稼人的大裆裤混杂在一起；披肩的长发与庄稼人的光头同时并存。"①这个非常显眼的"同时并存"的社会现象，却没有引起马驹（当然也

---

① 陈忠实：《陈忠实文集·二》，广州：广州出版社，2004年，第107页。

包括作家）的深切关注，或者说，关注了，但却是一种带有批判性的关注，至于这种"同时并存"的背后包蕴着一种什么样的时代色彩，既没有与农村新经济体制联系起来，也没有以更深邃的目光来透视它是否具有一种新的文化价值涌现的可能。不可否认的事实是，农村新的经济体制相当大地解放了农业生产力，农民由此渐渐成为自己命运的主宰者，个体的自我价值日趋凸显，人们自觉地追求物质利益和美好生活的愿望强烈了，社会出现了可供生命选择的多元价值。马驹（包括作家）对这种"同时并存"现象缺乏清醒的现代意识，仅仅是一种冷漠观看。如果能动一下心思进行思考，他的治穷致富的理想可能会有新的时代特色。这让人不由得想起路遥在《人生》里对高加林命运的审美处理：高加林丢弃了像金子一样闪光的刘巧珍，爱上了能与他谈论国际能源问题的黄亚萍，不仅得不到某种认可与同情，反而落了个"哥哥你不成材，卖了良心才回来"的下场。能否说，路遥与忠实对社会文化价值多元性的出现，多少有一点"一元论"的干预劲头。尽管他们的这种描写在当时也的确不失为一种生活真实，但也显得其对新生力量的理解少了一点高瞻远瞩的眼光。

《梆子老太》

本作品创作于 1984 年 2 月。

梆子老太黄桂英是极左的阶级斗争的产儿。

黄桂英是一个怪异的文化存在。

黄桂英"自幼以三石麦子两捆棉花的彩礼许订给梆子井村的胡景荣"①，结婚后，不仅她的梆子脸长相让人觉得滑稽可笑，而且她的女红活儿做得特别粗劣，拿不出手，更何况数年不怀身孕，不能生育。然而她却能像男子汉一样下地做一手让自己男人都感到惊奇的庄稼活儿。这样的女人在既定的文化境遇里很难抬起头做人，作为一种罕见的异类，她被女人们瞧不起。黄桂英有一种看不见却能深切感受到的精神重负。

黄桂英的"抗争"是一种反常的文化抗争。

黄桂英不是一个轻易从众的人，她好强虚荣，不甘寂寞，乐意在众人面前显示自己的存在，并以此来反抗加在她身上的种种舆论压力。为了证明自己生命的常态性而不使自己再孤立，她希望能从村里后嫁来的媳妇中寻觅到也不会生育的同类，甚至用猜忌的心态和不尊重他人的言辞传播一些对她有利的谬说；她关注村里饭时的"老碗会"的参与者的饭食状况，主动进门入户去察看未到场的人家在大家都吃一样饭菜的情况下，在自己家里偷吃什么。一旦发现有人没来是由于断了粮，她会立即从自己家里端来一碗苞谷糁而不事声张，却对在家吃肉饺子的木匠王师一家"半是惊奇，半是嫉妒，逢人便说出自己的发现"，致使随后在分配救济粮时，王师一家失去了机会。人们开始防范她的眼睛，"老碗会"冷落了。她的"盼人穷"和"监视东西邻家"的特务雅号被村人叫得更响了，连小辈人也不把梆子老太放在眼里了。"自己倒霉，盼别人更加倒霉"真成了她的一种毛病。

---

① 陈忠实：《陈忠实文集·二》，广州：广州出版社，2004年，第151页。

黄桂英是一个愚昧的作恶者。

黄桂英尽管不为众人所喜爱，却由于能积极参加生产劳动而获得乡长的公开表扬。"四清"运动中，她虽无意趁机谋权仗势，却由于揭露了"两件大案"而得到工作队的重用，当上了大队贫下中农协会主任。"文革"期间，根据在农村贫下中农领导一切的原则，两名年轻的解放军战士让黄桂英成为五人临时领导小组的组长。特定的历史时代为黄桂英提供了施展其"才干"的平台。在生产方面，她尚能听取他人的建议，一度还搞得能令庄稼人心里踏实，而在接待专程调查本村在外工作人员的家庭成员及其历史状况的人时，她则一概不知就里地"尽其所知，一一作答"，给被调查者带来了意想不到的遭遇和迫害。而她却成了红得发紫的政治明星，从公社直"讲用"到地区，并成为出席省"讲用"的代表。

这个被丈夫斥为"不明世情的婆娘"，听不进丈夫"该当修德养性了"的忠告，在那个无法无天的年代里，做坏事不觉得心愧，竟敢巧立名目地阻拦他人的婚姻自由，其不得人心到了令人无法容忍的地步。

黄桂英的命运起伏具有沉痛的文化教训。

"四人帮"的垮台，宣告了一个荒谬愚昧的时代的结束。黄桂英"又是什么头衔也不披挂的那个弹花匠胡景荣家里的老婆了"，她一下子跌入了痛苦的深渊。作品里的常书记让她清理一下自己头脑里"左"的东西，对她来说，这恐怕是一个很难完成的任务，倒是读者从黄桂英命运的起伏中可以意识到这样几点文化教训：其一，一个共同体（棒子井村）内的文化生态健康与否，对个体作为一种文化存在的积极性的发挥至关重要。不是宽容、理解进而友善相处、宽容平等地对待具有一定异质性的个体，而是一味地歧视；具有异质特色的个体不能正确认识自己，不能以友爱的心态和诚恳的作为努力融入群体，都会对共同体的文化生态的整体优化带来危害。其二，从乌托邦幻想出发强制推行极左的阶级斗争会从整体上促使社会发生质变，生产出极端的激进人物并使其成为社会的一种破坏性力量，使社会和历史在特定的空间和时间段发生某种倒退。其三，以革命的名义畅行的民粹主义生产的是新样态的社会愚昧，抛弃和扼杀的是优秀的文化传统。其四，崇拜贫穷的反智"革命"，唤醒并强化的是无知的暴力，它只能加剧社会失衡和人际间的裂变与纷争。其五，铲除极左劣根的关键不只是对人的意识进行净化，重要的是对能使"左"的劣根得以蔓延滋长的不同层面的体制性"沃土"进行改良。

《十八岁的哥哥》

本作品创作于 1984 年 6—7 月，获 1985 年《长城》文学奖。

十八岁的高中毕业生曹润生高考落榜回乡，"作为一个年轻的庄稼汉"，开始了新的人生。按照他的设想，在河滩"抛沙取石，卖石头挣钱"，一旦积攒下可以买回同学家所养的十群意大利蜜蜂的钱，他就"天南海北去放蜂"。为此他"把一本《养蜂学》看得快要背过了"。他有志气有谋划，决心一步一个脚印地靠诚实劳动安排自己的生活。

然而，不由他设计和安排的现实却以另外一种力量给他的人生之路设置了不期而至的障碍。

先是同班女同学刘晓兰主动向他示爱后又随其境遇的变化而另作选择的精神打击。曹润生是五里镇中学男子篮球队的主力中锋，由于球技出色，在赛场上每每因表现突出而得到老师和同学们的赞赏与喜爱。毕业前，他和刘晓兰一起参加了县中学生篮球联赛，刘晓兰是本届女篮冠军的获得者五里镇中学代表队的替补队员；他被选拔为县中学生篮球队队员，不久将到市里去征战。联赛期间，她常于球赛后抢先给他洗衣，别的女同学根本插不上手；平常班际赛时，她如果不到场观看，他的球技便发挥得不正常。他们彼此心中都关注着对方却没有把关系挑明。县联赛后，她有意约他一块返校再一路回家，利用过小河他背她的机会，以突然的亲吻表示了对他的爱，并在朗月当空的河边为他唱了支"九九那个艳阳天，十八岁的哥哥坐在小河边"的歌。后来，她到公社砂石站负责开票，得知他在抛沙取石，便主动安排拉石汽车给他先拉石头，以便尽快把石头卖出去。曹润生陶醉在爱河之中，浑身有使不完的力气。可他没有料到，当有机会在沙石管理站与刘晓兰会面时，却发现她要与该站一个长得白白净净、有着一张秀气的脸的小伙下班后一块看电影，心中顿觉不快，只好拿出长才大叔托办的卖石头事来搪塞。紧接着在他再次与她见面时，刘晓兰热情地招呼他美美地吃了一顿，还让他试穿了她第一次发工资就给他买好的一身衣服。这让他非常兴奋和激动，实实在在地感觉到了幸福。可就是在这次两人交谈中，她不无痛苦地告诉他，在乡里工作的姑父给她介绍了一个对象，是管理站的会计，就是上次和她一块看电影的那个人。会计的父亲与刘晓兰姑父是朋友，还是县上的干部。曹润生听罢，"骤然就明白了，她姑父在乡里，他爸爸在县上，既是上下级关系，又是老朋友，他们的儿子和亲属就可以在沙石管理站工作，还要联婚，正好门当户对……想到这层说来复杂实际简单的关系，曹润生——十八岁的哥哥啊，几乎本能地想到他的父亲，那只是一个养猪养牛的能手。他的那种自卑里，冒出一股强烈的厌恶情绪，负气地摆摆手：'那好！那好！我走了……'"① 他拒绝了她要送给他的那一身和尺码的衣服，"终于没有转过头去，似乎后颈上别着一根棍子，脖颈梗得邦硬了"②。"她能找下一位大学生派头的管理站的会计做女婿，他也绝不至于打光棍一辈子！"③ 神秘的动人心魄的初恋虽然来也匆匆去也匆匆，却让入世不深的十八岁哥哥对社会人生由于彼此生存境遇的差距，攀权附势的人际文化圈的介入和各自对生命价值的不同追求所形成的诡谲复杂有了深切体会。

接下来的打击更加沉重。曹润生为人质朴宽厚，处事认真公道，在河滩抛沙取石的过程中，赢得了这个劳动群体的信任。为了使卖石头能秩序化、合理化，大家自发组织起了"捞石头人协会"，公推他当会长。他的父亲得知此事后，先是给没经过世事的他点出村长"那人不是个正路货"，便把一切苦衷都寓含在无声的叹息之中，接着便严肃地告诉他："众人信服你，你就干吧。""凡事甭叫人指脊背骂祖先，你已经长大了"。满腔热情的曹润生打定主意，要跟沙石管理站建立组织联系，合理安排，不走后门走正路。他找到沙石管理站的站长，站长爽快地表示支持，而且提醒他应该和村长谈谈，"让他知道你们有了劳动组合"。曹润生立马回村向村长汇报，村长只用半个嘴和他说话，让

---

① 陈忠实：《陈忠实文集·二》，广州：广州出版社，2004年，第274页。
② 陈忠实：《陈忠实文集·二》，广州：广州出版社，2004年，第275—276页。
③ 陈忠实：《陈忠实文集·二》，广州：广州出版社，2004年，第279页。

他"去乡政府请示",因为"我吃不准,你们成立的'捞石头协会'究竟算个啥性质的组织……"他只得再奔乡政府去了。乡政府主管乡镇企业的吴副主任直截了当地说:"你们搞得迟了,曹村村长今晌午刚报来一份申请,大队里已经建立了沙石管理机构。大队统一管理就行了,再搞一个什么协会,成了重叠机构了,势必加重群众负担。现在的政策精神是,要减少干部,要减轻农民负担……"曹润生当即声明,他不是抢着当干部,不要什么报酬。可吴副主任就是听不进去。当他由乡政府回到村子时,广播里正播送着村长的通知:"经村民委员会和大队委员会研究,决定成立本村沙石管理站,统一经销……"事情就这样一风吹了。恰在这时,长才大叔垂头丧气地告诉他:"村长的儿媳妇已经下到河滩,经营曹村沙石管理站的事咧!你还为大伙空张罗哩!咳!……去他妈的黑脚……"只有父亲不惊慌,不无训斥意味地告诉他:"世事就是这样子","不跌跤长不大,不碰钉子就认不得人,不懂得世事"。冷静下来的曹润生终于捋顺了事情的来龙去脉,原来他一开始就钻进了预备好的圈套,"像诸葛亮在陆逊尚未出生时就为其摆下了乱石阵一样,早已等着娃娃来钻呢!"从站长到村长再到吴副主任,人家早他一步把方方面面该沟通的都沟通好了,他向站长请示再向村长汇报最后遭到吴副主任的否定不说,还被意味深长地怀疑是他想争当干部。他钻完了"乱石阵",才醒悟到"自己头脑太简单了,简单得令自个憎恨!一切都不简单,只是自己把一切看得简单了,看不透才觉得简单"。"看不透"固然一语道破了阅世不深的年轻人难以避免的局限性,却也让人们从中感受到,集权体制下普通人不是其所在社会的真正知情者,有着易遭他者玩弄的可悲命运。

曹润生"心里有点冷,却不空虚,他仅仅只有十八岁,而生活的路还很长"。在他告别河滩沙石场时,五龙叔将他发的拉石号码当面装在贴身的衬衫口袋里给他说:"虽然没有用了,叔还是舍不得扔了。叔留下作个记物儿……"而"散落在沙滩上的庄稼人,手拄铁锹,一齐停住了劳作,正目送着他走出沙滩去"。而且随着五龙叔把号码装进口袋的动作即刻"爆发出一阵哄笑,有人打起了唿哨,像山洪突然从河的上游奔泻下来的呼啸"。看着站在离他三五步远的那位穿军大衣的村长儿媳妇,他明白五龙大叔举动的含义和那哄笑声中所包含的怨愤了。

曹润生"背起罗网,扯开长腿,从村长儿媳的身旁走过去,头也没有拧一下"。"十八岁的哥哥走上河岸,再没有回头"!这是一种决绝的姿态。他年轻,胸怀坦荡,毫不世故;不懂得权谋,两遭打击;但他敢于反思。我们希望他能从"看不透"的教训中悟出改变社会政治和文化生态的正确路径,坚守公正尊严的人生所应有的做人准则。

易卜生在他的名剧《玩偶之家》中热情地肯定了娜拉为争取自己的独立人格而离家出走的行动,鲁迅却提出了"娜拉走后怎样"的问题让人们思考。鲁迅强调的是要有"深沉的韧性的战斗"[①],对曹润生来说,这仍然是一个极为重要的问题。

《夭折》

本作品创作于1984年。

农村的"四清"运动和紧随其后的"文化大革命",给中国的社

---

① 鲁迅:《鲁迅全集》第1卷,北京:人民文学出版社,1963年,第274页。

会所带来的浩劫，不少作家在其作品中都做了深度不同的反映，陈忠实的《夭折》就是其中很有特色的一篇。

《夭折》是一封揭露书。

农村知识青年惠畅和"我"有着共同的文学爱好，他们在一起热情认真地研讨所写的小说，一起去看一月一次在农村放映的电影，一起跋涉几十里路到市里去听文学讲座，一起为惠畅处女作的发表而兴奋不已，不无放纵地以自己独有的方式热烈祝贺……总之，他们为了心目中神圣的文学事业，读书，写作，谈神童作家刘绍棠，评工人作家胡万春，互勉互励埋头苦练，希望打出一片属于自己的文学天地。这样两位有着美好理想的文学青年并没有招惹任何人，只是由于惠畅偶然遇见了时任团支书和一个女子偷情的事，便被心怀叵测的团支书记恨在心，必欲除之而后快。雷厉风行的"四清"运动开始后，这个心地阴暗的团支书摇身一变，成为"四清"工作组的依靠对象。团支书自以为有机可乘便施展其阴谋伎俩，弄虚作假，硬是让工作组把惠畅家由中农成分直升格为地主。惠畅的父亲从此屡遭批斗不说，这个伤天害理的团支书，居然将惠畅的书统统烧毁，还强迫他上交了所得的稿酬。面对这意想不到的灭顶之灾，惠畅被折磨得几乎要走绝路，终于在"我"开导他即使像猪一般生活也要活着的鼓励下，学会了木匠活儿以维持生计。"文革"结束后，惠畅家的地主成分得到更正，他本人也可以重新拿起笔从事文学创作了，谁知经历了残酷的精神折磨和长期荒废的他，一时再也写不出与时代同步的好作品了。他，一个有志于文学事业的青年就这样夭折了！这是谁之罪？

《夭折》是一首赞美诗。

———— 中篇 内涵丰赡的文学世界的创造者

人在平凡的日常生活中,最可宝贵和珍惜的是志同道合的真诚友谊。惠畅和"我"作为朋友,为了共同的爱好不分彼此坦诚相待,一丝不苟地为提高各自的创作水平,为优化各自的为文心态,你批我评相扶相帮。始终被崇高的理想联系在一起的两颗心,相互知根知底体谅到家,实在令人感动。人在艰难的生存境遇中,最渴望的是贴心的爱和无私的精神支持。惠畅的妻子秀花,这位文化不高却心地善良、始终默默地勤劳持家、关爱丈夫的农家妇女,当丈夫遭到迫害,"像一条被关在笼子里的狼"似的疯狂时,她紧紧地抱住丈夫,万分痛楚和心疼地叫丈夫打自己。她心里明白,丈夫"心眼太直,写不成文章,看不成书了,就不想活了"。"你想看书想急了,没处出气,你在我身上出吧……"① 实在无可奈何时,她假满足丈夫离婚的要求,悄悄来到"我"所在的学校,求尚不知全部情况的"我"在那个谁也不敢再踏进地主家门的时刻去劝劝丈夫。作为妻子,她所能给予丈夫的一切,还有什么没有给予呢?没有了。这样深厚而质朴的爱真可谓感天动地!惠畅得知"我"应邀在市里一个剧院讲创作体会,便悄悄来到剧院听"我"的报告,散会后两人相遇,在一家小饭馆畅叙情怀。惠畅神态安静地给"我"说:"放开手写吧!多写!写好东西!你写下好东西了,我感到高兴,还有……我们的那个马罗大叔,给你放火铳"。"我虽然趴下了,一时三刻难以站起来,没有关系。我们俩总有一个人没有趴

---

① 陈忠实:《陈忠实文集·二》,广州:广州出版社,2004 年,第 349、350、351 页。

下,这就够了!"① 之后,惠畅经营水泥预制厂发了家,特意精心安置了一个可以舒心地学习和写作的书房,死不下爱好文学的心,要搞自己的专业创作,一定要在"临死前能叫出一声来"。同时拿出五千元交给县文化馆,设立"农民文学奖"。就与仇家的关系来说,惠畅宽宏大量颇有气度。对自己的孩子"要以实业兴国安家",毫不理会父辈间的纠葛,只顾自己交朋友,和那个迫害过他的团支书的儿子友好相处的事,他不干涉。惠畅的确是人生路上的强者! 人在乱世中,难能可贵的是公道正直地活人。那位认真坚守看庄稼岗位的马罗大叔,一旦意识到"发表一篇文章确乎不是一件寻常的事"时,高高兴兴地为惠畅处女作《小河秋高》的发表放了庆贺火铳;当惠畅一家遭受迫害时,那个被马罗称为"运动红"的团支书,跑到他的庵棚里,让他写个给惠畅父亲熬长工的证明材料,他义正词严地说:"我确实熬了一辈子的活,可不是给惠畅他爸熬活,我在河北那家财东家,一直熬到解放。""运动红"缠他,非要他写,他毫不留情地出口骂道:"甭给人捏包子噢,包子是虚的,终究要从心里臭的!"他的为人原则是:"为人在世,不管刮啥风,下啥雨,以实为实总也没错儿,你要心眼搞下虚虚套套的假事,害了人,终究不得长久喀!"这就是马罗大叔!"他没有读过历史,也没研究过社会发展史,他只是看过好多古典传统的秦腔戏"②,然而却懂得了做人一定要公道正派! 人常说,老百姓心里有一杆秤,好坏分得一清二楚。支撑这杆公平秤不胡乱倾斜的就有马罗大叔这类

---

① 陈忠实:《陈忠实文集·二》,广州:广州出版社,2004年,第370页。
② 陈忠实:《陈忠实文集·二》,广州:广州出版社,2004年,第362页。

人所恪守的做人准则。

不论是对丑恶灵魂的揭露，还是对美好心灵的赞颂，《天折》给读者展示的是这样的人生："生活中有惠畅的落难，也就必然有团支书那样的乱世英雄，也不会没有马罗老汉这样用良心和传统道德的盾牌抵挡了袭击的人。"[①] 社会的发展和人自身的进步就是在这样的人生中展开的。如果说，人之所以是人，是由于人总是生存在各自所建构的意义世界中，那么《天折》就是要提请人们对自我的意义世界的价值取向保持应有的清醒。

《最后一次收获》

本作品创作于1985年春。

《最后一次收获》是这样一部中篇小说：它通过对有资格享受把农村家属户口迁入城市这一优惠待遇的工程师赵鹏，回家参加最后一次夏收的所见、所感和所想的真实描述，相当全面地展现了当时农村的生产劳动、日常生活和不同人等的追求与向往。读者从中可以感受到，落后的生产方式和与其相应的人的精神风貌同快速发展的时代要求的不协调。主人公赵鹏最后所发的感慨是：

> 他不能把汗水再洒到黄土塬坡上，手里也不必再握那大约从西周或秦汉传留下来的小推车的木把儿，……他无法再回到这种原始的生产状态中来，不是鄙薄故乡故土，也不是

---

① 陈忠实：《陈忠实文集·二》，广州：广州出版社，2004年，第362页。

鄙视劳动吧?……不论他日后怎样都不会忘记莽莽苍苍的黄土高原之中的小河川道的天地;都不会忘记牛皮车袢和蜷卧在小推车的滋味!为了他的乡亲和赵村的后代尽早摔掉那又硬又涩的牛皮车袢,他明白自己应该怎样……①

赵鹏"明白自己应该怎样",是他在最后一次夏收劳动中看清楚了农村物质与精神上的滞后是由于社会的总体生产方式的落后;农村人际间的矛盾以及人们的多样追求也是对落后生产方式的不同回应。作为机械工程师的他更明白,工业的现代化会给农业生产方式的更新带来什么样的推动力。对赵鹏来说,这"最后一次收获",收获的不仅是他想都没有想到的那么多的小麦,还有对自己所肩负的历史重担的高度自觉。

在这"最后一次收获"里,对赵鹏的家庭来说有了一个相当深刻的变化,这就是夫妻之间平等意识的确立。中国北方的农村社会至今还存在着严重的重男轻女的思想,男孩是家族传承的主体,男女结婚后,家庭的中心人物是丈夫,丈夫的意志就是家庭的意志,妻子不仅要精心侍奉公婆,还要全心全意侍奉丈夫。赵鹏对这样的生存文化也是习以为常,并没有意识到这有什么不好。经过这最后一次的夏收劳动,特别是在狂风暴雨袭来时夫妻间出现了难得的一次"斗气"后,他突然头脑清醒起来。

---

① 陈忠实:《陈忠实文集·三》,广州:广州出版社,2004年,第61—62页。

> 收麦以来的四五天时间里,她比他吃得少,睡得更少,而几乎是马不停蹄,半夜里蒸馍,熄了灶火又提着镰刀下地了,临到他拉着小推车走到地头的时候,她已经在微明的晨曦里割下一排排麦捆子了。他累得疲惫不堪,她也不是铁打的身骨啊!①

这是一种发自内心深处的感动,它唤醒的是他对妻子作为人所应有的尊重和由衷的疼爱。吃饭时,他目不转睛地盯着妻子的脸:

> 这张曾经像粉桃一样白里透红的脸膛,变成条形的了,黄色上透着黑色;眼睛变得更大了,眼神里有一种根深蒂固的紧迫的气色,时时准备放下手里的筷子而去捞起杈把或什么家具。眼角上密集着鱼尾纹,在略一拧眉时就更加显著了。二十年,乡村田野里夏日的骄阳,冬日的尖利的西北风,把那张皮肤细嫩的脸颊,改变得又粗糙又老相了。②

当他动情地把菜夹到妻子的饼子上,爱抚地劝她吃菜时,他的这个从来没有过的动作让妻子意外而惊喜,"眼里罩起一缕妩媚的雾一样的气色":"你今日……怎么了?""我今日觉悟了!咱俩应该平等……"这个本来迟到了的"平等",居然让妻子难以理解。在她看来,

---

① 陈忠实:《陈忠实文集·三》,广州:广州出版社,2004年,第28页。
② 陈忠实:《陈忠实文集·三》,广州:广州出版社,2004年,第31页。

妻子服侍丈夫,"女人就该这样嘛!"觉悟了的丈夫当即宣布:"咱们搬到市里去住,下班了,谁回来早了谁做饭,星期天一块洗衣服,就该这样。你甭笑……"①

在男权中心的社会里,真正能在家庭里实现夫妻间的平等,实在是人自身的一大进步,将其养成一种生存习惯则更是不易的事。这期间虽少不了反复和不同层面的矛盾与冲突,但只要丈夫觉悟后的自觉能持之以恒,互敬互爱的平等意识就会为夫妻间的爱提供现代性的思想与情感的基础。

赵鹏的"最后一次收获",是其崭新人生的开始,实际的生产劳动让他更深刻地理解了农业生产的现状和自己应担负的历史使命,但最引人瞩目的,还是他能在繁重的夏收劳动中通过与妻子的鲜明对比,自觉地意识到自我精神上的病症,进而决心改变家庭男权中心所积淀的历史恶习,对妻子要真心平等相待的态度和举措。这是人性的真正回归和优化,是人之为人的实实在在的觉醒!它看起来是一个家庭里的主导关系的质的变化,实际上是我们这个古老的民族在精神深处走向现代文明的重大演变。

《蓝袍先生》

本作品创作于 1985 年 8—11 月。

《蓝袍先生》是陈忠实中篇小说里的一部重头作品,其文化批判的深广度都是前所未有的。

---

① 陈忠实:《陈忠实文集·三》,广州:广州出版社,2004 年,第 31—32 页。

这里，我们仅就徐慎行两次对待"慎独"的不同态度做一简析，一见个中所含文化批判之深意。赴师范进修班前，其父亲的手谕"慎独"，是在他已经有了"为人师表"的经历之后，特意提醒他一人独处时，要格外注意自己的言行举止，不可出现与其身份不相称的言行。这是其父要求他务必发自内心地按既定规矩严格自律。令人可喜的是，徐慎行进入进修期后，并没有因此而自外于有着浓厚的新文化气息的班集体，他在以田芳为代表的同学们的帮助下，重塑了一个新生的自我，享受到了未曾有过的自由与快乐。全新的生存方式让他进一步意识到父亲的手谕"慎独"，是一种束缚自我精神解放的枷锁，他果决地将其付之一炬：一个开朗坦诚积极进取的新人从速成二班走向了社会。后来，他蜷缩在学校小库房自己书写"慎独"，是在恐怖的专政境遇中，经过多次批斗的折磨后，不得不对自己的思想、情感和行为实行严厉的自我控制的指令。坚守父亲的手谕"慎独"是要维护自我"为人师表"的尊严，不自污其人格，虽不乏其文化上的某种愚昧，却有一种内力支撑的精神在。自己书写"慎独"则是在自我的人格尊严被彻底摧垮，仅仅为了能让其于自轻自贱中苟延残喘地活着，并有一个最低限度的安全感，而不得不随时警示自己千万不敢再有丝毫的"张狂"。烧毁"慎独"，是一个新的文化自我的诞生，自写"慎独"，是一种可悲的对权势和暴力的无奈与屈服。徐慎行做人的脊梁就是在这种无奈与屈服中被扭曲，而且再也无法抚平。他，身穿蓝袍，承继祖、父两辈为人师表的传统，坐馆施教，为乡人称赞；他，改蓝袍为列宁装后，关爱集体勇于担当，欢呼过自己的新生；他，真诚的善意被歪曲，被权力残暴地打入卑贱的非人的另类，从此更为悲惨地无意义地活着，活着就是等待着死亡！徐慎行一生的三个时期：旧文化基础上的自我实现—新文化层面的自我重塑—在以"革命"的名义所组成的暴力摧残下的人性泯灭，给人们的思想画上了一个不小的问号：为什么会这样？

首先，是权力独尊的统治文化需要其治下的人民成为自己的"驯服工具"，而不是享有不可剥夺的权利的公民。这种独尊文化把权力推至无比崇高的地位，它不仅君、师一体而且永远是正确的，具有至高无上的权威。面对这样的权威，作为其驯服工具的人民的基本品德就是听话和照办，决不可有丝毫的违谬。徐慎行被定为中右分子的言论，如果允许平等讨论和实事求是的分析，其罪名是很难成立的。但问题就在于，权力的威势及其所打造的具有恐怖性的政治氛围，只允许顺着权力的需要说，而不允许为已经被权力明确定性了的中右分子辩护。正是这种绝对的"一言堂"，既强行统一着人们的思想，让其在权力面前养成驯服品性，又给被批判者造成强大的心理压力，令其一步深于一步地自我否定、自我丑化、自己把自己贬斥到非人的状态。徐慎行在速成二班所建构的那个有着进步积极性的文化自我，就是在这种权力独尊的文化围剿下彻底解体的。

其次，是独尊的权力实行的"孤立打击一小撮"策略的必然结果。所谓"交本单位群众监督改造"，其实就是把被监督者在群众中孤立起来，摧毁他的个人文化圈，使其处于正常的人际交往断绝和信息基本封闭的生存状态。这是一种软性监禁，人们的卑视眼光和实际的非人待遇，迫使被监督者精神卑琐，自轻自贱，甘愿于劳动改造中求得一时的安宁和平静。正是这样的文化境遇让徐慎行自觉意识到"慎独"

的必要和独处的可贵，自我封闭遂成为他生命的基本需要。

再次，是徐慎行于非人的生存境遇中，耗尽了其回归积极的文化自我的心劲儿。按说，政策落实后，他被允许上课当老师了，这应该是鼓起心劲重新展示生命价值的时刻，可他除了唯唯诺诺，再也没有这样的勇气和智慧了。残酷的长时间的被管教（专政），封死了他做教师的话语系统；速成二班同学们的相聚，特别是田芳和他对当年那段难忘的经历的热情回忆，以及同学们对当年的班长，直接迫害他的牛王砭小学校长刘建国的鄙弃，本该唤醒他振作起精神的心劲儿，可他没有。他心灵深处扎了根的是那自写的"慎独"所一再提醒他的"不要张狂"。这个顺应权力需要而苟且活着的"不要张狂"，像头猛兽吞噬了他堂堂正正做人的灵魂！

徐慎行的命运史非常尖锐也非常深刻地向人们表明，一个人的文化自我及其文化自觉，固然需要个人具有健康的生命价值追求，但决不能忽视直接掌控社会的权力本身是否为真正的先进文化所统驭。换句话说，呼吁社会的权力结构及其运作机制，包括其所倡导的价值观、所规约的社会秩序和法律程序的先进文化化，正是《蓝袍先生》真正的文学意义之所在。

《四妹子》

本作品创作于1986年8月，获1988年陕西作家协会首届"双五"文学奖。

四妹子，是从陈忠实笔下走出来的一位既平凡又可敬的时代新人。政治上，她不是共产党员，也没有当过农村的基层干部；思想上，更没有接受过革命理论的培育和熏陶,她只是一个名不见经传的极普通的农村姑娘。贫穷落后的陕北故乡让她懂得了人生的艰难,也养成了她顽强倔强的性格。嫁到关中婆家后,她有主见,敢作为,老公公不许"张狂"的家教,管得住她一时,却改变不了她追求独立自主的心性,更阻挡不住她要改变自己命运的坚定意志和果敢行动。极左的逼人就范的群众批判她不怕,妯娌间的无端猜忌和钩心斗角她不放在心里,随着政治形势的变化可轻易获得的小恩小惠她看不上,甚至丈夫创办的家电维修门市部请她当老板娘,她也不干。她要做的是自己谋划好的真正的"闯世事"!对她来说,这个"闯世事"非同小可,有着她所意想不到的复杂和艰难,然而,她勇敢地闯过来了。从偷贩鸡蛋遭批斗,到创办家庭养鸡场,她成为媒体宣传的著名的养鸡专业户;由妯娌私心作祟内部裂变把养鸡场搞垮,到重振精神决心承包人队百十亩果园,一个"砸不烂的四妹子"挺立在渭河平原上。这个四妹子,诚如她自己所说,只不过是"长到路中间来,任车碾马踏人踩,匍匐在地上,继续着自己顽强的生命"① 的一株车前草。她既没有以往文学作品中英雄人物(或先进人物)所具有的宏伟的革命理想,以及为了理想的实现而奋勇献身的革命精神,又没有多么明确的可以让媒体宣传的高尚的生命价值追求,只是本能地为了不再回到那种迫使她为了生存而不得不到较富足的地方嫁人的岁月,仅仅以自身的遭遇和勤奋的实干精神,向世人宣告了另一种更为朴实可靠的人生哲理:实实在在地从改变自己的命运出发,一步一个脚印地去"闯世事",如此的人

---

① 陈忠实:《陈忠实文集·三》,广州:广州出版社,2004 年,第 281 页。

生不仅是美好的、高尚的，而且会从改变自己的文化境遇渐进地推动社会的发展和人自身的进步（作品中，她的老公公吕克俭的思想转变和情感变化就充分地说明了这一点）。

四妹子形象的更重要的意义在于，她作为一个意蕴深厚的文化自我——自觉学习创业所需要的科学知识；努力熟悉相关的社会情况，及时掌握所需要的商情信息；集中时间和精力于短时间里积累必要的资金；强化科学管理和制定能巩固并扩大自己市场份额的有效的销售及售后服务原则等——以其具有开放的敢于寻找新的生存路径的勇闯精神，相当深刻地揭示了人类社会渐进发展的基本的普遍的事实[①]，而且从某种意义来说，也是对那种从脱离历史实际的空想出发，以激进的革命方式地改造社会、革新人的世界观的建构的理性反驳。四妹子既是生活在时间中的人，也是以自己的生命活动体现时间的人，体现一种发展和进步的人。

《地窖》

本作品创作于1987年。

《地窖》这个中篇小说写了一个奇特而颇耐人寻味的故事。

故事的第一部分写"文化大革命"中河西人民公社社长关志雄，

---

① 19世纪瑞士文化史艺术史学家雅各布·布克哈特认为，"文化是精神发展的总和，而这里所说的精神是出于本能发生的"。在布克哈特所描绘的世界历史图画上，唯有涉及自由的成分和以自发的形式尽最大能力、尽最大可能得到发展的那些地方才显得光彩夺目。参见布克哈特：《世界历史沉思录》，金寿福译，北京：北京大学出版社，2007年，第269页。

为了躲避县造反司令部司令唐生法的追杀，深夜连翻了三个院子的墙跑到他认为在当时是最安全的地方——造反司令的家——躲藏。唐生发的妻子玉芹不仅收留、保护了他，而且与社长有了一段为时虽短却情意颇深的爱恋。故事的第二部分写"文革"结束后，唐生法在公社举办的"说清楚"学习班上并未将自己的问题说清楚，事后却给复职的公社书记关志雄写了一封认真反思的信，信中不仅交代了自己"造反"和追杀他的真实目的，而且给关志雄提出了一些作为基层干部更应深思的问题。

玉芹之所以能主动地向关志雄袒露爱的真情，绝非她是一个放荡的"烂女人"。她为人本分，持家勤俭，只是由于连生二女而未能先生下男孩便遭到公婆和丈夫的辱骂和歧视。特别是，处在一个她自己无法识透的"文化大革命"的动荡年代，婆家与娘家有着"造反"与"保皇"政治立场上的对立，丈夫扯旗造反后又与他的女政委滚混在一起，她几乎丧尽了做人应有的尊严，无可奈何地"混日子"。面对被她藏在红薯窖里的"关社长"，一位群众心中的好干部，工作认真负责，能为群众的生活着想，敢于在浮夸风气盛行的年代里，坚决压缩自己村刚刚上任的支书为了显示其政绩而把"光荣粮"报得出格高的数字。她心里明白，这样的好干部不应遭罪，便明确地告诉关志雄："你整了俺阿公，又没收了俺家粮食，还赔了五百块，我自然也该咬着牙恨你才对。可我……恨不起来。"① 在她看来，关志雄这样的男人，才是能给她安慰、寄托和真诚的尊重与爱护她的亲人。她的大胆主动的倾心

---

① 陈忠实：《陈忠实文集·五》，广州：广州出版社，2004年，第23页。

爱慕是其长久被压抑的美好人性的复归，是对做人的一种觉醒和热烈追求。这就是最真实的人性：弥漫于整个社会的狂暴、残酷地践踏人性的阶级斗争，并没有达到其神圣的发动者和疯狂的参与者的目的，反倒让这位下定决心"混日子"的善良女人于鲜明的对比中分清了善恶，懂得了对错，她的爱是发自人性的最深沉的无言抗争。丈夫选择的"政治暴力"是宣泄仇恨的打、砸、抢式的恐怖，她选择的是人际间纯朴、诚信的尊重与关爱。

唐生法这个在"文革"期间做了不少坏事的造反司令得到宽大处理后，"内心并不服气，只是再无丝毫的能力和热量反抗罢了"。这是关志雄对他的判断。然而出乎关志雄意料的，是两年后的一天他收到了唐生法经别人手捎来的信。这封信唐生法写得很冷静也很理智，不仅诚恳地认识到自己的错误，而且能推己及人，联系关志雄的历史活动从更大的历史论域进行反思。

> 同是一个我，既可以做一个合格的人民教师（我曾被推选为模范教师），又可以是一个凶恶的迫害革命干部的打砸抢分子（譬如对你的种种凌辱和迫害）。同是一个你，既可以以"团长"的名义把全公社上至支书下至会计出纳的百分之九十的干部一齐扫荡，然而你又可以以党委书记的名义给他们一个一个平反，你不觉得是一场真正的悲剧么？①

---

① 陈忠实：《陈忠实文集·五》，广州：广州出版社，2004年，第40页。

他的结论是:一个时期里的政治"变得不是于人民有利而是有害了","当人民最关心最崇拜的政治最后使人民终于发觉它不过是一块抹布的时候,哪儿脏就朝哪儿抹而结果是越抹越脏的时候,自然就明白这块抹布本身原来就是肮脏污秽的一块布,那么它就只能使人失望以至厌恶了!"基于这样的认识,他主动劝阻关志雄不必为恢复他的民办教师工作而费心,他自知"我尚未从自己的心里彻底扫荡这一切人类最坏最恶劣的品质,尚未恢复到我六十年代初刚刚开始做教师工作时的那种纯洁的心理状态。我怎么能去做教育后一代人的神圣的工作呢?"他还诚恳表示:"我不是一般地遵循'向前看'的说教,而是真心实意地希望自己从懊悔中获得解脱","认真地对自己讲求一下'心理卫生'",向"一切被我伤害过的人忏悔"。[①] 实事求是地说,唐生法的深刻反思是关志雄所没有想到的,他的心灵受到了强烈的震撼,决心将这封信向全体公社干部宣读,以促进复查"四清"中大量案件的进度。对历史的反思,不同的人有不同的角度。唐生法敢于面对自己、面对历史,把自己摆进历史中,深挖自我与社会的病态根源。这是他决心重新做人的起点。

关志雄在"文革"中被打到,之后又官复原职还有所提升,他整天忙于贯彻落实党的各项政策,深陷繁杂多样的政务,虽不乏关于政治思想方面的反思,却由于长期宣传并实践意识形态所确立的思想体系和行为规范,以及体制所规约的上下级领导与被领导的关系的限制和自身利益的掌控,一时很难有真正思想解放基础上的反思。面对唐

---

① 陈忠实:《陈忠实文集·五》,广州:广州出版社,2004 年,第 40—41 页。

生法"不是一般地遵循'向前看'的说教"所作的反思和其所提出的悲剧问题与"认真地对自己讲求一下'心理卫生'"的作为,他不能不感到强烈的震撼。因为这是一种精神境界上的差距。不论是悲剧问题的指向,还是"心理卫生"与真正的做人,都能让人们从宏观和微观相结合的角度,看到我们体制所存在的病症以及在这种体制下养成的人们某种阴暗心理的严重性。

唐生法的这封信,是其真诚剖析心灵的倾诉,与关志雄对他"再无丝毫的能力和热量反抗"的错误判断相比,可以非常明显地看出一种差异:关志雄总是从维护和巩固权力的角度审视唐生法,视其为社会不稳定的因素。唐生法则与其相反,不是由于要"向前看"就轻易地放弃对严重的全局性的历史性错误的追究与思考,而是因为紧紧抓住这一问题,他才能看清真相真心忏悔,由己及人、由小及大,从自己的错误中意识到关乎国家命运的更根本的问题。用"文革"期间人们惯用的说法,唐生法触及的不只是他个人的灵魂,也触及了掌权人的灵魂!

作品特点及其文学世界

艺术地展示出社会转型①过程中的基本状态,既是 20 世纪 80 年代陈忠实创作发表的九部中篇小说的一个显著特点,也是其中篇小说所

---

① 中国由传统社会向现代社会转型是一个漫长的历史过程,至今还在路上。从中华人民共和国建立到"文化大革命"结束,从中共十一届三中全会开启的改革开放到今天,只是这一历史过程中的两个重要阶段。陈忠实的九部中篇小说对这两个阶段的社会转型的基本状态的艺术呈现有其独特的意义。

建构的文学世界的基本内容。这个基本状态可以从作家的两次不同表述中看出。在《关于中篇小说〈初夏〉的通信》中，陈忠实认为：

> 生活里既然有冯景藩，就不会没有冯马驹；生活如果只有衰竭和死亡而没有新生，社会和自然界一样早该完结了。因为有沉重的昨天，才有奋发的今天，更可以预示有光明的明天。昨天和今天——历史和现实，正在我们生活的一切领域进行交接，它不是简单的交接和替代，而是对已经意识到的新的使命的热情，是对已经廓清的历史教训的责任感，是对我们党的一切优秀传统的继承和发扬。①

在《夭折》里，"我"听了马罗老汉讲"运动红"纠缠他给惠畅父亲写陷害材料的经过后，发了一段感慨：

> 这就是生活，生活就是这样。生活中有惠畅的落难，也就必然有团支书那样的乱世英雄，也不会没有马罗老汉这样用良心和传统道德的盾牌抵挡了袭击的人。②

这两段话虽然角度不同，所讲的道理也有层面上的差异，但都描述出了社会转型的基本状态：衰竭和死亡终究要为新生所替代，荒谬和邪

---

① 陈忠实：《陈忠实文集·二》，广州：广州出版社，2004年，第495页。
② 陈忠实：《陈忠实文集·二》，广州：广州出版社，2004年，第362页。

中篇　内涵丰赡的文学世界的创造者

恶最终要为真理和正义所战胜。

如果我们再结合九部中篇小说的人物形象的创造和其艺术内涵来看这两段话，便会发现其更深一层的意思，这就是新的社会价值主体的出现。在《初夏》中，替代冯景藩的是继承了老一代革命精神的共产党员、复转军人、三队队长冯马驹。他是率领社员脱贫致富的带头人，他的智慧和才能都是令群众赞叹的。这样的人在群众的心目中是脊梁骨、值得信赖和依靠的人，是无论如何不能或缺的掌舵人和实干家。群众在他面前主要是听从指挥、出个好主意和积极做好本职工作。不能说这样的人物没有真实的生活基础，特别是在农村体制改革的初期，以计划经济为基础的某些政治机制尚在运作的情况下，但却可以看出当时作家心中的社会价值主体，首先不是不同文化自我所组合起来的群众，而是领导干部。《夭折》中，陈忠实的价值主体观念已有了明显的变化，"用良心和传统道德的盾牌抵挡了袭击"的马罗老汉，一跃成为生活中的价值主体，而且这种价值主体的位移有了相当的普遍性。十八岁的哥哥曹润生，再次崛起不忘回报社会的惠畅，通过最后一次收获而自觉意识到自己历史使命的赵鹏，敢爱敢恨敢作敢为的田芳，有智慧有谋略敢闯世事的四妹子，他们都是不同历史阶段里能体现人的尊严的价值主体。曹润生、惠畅、赵鹏和四妹子，完全可以作为社会转型时期的标志性人物看待。作家笔下新的价值主体的涌现，说明其善于从日常生活的潮流中，从平凡的见惯不鲜的事件中，准确把握具有时代特色的人性特征，并赋予其以独特的艺术形态。这不仅是其历史观的重大更新，更意味着其创作的基本原则已经有了深刻的变化①。

创造不同类型的人物形象,对传统的和极左的意识形态展开批判,是九部中篇小说及其所建构的文学世界的又一显著特征。

梆子老太和蓝袍先生是被传统的和极左的意识形态戕害并扭曲的人物形象,作家对其特有的社会关系、内在心性和独特作为及其悲剧命运的深刻揭示,不仅给人们留下了极难忘却的印象,而且具有极强的艺术冲击力,能有效地激发人们自觉批判传统的和极左的意识形态强加给自己的乃至社会的精神枷锁的积极性。

《康家小院》里的玉贤,《最后一次收获》里的淑琴,《地窖》里的玉芹,《蓝袍先生》里的田芳,《四妹子》里的四妹子,是陈忠实创造的一组女性形象。如果把她们当作一个发展系列来看,就能强烈地意识到这是一个由渐趋觉醒经自强自立到活出一个令人刮目相看的自我的女性群雕。她们敢于向传统的或极左的意识形态抗争,就是其最突出的生命特征。

《十八岁的哥哥》里的曹润生,《夭折》里的惠畅,《最后一次收获》里的赵鹏,《地窖》里的唐生法则是一组男性形象。曹润生在信赖他的挖沙取石人们的注目礼中以果决的姿态走出沙滩;惠畅的文学生命虽遭夭折,却在再次崛起后不忘回报社会;赵鹏没有轻视他的最后一次收获,不仅对自我的历史担当有了真正的自觉,而且能重新认识妻子的生命价值,发自肺腑地关爱妻子,决心要在家庭中实行男女平

---

① 关于陈忠实文学创作基本原则的深刻变化,我将在对其长篇小说《白鹿原》的分析中做较为详细的说明。

中篇　内涵丰赡的文学世界的创造者

等；曾是打砸抢司令的唐生法却能在"文革"后幡然悔悟痛改前非，进而对历史和自我做出严肃的拷问。他们的人生之路极不相同却都有着令人注目的抗争或批判传统的或极左的意识形态的作为。他们以各自的方式显示出"硬熊"的品性。

《日子》里的中年男人感叹"中国现时啥都不缺，就缺硬熊"。他心目中"硬熊"的突出表现，是面对非法的暴力时敢于坚守人的正气和尊严。中篇小说里的女性和男性群体的硬气则体现在自我生命价值的觉醒和自觉的坚守：创造、更新、完善人生，让生命成为有意义的存在。特别是《地窖》里的玉芹和关志雄，《夭折》里的惠畅与妻子，《最后一次收获》里的赵鹏与淑琴，《蓝袍先生》里的田芳与徐慎行，他们所奏响的两心相融的美好和艰辛人生中的人性乐曲，令人遐想、深思，感叹不已。在社会转型的历史阶段里，这种做人的硬气尤为宝贵。从某种角度说，人的这种觉醒与坚守的硬气品性，才是社会转型真正得以实现的精神保证。而这正是陈忠实中篇小说所建构的文学世界的核心意义。

陈忠实肩负着给已经过时的运动画上一个句号的使命。在九部中篇小说中，他深刻地揭示了一个文化时代终结的必然性，同时宣告了一个新的文化时代到来的合规律性。

九部中篇小说叙事语言的总体特征是，紧扣人物命运的变化，循情、事、理的发展脉络，叙事写真构全貌，关键场面细绘形；人性隐显流露时，词含意兴句寓情。不同的人生发展演变的复杂性、奇特性和诡谲性及其内在逻辑，就是在这样的叙事中得到展示的。人物语言的品性化与特定境遇里的人际氛围的张弛和谐，生动地揭示出人物的心性、气质和独具的真情实感。这从《最后一次收获》对暴雨中淑琴与赵鹏斗气和随后二人在家独处时的对话,《蓝袍先生》对徐慎行自写"慎独"二字前的内心独白,《十八岁的哥哥》对曹润生和刘晓兰分手时的交谈,《地窖》对玉芹向关志雄掏心窝子的倾诉中,都能强烈地感受到。

三、 长篇小说 《白鹿原》

《白鹿原》(1993 年 6 月),获陕西作家协会第二届"双五"文学奖最佳作品奖;第二届人民文学出版社"炎黄杯"奖;中国作家协会第四届茅盾文学奖;2008 年 12 月,入选"影响中国人的 30 年 30 本书"。

历史画卷

就作品的结构看,《白鹿原》有两条主要的叙事脉络,一条是贯穿始终的民间层面的白、鹿家族内部的斗争,另一条是国家层面的中国国民党和中国共产党为拯救中国所展开的政治的和军事的较量。这两条脉络关系密切,不仅相互纠缠着按各自的特性发展,而且将其影响辐射到城市、县乡和山区。两条脉络所展开的斗争形态是多种多样的:既有公开的农民"交农"抗争,也有家族间隐蔽的谋略较量和阴谋陷害;既有家族内对违规者的酷刑惩处,也有家族内不同叛逆者的软性反抗和硬性的暴力报复；既有国共合作条件下的"风搅雪"农民运动，也有国共合作破裂后的军事斗争和地下斗争；还有两党内部不同利益集团或不同路线间的较量；等等。

所有这些斗争都是通过对具体人物的命运的揭示而展开的。家族内部的斗争集中在白鹿两家，白嘉轩和鹿子霖是双方的代表人物；国共两党的斗争主要体现在白鹿两家第二代人的命运中，鹿兆鹏、白灵、白孝文、鹿兆海是双方的代表人物。与这两条主线密切相关的人物有鹿三和黑娃（鹿兆谦）父子，前者主要介入家族斗争，自觉维护并践行白嘉轩的仁义家训；后者叛逆家族在先，随革命胜负沉浮在后，继之"学为好人"、率众起义，不幸再遭陷害而终。还有名为白嘉轩的姐丈实是其"教父"、被白鹿原人视为"圣人"的朱先生，他学富才高、独立自主，秉持儒学之道，铲毒退兵赈灾，客观真实著史，清醒判断现实，是特定历史时期引领民族精神方向的知识分子。

从总体上看，白嘉轩是白鹿原上的一位君子。

为了人丁兴旺传宗接代，白嘉轩"后来引以为豪壮的是一生里娶过七房女人"[①]；意识到是神灵把白鹿吉兆显示给自己，他便巧运筹谋万无一失且不露蛛丝马迹地将鹿子霖那块风水宝地换到手；接着就是他连续三年用好地种罂粟，改造祖传老房，扩建马号；两个儿子降生后，其母便放手让他治家理财。为了争得李寡妇的一块地，白嘉轩与鹿子霖在地里大打出手，后经朱先生"为富施仁兼重义，谦让一步宽十丈"的诗教后，白嘉轩自觉惭愧，白鹿两家和好，物归原主，县令

---

① 陈忠实：《陈忠实文集·四》，广州：广州出版社，2004年，第3页。

送"仁义白鹿村"碑匾表彰。

　　作为族长,白嘉轩率领族人翻修宗祠,创办学堂,徐秀才坐馆,就讲"仁义"二字;"原上出了白狼",他动员族人加固堡子围墙,确立了族长的权威;"没有了皇帝的日子怎么过?"他从朱先生那里拿回《乡约》,意识到教民以礼仪,以正世风的重要性,随即在全村开展学习《乡约》的活动,并郑重向村民宣告:今后"谈话走路处世为人就要按《乡约》上说的做",否则,"犯过三回者,按其情节轻重处罚";县府下令"按土地亩数和人头收缴印章税"后,激起民愤,白嘉轩及时发送"鸡毛传帖",成功地组织了轰动全县的"交农"抗争活动。事后他又积极营救"交农"带头人出狱;"交农"事件前后一年的时间里,村民执行《乡约》的劲头松懈下来,赌窝有了,吸鸦片的人也渐多起来,为了整顿世俗民风,他在祠堂里毫不留情地主持了对赌徒与窝主以及吸毒者的严厉惩处。白嘉轩是一个才干和责任心皆备的一丝不苟的族长。

　　作为家长,白嘉轩严格恪守"耕读传家"的规范治家,处处以身作则。他孝敬母亲,每天临睡前总要陪母亲坐一阵,问安后说一些家事,以解除母亲的孤清。陪过母亲后他就去马号看鹿三,视鹿三为自家人;鹿三在"交农"活动中的勇敢表现他很敬佩,当面称赞鹿三:"三哥!你是人!"对儿子他更是严加管教,"读"是为了更好地"耕",做一个正经庄稼人,不仅要能吃苦耐劳,还要真正懂得粮食的重要和来之不易,年虽幼也必须到渭北去背粮;他决不允许子女有任何他视为越轨的行为,一旦发现孝文贪恋房事和与小娥的奸情,对前者他想方设法进行教育,对后者则按《乡约》的规定严加惩处绝不手软；女儿白灵以果决的手段进城上学并主动解除父亲包办的婚约，他不仅以双倍的财物退回男方的聘礼，还当着前来观看退礼的众乡亲的面真诚地自责白家的失礼；在黑娃威逼他说出是谁杀害了小娥的紧要时刻，鹿三冲进门来说出事情真相，黑娃气呼呼走后，白嘉轩举家感激鹿三，随即拿出那个制作粗糙只有入口没有出口的槐木匣子，庄重严肃地向孝武讲述白家的老大败家老二发家的历史，要求他的后代应像当年的白家老二那样：诚实劳动，读书知礼，拒绝奢侈，回报乡亲。白嘉轩是一位律己从严的家长。

作为白鹿原上有影响的头面人物，白嘉轩非常重视自我作为的社会意义。"风搅雪"农运失败后，田福贤在白鹿村戏台上要以酷刑惩处农运的参与者，白嘉轩挺身而出，主动承担族长失职的责任要求用自己换下被惩罚者；家遭土匪袭击，自己的腰杆又被土匪打折，他依然要正气凛然地坐在忙罢会的戏台下看戏，"脸色平和慈祥，眼神里漾出刚强的光彩"。不仅如此，他还要亲自下地掌犁躬耕，放声大吼秦腔；大旱时节，他勇扮马角率众取雨；瘟疫流行期间，他虽苦于无奈却能以坚强的意志从容应对危局；面对乡亲父老要为小娥建庙塑像的强大压力，他居然以建塔镇妖的方式平息了愚昧的闹事。而更令人刮目相看的是，他在鹿子霖和黑娃以不同名目被捕入狱后，为了在白鹿村乃至整个原上树立一种精神，不计前嫌倾力营救。在他想来，对鹿子霖这种"心术不正的人难道还有比这更厉害的心理征服办法吗？让所有人都看看，真正的人是怎样为人处世，怎样待人律己的"[①]。黑娃先后

---

① 陈忠实：《陈忠实文集·四》，广州：广州出版社，2004年，第551页。

两次入狱,第一次是白孝文升任营长后的所谓首次大捷:黑娃作为土匪头子被他抓获。白嘉轩出人意料地营救黑娃的义举,虽遭二儿子孝武的嘲笑,却深得朱先生的赞扬:"以德报怨哦嘉轩兄弟!你救下救不下黑娃且不论,单是你有这心肠这肚量这德行,你跟白鹿原一样宽广深厚永存不死!"① 第二次是白孝文为翦除异己,有意栽赃陷害黑娃入狱。此时的白嘉轩看重的是黑娃"学为好人",强调的是历史真相。他当面质问自己的大儿子白孝文:"黑娃不是跟你一搭起事来吗?容不下他当县长,还不能容他回原上种地务庄稼?……人学好了就该容得。"②这是何等的清醒!何等的胸襟和度量!白嘉轩有主见、有德行、有威望、讲原则、敢作为,是白鹿原人心目中的顶梁柱、领头人。

作为农民思想家,白嘉轩不仅重视总结自我人生的经验教训,而且能从更为宏观的角度思考社会的发展形态。鹿子霖被捕入狱后,白鹿村噪起了种种猜测,唯独白嘉轩对此有着深刻的醒悟。他以鹿子霖为反面教材,探寻个中可供人们汲取的教益。"他双手拄着拐杖站在庭院里,仰起头瞅着屋脊背后雄巍的南山群峰,那架势很像一位哲人,感慨说:'人行事不在旁人知道不知道,而在自家知道不知道;自家做下好事刻在自家心里,做下瞎事也刻在自家心里,都抹不掉;其实天知道地也知道,记在天上刻在地上,也是抹不掉的。鹿子霖这回怕是把路走到头了。'"③ 以"耕读传家"立身的正经庄稼人白嘉轩,深知

---

① 陈忠实:《陈忠实文集·四》,广州:广州出版社,2004年,第478页。
② 陈忠实:《陈忠实文集·四》,广州:广州出版社,2004年,第647页。
③ 陈忠实:《陈忠实文集·四》,广州:广州出版社,2004年,第549页。

中篇　内涵丰赡的文学世界的创造者

一个人处世、做人、谋事，绝不能没有自觉的律己意识，特别是在无人监督之下不可自以为得逞而行非礼之事：人在做，天在看。敬天就要认认真真实实在在依礼而行。鹿子霖纵性弃德、心术不正的根子就在其家教传统中不知畏天而胆大妄为。瘟疫过后，人们由于亲人的逝去而对生活提不起心劲儿，白嘉轩敏感地意识到这个问题的严重性。他在支持孝武续写家谱的同时，对人生和社会的发展做了别开生面的思考。他是这样想的："平常的日月就像牛拉的铁箍木轮大车一样悠悠运行。灾荒瘟疫和骤然掀起的动乱，如同车轮陷进泥坑的牛车，或是窝死了轮子，或是颠断了车轴而被迫停滞不前；经过或长或短的一番折腾，或是换上一根新车轴，牛车又在辙印深凹的土路上吱嘎吱嘎缓慢地滚动起来了。"这样的想法不是一闪而过，他"坐在父亲以及父亲的父亲坐过的生漆木椅上，握着父亲以及父亲的父亲握过的白铜水烟壶呼噜呼噜吸着烟的时候，这样想；他站在庭院里望着烟岚笼罩的巍峨南山也这样想；夜晚，当他过足了烟瘾喝够了茶水，躺在空寂的土炕上时尤其忍不住这样想"。① 可以想见，"农运"、年馑、瘟疫，是他思考的感性基础，牛拉铁箍木轮大车的悠悠运行和停滞不前，经过一番折腾或换上新的车轴，继续缓慢滚动起来，就绝不只是一个简单的关于个人或一个家族命运的比喻了。他思索的是整个人生整个社会的命运轨迹。有了这样独到的深刻思考后，他的目的和愿望就很明确：说服动员全体族人"必须换上新的车轴，让牛车爬上坑洼继续上路"。这是一个正经庄稼人的质朴理性，"像铁箍木轮大车一样悠悠运行"，

---

① 陈忠实：《陈忠实文集·四》，广州：广州出版社，2004年，第467页。

—153—

一语中的地道出了白嘉轩的社会发展历史观。

《论语·宪问》："子路问君子。子曰：'修己以敬。'曰：'如斯而已乎？'曰：'修己以安人。'曰：'如斯而已乎？'曰：'修己以安百姓。修己以安百姓，尧、舜其犹病诸。'"① 在孔子看来，君子有三种境界：不仅能把自己的德性修养好，而且能自觉敬重他人就是君子；再高一个层次的，是除了把自己的德性修养好外，还能进一步安定他人；而更高的境界则是，在修养好自己德性的基础上还能安定天下的百姓。只是做到这一点很难，连尧、舜都感到不易。这是孔子对君子的界定。据此看白嘉轩的一生，称其为"君子"（孔子心目中的"人"不同于"民""百姓"）实不为过。

人无完人。君子也有犯傻致错的时候。何况白嘉轩"这人又是个想得出也做得出一马跑到头绝不拐弯的冷硬心肠"。这是黑娃对白嘉轩不无道理的直感。白嘉轩信服《乡约》坚决按《乡约》的规定办事，颇有一股至察、至清的劲头。如果在处理黑娃和小娥的问题上能有后来第一次救黑娃和救鹿子霖出狱的那种思维方式，白鹿原上的历史也可能是另一番景象。但这对白嘉轩来说是绝不可能的事，犹如后来给小娥建庙塑像不可能一样。不可能才是历史的真实，在历史的真实中才能看清白嘉轩的另一面。

鹿三作为白嘉轩家的长工和主家的关系是以仁义为基础的。白家给鹿三的报酬歉年不减丰年还有所增加，主仆间亲密和谐，主以德待

---

① 李零：《丧家狗——我读〈论语〉》，太原：山西人民出版社，2007年，第266—267页。

仆，仆侍主以义。主仆情同手足，相互体谅相互担当，堪称仁义白鹿村的楷模。鹿三对心术不正的鹿子霖从未放在心上，一再给自己的家人称道白家的仁义家风，他和白嘉轩都是精心维护这个最好家风的人。他之所以要做成他一生中的第二件大事（第一件大事是"交农"时面对群龙无首的纷乱场面，他及时跳起来大喊："我算一个！"）——"去杀一个婊子去除一个祸害"，是因为他的生活守则不可冒犯。"黑娃是第一个不听他的劝谕冒犯过他的生活信条的人，后果早在孝文之前摆在白鹿村人眼里了。造成黑娃和孝文堕落的直接诱因是女色，而且是同一个女人，她给他和他尊敬的白嘉轩两个家庭带来的灾难不堪回味。"鹿三完全是为了捍卫他心目中的仁义的尊严去杀儿媳小娥的。白嘉轩对鹿三的这一作为很能理解却不完全赞同：不那么光明正大。

　　现在我们回头来看鹿子霖。鹿家的老太爷有一个遗训："中了秀才放一串草炮，中了举人放雷子炮，中了进士放三声铳子。"鹿家走的是"学而优则仕"的路子。走这条路发家的人多的是，可鹿子霖却在这条路上败了下来。鹿子霖打内心里就不服白嘉轩，论家产白鹿两家难分上下，可论名望白家远胜过鹿家，族长总是白家继承；论才干他白嘉轩就只会在祠堂里弄些小打小闹的事，鹿子霖是辖管十个左右的大小村庄的保障所乡约，办事能力和组织才干不在白嘉轩之下。他愤愤不平发誓要斗过白家超过白家。实话说，鹿子霖的机敏超过白嘉轩，他接受新事物快，剪辫子穿制服送孩子上新学，都走在白嘉轩的前头；他眼界宽，白鹿原上认识的人多，人脉的向路也广而杂，而且主意多点子稠应变能力比白嘉轩强。可就是心术不正，总想用卑劣的手段将白嘉轩置于败局。他阴险地玩弄伎俩，不仅把小娥拢入怀抱，成为他发泄兽性的工具,而且利用其在祠堂遭打怀恨在心复仇心切的心态,及时出谋让小娥"想法子把他(白嘉轩)那个大公子的裤子抹下来",以便给白嘉轩以最大的羞辱。白孝文堕落后,他又将白家分家后孝文所得的地和房买走,并且兴师动众地拆白家的门房,他要把白嘉轩的脸皮撕掉,让他的威风扫地;他还趁白鹿村人纷纷要求族长给小娥建庙塑像之机,煞费苦心地盘算,"无论从哪边看,无论从哪边说,对他都只有好处而没有一丝一毫的损伤",随即就煽风点火,鼓动愚昧的村民把事闹大,进而孤立白嘉轩,胁迫白嘉轩。在白鹿两家的较量中,鹿子霖真是用尽心机耍尽手段。然而,他那个最强烈的压倒白家胜过白家的愿望终究未能实现:当"鹿子霖被民兵押到台下去陪斗,……他瞅见主持这场镇压反革命集会的白孝文,就在心里喊着:'天爷爷,鹿家还是开不过白家!'"鹿子霖虽承认自己人生的失败,却至死都没有真正明白失败的原因!"子曰:'君子怀德,小人怀土;君子怀刑,小人怀惠。'"[①] 君子怀德怀刑,知道自己该做什么不应做什么,小人怀土怀惠,关注的总是自己的财富(土地)和眼前的实惠。鹿子霖就是这样的小人。

  白鹿两家究竟在较量什么?较量谁家更能发家致富?不错,有这个层面的斗争,但这不是根本性的。根本性的较量是谁家的为人处世之道最终能真正赢得社会的认可。换句话说,做君子还是做小人,肯定君子的生命价值及其生存方式还是肯定小人的生命价值及其生存方

---

① 李零:《丧家狗——我读〈论语〉》,太原:山西人民出版社,2007年,第107页。

式,这才是两家较量的实质所在。明乎此方能看清白鹿两家较量的文化意义。不过,耐人寻味的是,白嘉轩从镇压黑娃的集会上走进"关门闭店的白鹿镇",好不容易磨蹭到冷先生的中医堂门口时,"听到了一串枪响,眼前一黑就栽倒在门坎上",他得了急症"气血蒙目"。这是一个颇有深意的象征性的形象:枪声击碎了他毕生仁义为人的准则。他此后居乡的"伟大谦虚",是自我人生满足后的幸福,还是一种文化生命终结后的无可奈何,倒是值得人们细细品味的。

中国现代史上的国共两党的斗争,作为当代革命题材文学的一个核心内容,以往的文学作品反映得很多。《白鹿原》引人注目的地方,不是人们大都熟悉的那些军事的和地下的斗争,而是朱先生对两党斗争的异乎寻常的评价,即"鏊子"说和"窝里咬"。

朱先生对国共两党的斗争有一个基本的看法,这个看法是以不理解的提问方式表述出来的。鹿兆鹏从狱中被救出后转移到朱先生的白鹿书院,经其师母朱白氏精心调养身体渐趋恢复,临行前与朱先生有一番对话。

"先生,请你算一卦,预卜一下国共两党将来的结局如何?"朱先生莞尔一笑:"卖荞面的和卖饸饹的谁能赢了谁呢?二者源出一物喀!"兆鹏想申述一下,朱先生却竟自说下去:"我观'三民主义'和'共产主义'大同小异,一家主张'天下为公',一家倡扬'天下为共',既然两家都以救国扶民为宗旨,合起来不就是'天下为公共'吗?为啥合不到一块反倒弄得自相戕杀?公字和共字之争不过是想独立字典,卖荞面和卖饸饹的争斗也无非是为独占集市!既如此,我就不大注重'结局'了……"鹿兆鹏忍不住痛心疾首:"是他们破坏国共合作……"朱先生说:"不过是'公婆之争'。"①

"君子周而不比","智者求同,愚者求异"。朱先生既是君子更是智者,有史家的博大胸襟和深邃眼光。他看重的是,为"救国扶民",国共两党就理应真诚地和衷共济,不应为了各自能"独立字典""独占集市"而视对方为寇仇,你死我活地厮杀。在朱先生的心目中,"风搅雪"农运是"和尚打伞",抬铡刀当众铡人,令世人毛骨悚然;岳维山、田福贤反攻倒算是无法无天,"耍猴"蹾刑让天下人惨不忍睹。"鏊子"说的提出,是作为"实录"史家的朱先生面对同种同族这样残酷互杀的历史现象而做出的痛心概括和评说。它有可能从另一种视角激发人们对历史做更深刻的追求本真的思考②。

"鏊子"说表述的是一种后果性的效应,"窝里咬"则是这一后果得以形成的原因。在公祭鹿兆海的大会上,朱先生发表了《白鹿原八

---

① 陈忠实:《陈忠实文集·四》,广州:广州出版社,2004年,第315页。
② 李玉贞认为:"国民党与共产国际关系的磕磕碰碰,始终围绕着中国发展的根本道路问题。国民党掌权后,没有采行苏式共产主义道路,但它继续了党国党军的治国模式,它对付政敌和异己的手段与苏俄没有太大区别。国民党掌权后过了二十二年,便兵败大陆到了弹丸之地台湾。中国共产党在华夏大地执掌政权,选择了苏俄十月革命道路。又过了近三十年,1978年中共中央十一届三中全会决定实行改革开放的方针,有了今天中国的蓬勃发展。历史给研究者留下无限广阔的空间。"参见李玉贞:《国民党与共产国际(1919—1927)》,北京:人民出版社,2012年,第596页。我在文中所说的对历史做更深刻的追求本真的思考,是对"历史给研究者留下无限广阔的空间"的一种回应。

―――― 中篇 内涵丰赡的文学世界的创造者

君子抗战宣言》后,鹿兆鹏来到白鹿书院,师生再次对话。

"先生!这不是我劝你,是我们党派我来劝你,出于对先生的敬重和爱护。"

"我还是我。我只做我想做的事。我不沾这党那党。你们也甭干预我。"

鹿兆鹏听出朱先生的口气很硬,……以缓慢的口吻说:"先生,你的宣言委实是撼天动地,可也是件令人悲戚的事。蒋委员长有几百万武装精良的军队不打日本打内战,倒叫八个老先生……"

"倭寇杀到窝口了,还在窝里咬!"朱先生嘲笑说,"是中国人,到窝子外头去咬,谁能咬死倭寇谁才……"

"先生你得看出谁咬谁?"鹿兆鹏辩解说,"你咬得我们出不了窝儿,你要把我们全咬死在窝里,根本就是……"

"甭说了兆鹏。我看出谁咬谁也不顶啥!"朱先生说,"咬吧咬去!我碰死到倭寇的炮筒子上头,也叫倭寇看看还有要咬他们的中国人!"①

从师生的这番对话我们可以明确看出,朱先生之所以说出"窝里咬"这一明显带有严厉批评之意的语词,依然是要坚持他的和衷共济原则,为救国扶民国共两党要和衷共济,大敌当前更应和衷共济。他

---

① 陈忠实:《陈忠实文集·四》,广州:广州出版社,2004年,第535页。

仅有一颗爱国忧民的赤子之心！正是基于这一点，当他听到茹师长说"我跟北边谈好了，谁也不打谁"时，不无放心地说："你的这个窝里总算不咬了……"而当他听兆鹏说还未经证实的消息："兆海……不是日本人打死的，是他进犯边区给红军打死了"时，便有点愠怒地制止兆鹏："没有证实的话不要说"，"兆海是你的亲兄弟，你说这种话我不爱听"。说罢丢下兆鹏走出屋子，以其唐突行为表示了愤怒。

换一个角度看，批判"窝里咬"是朱先生对"国家兴亡，匹夫有责"的人格精神的呼唤！是对置国家兴亡于不顾的内耗民族精神和国家实力的思想和行为的否弃。它比曾经广为传播的"摘桃子"论要更贴近历史的真实。站在党派恩怨立场上的人们可以嘲笑朱先生"迂腐"，但历史却不会忘记朱先生为国之振兴和民之安乐而着想的民族大义精神！朱先生去世了。

> 人们在一遍一遍咀嚼朱先生禁烟犁毁罂粟的故事，咀嚼朱先生只身赴乾州劝退清兵总督的冒险经历，咀嚼朱先生在门口拴狗咬走乌鸦兵司令的笑话，咀嚼放粮赈灾时朱先生为自己背着干粮的那只褡裢，咀嚼朱先生为丢牛遗猪的乡人掐时问卜的趣事，咀嚼朱先生只穿土布不着洋线的怪癖脾性……这个人一生留下了数不清的奇事逸闻，全都是与人为善的事，竟而找不出一件害人利己的事来。[①]

[①] 陈忠实：《陈忠实文集·四》，广州：广州出版社，2004年，第611页。

中篇　内涵丰赡的文学世界的创造者

诚如黑娃的挽词所云：自信平生无愧事，死后方敢对青天！

在国共两党斗争中，鹿兆鹏作为中共的代表人物，在整个斗争中发挥着至关重要的作用，白灵和黑娃的革命活动都受到他的指导，但他随着革命斗争的需要东奔西走来去匆匆，其整个活动主要构成了两党斗争的背景性境遇；其所寓含的文化与社会的意蕴，与鹿兆海和白灵，白孝文和黑娃相比较弱，我们可不把他作为重点分析的对象。

鹿兆海和白灵在"二虎守长安"时就结下了战斗友谊。国共合作下的国民革命进一步促进了这一对情侣的政治觉悟，他们以一往无前的革命精神，在县城"游行示威，开会讲演，唱歌演剧，把县府闹得翻了个过儿，把一块'滋水县人民自决委员会'的大牌子挂到县府门口"①。他们天真地以抛铜圆决定谁加入"国"谁进入"共"，可是，不以他们的意志为转移的政治斗争的诡谲变化，使他们再一次重逢时，鹿兆海已退"共"入"国"，白灵却出"国"进"共"。原本两人共同的志向和一致的精神转化为水火不容的志向和精神，曾经的亲密相爱也随之改变为唇枪舌剑的争辩，两人都坚守自己的政治立场，希望等待着对方向自己回归。然而，他们的希望还是破灭了，为了忠于各自的信仰和实现各自的主义。但他们很理智，藕虽断却有一丝相连，既不出卖对方，必要时兆海还以自己独特的身份护送已是其嫂的怀孕的白灵安全到达她的目的地。政治立场的对立并没有完全泯灭他们人性的美！尽管他们的内心深处有着一丝难言的苦情。

值得人们注意的是，兆海和白灵有一场关于两党指导思想即意识

---

① 陈忠实：《陈忠实文集·四》，广州：广州出版社，2004年，第195页。

形态的论争。兆海从原上探亲后回到城里,约白灵来到他们曾经抛掷铜圆的园子里。

白灵动情地说:"我以为再见不到你了哩!兆海哥,你也太倔了,一回谈不拢二回连面也不见了?真有点国民党翻脸不认人的通病!"兆海却火起来:"算了吧白灵!我不说远处的事,你回咱原上走走看看吧!共产党在原上搞了一场啥样的革命你去看看吧!兆鹏用下一杆子啥人你打听打听一下吧!鹿黑娃贺老大白兴儿田小娥之流尽是一帮死猫赖狗,凭这些人能完成国民革命?他们懂得革命的一分意思吗?他们趁着革命的风潮胡成乱整,充其量不过是荒年灾月饥民'吃大户'的盲动……"白灵的那一缕温情顿然冷寂,忽闪闪蹿上一股火气,她的强盛的气性迅速恢复,迅即作出反应:"兆海哥,一年多不见,你长了身体长了知识,也长了不少的贵族口气啊!"兆海说:"你用列宁的理论判我为贵族并不过分。列宁就是把穷人煽动起来打倒富人消灭富人,结果是富人被消灭了穷人仍然受穷。兆鹏学苏俄在白鹿原上煽动穷汉打倒财东,结果呢?堂堂的农协主任鹿黑娃堕落成了土匪,领着土匪抢银元,刀劈了俺爷又砸断了嘉轩叔的腰杆子……作为农协主任没有达到的目的,当了土匪却轻而易举地达到了。你叫我还能信还能再入共产党吗?黑娃们干不成共产党的革命可以当土匪,我可不行呀!"白灵说:"你听没听到贺老大怎么死的?你听过你见过把人从高空蹾下来的蹾刑吗?共产党就要发动被压迫者推翻压迫者，建立一个没有剥削没有压迫的自由平等的世界。"兆海说："我们走着瞧吧！看看谁的主义真正救中国。"俩人不欢而散。思想上的尖锐对立，减轻了他和她感情上的依恋，分手的时候远不及第一次那样沉重如焚。①

　　白灵和鹿兆海的这场争论有一个显著的特点，就是两人站在各自的政治立场相互指责针锋相对，从不反观本党的问题。而这正是国共两党难以从民族大义出发和衷共济的一个重要原因。倒是兆海最后说的"我们走着瞧吧！看看谁的主义真正救中国"，颇能引发人们的反思。杨奎松在《国民党的"联共"与"反共"》一书中说，当年孙中山阐释的"三民主义"，"就是国家是人民所共有，政治是人民所共管，利益是人民所共享。照这样的说法，人民对于国家不只是共产，一切事权都是要共的"。"因此，三民主义实际上比共产主义还要彻底。而另一方面，孙中山也是希望人们都能了解，他绝不是马克思主义者，既不赞同阶级斗争，也不赞成社会革命。不仅如此，他显然想要让中国的'马克思党徒'明白，马克思主义的很多观点是错误的，其强调用阶级斗争的办法解决社会进化问题，尤其错误。不仅在欧美不适用，在俄国不成功，马上拿来解决中国问题，就更是南辕北辙。"②将鹿兆海"看看谁的主义真正救中国"的话和杨奎松对相关历史境遇中孙中

---

① 陈忠实：《陈忠实文集·四》，广州：广州出版社，2004年，第271—272页。
② 杨奎松：《国民党的"联共"与"反共"》，北京：社会科学文献出版社，2008年，第42页。

山对"三民主义"内涵的阐述对照着看,不难体会到鹿兆海最后说出那句话时的底气和自信。

白灵后来的命运是很悲壮的。一个特务也带着地下党的路条潜入根据地被发现而引发的"一场内乱",让白灵陷入了灭顶之灾。在没有任何实证的情况下,她被判决死刑活埋。临刑前,白灵和这场内乱的制造者毕政委展开了交锋。

> 她像一头拼死的母狮凶猛而又沉静地咆哮起来:"你的所作所为根本用不着争辩。我现在怀疑你是敌人派遣的高级特务,只有经过高级训练的特务,才能做到如此残害革命而又一丝不露,而且那么冠冕堂皇!如果不是的话,那么你就是一个野心家阴谋家,你现在就可以取代廖军长而坐地为王了。如果以上两点都不是,那么你就是一个纯粹的蠢货,一个穷凶极恶的无赖,一个狗屁不通的混蛋!你有破坏革命的十分才略,却连一分建树革命的本领也不具备!我过去最憎恨的是那些软骨头叛徒,现在最瞧不上眼的就是你这号难以形容的人……"毕政委烧骚得坐不住了,拍响了桌子:"廖军长庇护你,你迷惑了他!我早看穿了你,你骂我不在乎,这是反革命垂死的疯狂……"①

在这场交锋中,我们固然能强烈地感受到白灵的大义凛然和英勇

---

① 陈忠实:《陈忠实文集·四》,广州:广州出版社,2004年,第522页。

不屈，但它更能激发人们进一步深刻的思考。以小生产者为主体的革命队伍，如果不能从总体上自觉地批判自己的世界观，使其达到世界上最先进的思想已达到的那个高度，它就很难真正认识革命的意义及其价值追求，作为小生产者的自身也很难成为真正理解人民的愿望和历史潮流的革命者。应该清醒地认识到，世界上最先进的思想已达到的那个高度是一个先进文化的知识学的界定，而不是从阶级性出发所认定的某种学说，并将其神圣化、教条化。从这个角度看，一心想解放中国人民的共产党虽然前赴后继、不怕牺牲地拯救中国，却在其新生阶段的意识形态的建设中有着不足，尽管这是一种历史的局限。

虽然如此，国共两党的内战却是以国民党败退台湾宣告休战的。这倒应了朱先生一生算的最后一卦的卦辞："天下注定是朱毛的。"只是朱先生想得更深远。当黑娃把兆鹏托他送给朱先生看的毛泽东著作拿出时：

> 朱先生瞅了一眼就摆摆头："我刚才说过，不读书不写字了，谁的书我都不读了。"黑娃说："这书我看了，写得好。先生可以了解毛家的治国策略。"朱先生说："毛的书我看过，书是写得好，人也有才。可孙先生也有才气，书同样写得好，他们都是治国兴邦的领袖。可你瞅瞅而今这个鸡飞狗跳墙的世道，跟三民主义对不上号嘛！文章里的主义是主义，世道还是兵荒马乱鸡飞狗跳……"黑娃悄声说："听说延安那边清正廉洁，民众爱戴。"朱先生说："得了天下以后会怎样，还

得看。"①

　　这就是朱先生的过人之处："争天下"时的许诺于民和"得天下"后的施政于民往往是两回事。更何况，朱先生还有一个"正己才能正人正世"的准则："读书原为修身，正己才能正人正世；不修身不正己而去正人正世者，无一不是盗名欺世"。

　　20世纪前半叶的国共两党的斗争已成历史，今天我们细细回味朱先生提出的"得了天下以后会怎样"和"不修身不正己而去正人正世者，无一不是盗名欺世"的问题，总能有一种醍醐灌顶的震撼！

　　白孝文和黑娃不同于鹿兆海和白灵，后两位进入国共两党斗争具有坚定的自觉性，而前两位则是一种命运的安排。

　　白孝文"比孝武更机敏，外表上更持重，处事更显练达"。他承继父亲的族长之职后还颇有一番作为，一度深得族人的拥戴。是鹿子霖设计陷害了他并使其堕落成败家子；在镇上，他抢吃舍饭时又是由鹿子霖引荐经田福贤推举，到了县保安大队任职。他的"身手"和"能耐"很快得到上级的赏识和提拔，成为国民党县党部书记岳维山反共的得力亲信。他自觉地意识到"两党争天下，你死我活地闹"对他来说是一个重要的机遇，他以能吃"抓共党分子"这碗饭而得意；以碍着大姑父的面子未能及时出手抓住"滋水的大祸根"鹿兆鹏而懊悔。他居然当面警告妹妹白灵，如果你真是共产党，"哥也没办法，——我吃的就是这碗饭嘛！"他是一个死心塌地的反共分子！晋级营长、抓捕土匪黑娃后，白孝文要衣锦还乡，以便彻底改变他留给乡亲们的败家

---

① 陈忠实：《陈忠实文集·四》，广州：广州出版社，2004年，第599页。

子印象；他的人生经验是"谁走不出这原谁一辈子都没出息"。他走出这原是他"生命的一个辉煌的开端"。可他万万没有料到，一心想过"剿灭共匪"后的太平日月的他，居然要在急速变化的形势面前重新选择。当他面对鹿兆鹏、黑娃和焦振国促其起义的局面时，仅在一刹那间地犹豫后便换了一副非常主动的姿态："咱不能一条黑路走到底嘛！"为了表示自己起义的坚定立场，他以最极端的手段枪杀了并不反对起义的保安团的白团长。起义成功后，这个"机敏""练达"的白孝文人不知鬼不觉地背着起义的领头人黑娃抢先给贺龙主任写了致敬报功信，骗得了信任当上了县长。大权在握后，他便以"革命"的名义向对他知根知底的黑娃狠下黑手，以反革命罪枪毙了黑娃！

黑娃其实是一个质朴的农民。他从小就不爱读书，性野贪玩却胆大敢为。他给兆鹏说："你不知道哇，我天南海北都敢走，县府衙门也敢进，独独不敢进学堂的门，我看见先生人儿就怯得慌慌。"黑娃为人耿直、真诚、讲义气。他从小就喜欢平等亲切待他的兆鹏，信任甚至崇拜兆鹏，他对兆鹏的友情可说是痴心不改、忠诚不贰。他一生干的几件大事：火烧乌鸦兵的粮站，掀起"风搅雪"农民运动，农运失败后进入习旅，由"大拇指"的山寨走出入编县保安团，最后率领保安团起义，件件都与兆鹏对他的指引分不开。黑娃没有文化并不真懂政治，对国共两党及其主义他远没有兆海和白灵那么自觉那么有认识。农运失败后，白色恐怖笼罩了白鹿原，小娥后悔地劝他还是老老实实过日子好，他虽不说后悔话并表示有能力养活她，却也是心中一片茫然。当了保安团三营营长后，他向张团长和白、焦两位营长表态："鹿某只有一条可以夸口：从不负人。"他希望第二个妻子是"识书达理的人"，能"管管我"。洞房花烛夜里，他鼓起勇气向新娘子忏悔：自己

"以前不是人"。他要下决心学为好人了,拜见朱先生时他自我总结说:"兆谦闯荡半生,混账半生,糊涂半生,现在想念书求知活得明白,做个好人。"黑娃说到做到,"学一点就做到一点","自觉的脱胎换骨的修身",深得朱先生的称赞,认为他是真求学问的。回乡祭祖后,黑娃很想当一个私塾先生,他对妻子说:"我老早闹农协跟人家作对,搞暴动跟人家作对,后来当土匪还是跟人家作对,而今跟人家顺溜了不作对了,心里没劲儿咧,提不起精神咧……所以说想当个私塾先生。"黑娃实际上是看不惯也过不惯保安团里的生活,宁愿给鼻嘴娃们启蒙"人之初,性本善",也不愿"和大人们在一个窝里搅咧!"就是在这个当口,鹿兆鹏找上门来,不仅给他讲了革命的大好形势,鼓励他占住炮营营长的位子:"万一到了交紧时,还要你帮忙。"同时给了他一本毛泽东写的书,让他认真看看后再交给朱先生看。黑娃遵照兆鹏的安排顺利地完成了起义的任务。最了解黑娃的兆鹏随军远去了,他却被陷害为反革命。白鹿原上的悲剧达到高峰:"白"杀"黑",既不是公正的黑白分明,更谈不上名实相符的"正"胜"邪"败;追随革命、学为好人的黑娃被枪杀,曾经死心塌地的反共分子白孝文摇身一变却成了滋水县的父母官。啊,命运[①]!

[①] 白嘉轩、朱先生和黑娃是《白鹿原》创造的三个核心人物。他们皆以各自不同的方式体现着民族文化的某种优秀的品德。在我看来,这三个人物的创造寓含着陈忠实对历史所作的独立独自独特的审美判断:中国的现代化从民族精神的建设看,必须与优秀传统文化精神相承接。这种承接尽管需要通过批判来继承,却不可忽视它。白嘉轩和朱先生以优秀的民族文化精神挑战了舶来的阶级斗争理念,黑娃以反求诸己的认真修身"学为好人",与白孝文断然有别。他们作为不同的文化自我的命运,都能让人们联想到五四新文化运动激进地对待传统文化和革命要"以俄为师",走十月革命所开辟的道路的某种片面性。

中篇 内涵丰赡的文学世界的创造者

白鹿两家的后代在国共两党的斗争中,真正令人起敬的是鹿兆海。他中条山抗日勇敢杀敌;明知白灵是中共地下党员,虽与其激烈争辩寸步不让,却不干你死我活地"窝里咬"的缺德事;由于彼此政治信仰上的分歧,他已知白灵不再爱他而转爱其兄兆鹏,却依然深深爱恋着她。特别是,当他得知白灵为了抗日组织学运并能一砖头砸向正在做训导报告的陶部长时他感到欣慰,在送白灵去根据地的路上,他诚心诚意地给白灵说:"凭这一砖头,我今日送你就值得,再啥委屈都不说了。"鹿兆海是名副其实的君子!真正让人哀怜的是白灵。她是在白色恐怖最严重的时刻要求加入共产党的;她听从党的指令做好了党交给她的所有工作;为了忠诚于党的信仰,她忍痛割断了与兆海的爱情;她向往像白鹿赐给乡亲们吉祥那样的共产主义社会,愿为它的实现奋斗终生。可她没有被敌人装进麻袋丢进枯井,而是被自己的毕政委下令活埋了。她死得太冤,留下的是一个大大的问号。真正令人悲痛的是黑娃。他质朴憨直,忠于友情,虽因心性狂野加之境遇多变而做过坏事,却从不负人:不负小娥,不负习旅长,不负"大拇指",甚至不负白孝文,更不负鹿兆鹏。他不是共产党员,却听命于兆鹏,说干什么就干什么。他学为好人、修身从严,不愿再蹚"大人们"的浑水,甘愿给鼻嘴娃启蒙"人之初,性本善"。但他没有好死,白鹿原上最大的冤枉人就是黑娃。真正让人痛恨的是白孝文。他为了自己所谓的辉煌自觉地进入"你死我活地闹",听命岳维山追击兆鹏于白鹿书院,抢头功饰丑史谋权杀友于白鹿原,他是阴险歹毒的小人。真正令人难以原谅的是鹿兆鹏。他身为中共党员,担负着一个方面的领导责任。他看重的是黑娃的忠诚老实,对不是共产党员的黑娃更多的是根据革命斗争的需要来安排和使用，很少为黑娃的命运操心。起义前他曾叮嘱黑娃"小心咱们乡党！"起义中他也一度怀疑白孝文可能"对黑娃和焦振国突施袭击"，面对白孝文极端地枪杀并不反对起义的白团长他却没有一丝怀疑。一个有斗争经验的领导人在起义的关键时刻急于求成而疏忽大意，让歹毒的白孝文钻了空子，他是有一定责任的，尽管有理由为其辩解。黑娃后来在狱中难过地想道：他的历史只有兆鹏能说明白，可兆鹏随着部队一路朝西打去，"他没有给他来信，也没有捎过一句话"。革命家看重的是革命事业成功与否，对个人的生死命运实际上并没有真正放在心上。

综上所述，这就是《白鹿原》为人们所展示的中国20世纪上半叶特定地区的历史画卷。它既宏伟壮阔又细致入微，而且重点突出。不论是民间的家族斗争还是国家层面的国共两党的斗争，重要处并不在说明两种斗争的结果，而是要揭示不同人等在这场关乎民族命运的斗争中，是如何秉持各自的处世之道来做人谋事的；要展现在如此激烈尖锐的斗争中，何以会有德高望重者，何以会有不计恩怨的正直为人者，何以会有机关算尽害人误己却自认失败者；还要告诉人们，"主义"有"同"有"异"却不能"求同存异"共救中华的国共两党的斗争，其实是中华民族在由传统社会走向现代社会这一漫长历史过程中，不得不演出的一场惊心动魄的历史大剧，个中蕴含着可供后人持久获益的重大经验和教训。至于白鹿两家第二代人的合分与争斗，仅是大悲剧中的道德人品的演出。是君子者虽不乏理智，却仍在大愚昧中；是小人者，虽有机可乘得志于一时，却能启示后人更深入地反思民族的命运。面对白鹿原上半个世纪的风云变化，人们不能不思考：做人意味着什么？

如果再仔细地想一想，家族的文化价值追求与党派的文化价值追求并存于白鹿原，二者虽不乏矛盾冲突，却也有相似相通之处：家族有《乡约》，党派讲"主义"；《乡约》是做人的准则，"主义"是奋斗的理想和目标；《乡约》不可违，"主义"信仰真；谬《乡约》者要被惩罚，叛"主义"者必受制裁。二者都要求个体生命应有所担当。担当，强调的是自觉和忠诚，要求个体的思想和言行的自律，既严以律己，又坚定地拒斥异端。这种否定异端存在的合理性的做法，果真就是天经地义的吗？《白鹿原》所揭示的那些不同样态的民族悲剧，难道就与这种拒斥异端毫无关系么[①]?！恩格斯在《反杜林论》中提醒人们："将来会纠正我们的错误的后代，大概比我们有可能经常以十分轻蔑的态度纠正其认识错误的前代要多得多"[②]。面对恩格斯的提醒，我们理应从民族的根本利益出发，坚持公正的辩证唯物主义的认识论，

[①] 习仲勋同志说："我长久以来一直在想一个问题，就是怎样保护不同意见。从党的历史看，不同意见惹起的灾祸太大了！'反党联盟'、'反革命集团'、'右倾投降'、'左倾投机'等等，我经历过的总有几十起、上百起，但最后查清楚，绝大多数是提了一些不同意见，属于思想问题，有不少意见还是正确的。我们对党的领导人，应当热情拥护，对党的方针、政策应当坚决执行，但是对领导人的主张，对党的方针、政策，不是不可以提出不同意见。因此，我想，是否可以制定一个《不同意见保护法》，规定什么情况下允许提出不同意见，即使提的意见是错误的，也不应该受处罚。"当有人告诉他："宪法已经规定了'人民代表在代表大会各种会议上的发言和表决，不受法律追究'，这正是保护不同意见的法律。"习仲勋则强调："我的意见是，任何人都应当有发表不同意见的权利。不只是人民代表，人民代表才有几个？也不只是在各种会议上，平时说几句不同意见就犯了罪了？"参见高锴：《习仲勋建议制定〈不同意见保护法〉》，载《炎黄春秋》2013年第12期。

[②] 《马克思恩格斯选集》（第三卷），北京：人民出版社，1995年，第426页。

实事求是地纵览历史、现实和未来，认真审视所谓的异端。

　　进而言之，于不乏悲剧色彩的历史进程中审视人的道德操守，辨析君子与小人的同时，人们不应忘记，曾经的意识形态所存在的值得认真关注和改进的问题。只有这样，才能为开启民族精神新的价值取向提供历史的镜鉴，而这正是《白鹿原》作为"秘史"的文学世界的主旨所在。半个世纪的民族历史、人心、人情和人格，尽管万象纷繁，争斗不已，却也能从中梳理出有益的教训来。这就是：人民不能"被……"要想让人民获得政治、经济和文化上的解放，进而成为未来国家真正的价值主体，革命就应成为人民的自觉愿望，领导革命的政党也理应本着"从来就没有什么救世主"的精神，不可长时间地让人民仅处于被唤醒、被组织、被解放的状态，而应自觉地创造良好条件，以促使人民通过自身的努力成为积极健康的文化存在，成为未来能自觉担当公民使命的文化自我。社会不能"无"。社会要真正的公正、民主、稳定、和谐，就不能没有比家族组织更具先进文化性质的人民群众的自治组织。这是社会"自上而下"与"自下而上"的价值和意义互动的纵向民主得以存在和发展的基础。政党不可"独"，权力不可"私"。中国的"家天下"历史相当悠久。"家天下"的根本特征诚如管子所云："权势者，人主之所独守也。故人主失守则危……权断于主则威"①。一言以蔽之，大权人主务必独揽，万万不可旁落。这是统治者巩固"家天下"的基本经验。这样的历史积淀和非现代性的人性发展状态相结合，使得权势私化易而公有难。大量的中外历史事实也证

---

　　① 《管子》，孙波注释，北京：华夏出版社，2000年，第298页。

明了这一点。没有人民真正掌握的立法权，想要权为民所用，利为民所谋，情为民所系，只能是一种美好的价值期待。中国共产党第十八届四中全会提出"依法治国""依宪治国"的执政方略，是走向"立党为公""执政为民"的历史性飞跃。既然明确了执政的权力是人民赋予的，人民就得真有实权；只有通过确实有效的制度，保证了人民能有效地监督权力成为真正的现实，以为人民服务为宗旨的权力，才能如光天化日那样让人民可觉可感地存在着①。

文化批判现实主义的创作原则

其一，人物创造。

《白鹿原》对人物的创造不再是遵循以往现实主义所确立的"典型环境中的典型性格"的原则，着力展现人物的独特个性，而是在准确把握人物的文化心理结构的基础上，展示其文化人格，即独特的文化自我。人是在自然世界、文化世界和自我的意义世界中生存的，文化心理结构就是其在这三个世界的生存实践中逐渐形成的。作为一种特定的内部因素互动的结构形态，文化心理结构包含着人的价值追求、生存信仰、行为规范和实践活动中的意志的力向。从人物的文化心理结构出发展现其文化自我，就是要把人物的生命价值追求、独特的言说与行为举止和人际交往的个性化方式予以审美整合，按规定情境的

---

① 上述四点仅是我从《白鹿原》所展示的历史画卷中醒悟出的一种认识历史的思路。在现实中，这种"被""无""独""私"的现象虽还程度不同地存在着，但已在中共十八大后逐步得到认识和一定程度的改变。

需要而序态化、形象化地呈现。这样的人物创造方式能有效地揭示出个体的乃至时代和社会的文化特征。

我们在前面对《白鹿原》的重要人物都已做过分析，这里仅从如何创造人物的角度选取一个场面，看看陈忠实对白嘉轩作为文化自我的另一面的刻画。

白嘉轩在一个偶然走到的境域里发现了鹿子霖家的一块风水宝地，为了优化自家的风水，更快地发家致富，他极想拿到这块宝地。

> 他一路思索，既然神灵把白鹿的吉兆显示给我白嘉轩，而不是显示给那块土地的主家鹿子霖，那么就可以按照神灵救助白家的旨意办事了。如何把鹿子霖的那块慢坡地买到手，倒是得花一点心计。要做到万无一失而且不露蛛丝马迹，就得把前后左右的一切都谋算得十分精当。①

这是写白嘉轩根据自己的生命价值追求，为把鹿子霖的那块宝地搞到手所做的自我心理准备：务必精心谋划，做到万无一失。

> 他心里燃烧着炽烈的进取的欲火，脸孔上摆出的却是可怜分分的无奈，疲惫憔悴的神色令人望之顿生怜悯。他声音沉重凄楚地向冷先生述说家父暴亡妻子短命家道不济这些人人皆知的祸事，哀叹自己几乎是穷途末路了，命里注定祖先

---

① 陈忠实：《陈忠实文集·四》，广州：广州出版社，2004年，第28页。

的家业要破落在他的手里了。①

这是白嘉轩在冷先生面前精心演出的一副可怜相，目的在于赢得人们的理解和同情。一个事先预谋好了的行动就这样开始了。

> 一切都按着各人预定的轨道推进，没有差错。嘉轩摆出的自然是败家子羞愧的面孔，呷下一盅酒后，开口说："踢卖先人业产，愧无脸面见人，咋敢争多论少？先生哥处事公正，你说怎么弄就怎么弄，我绝无二话。"②

既然一切都按自己事先预料的那样进行着，白嘉轩就不动声色地保持着一副羞愧的面孔，听任冷先生安排。这是万无一失的需要。"假"做"真"时并不易，个中便可见出白嘉轩意志力的顽强。

> 冷先生再转过头瞅着白嘉轩，白嘉轩却一把捂住腮帮，似乎要哭出来，低下头去。冷先生紧紧追问："嘉轩似有反悔之意？如是，现在还来得及。人说泼出去的水推到了的墙——难收难扶。现在水还没泼墙还没倒，你说了不迟。"嘉轩抬起头来，头上竟沁出一层细汗，说："反悔倒不反悔，只是畏怯子孙的愤怨和乡党的耻笑。"随之吞吞吐吐说出换地的想法来：

---

① 陈忠实：《陈忠实文集·四》，广州：广州出版社，2004年，第29页。
② 陈忠实：《陈忠实文集·四》，广州：广州出版社，2004年，第31页。

二亩水地还是卖给鹿子霖，鹿家原坡上那二亩慢坡地转到白家，好地换劣地的差价，由鹿家付给白家。嘉轩说出这个方案后忽地站起，手抚胸膛红着脸说："全是为了顾一张面子呀！还望先生哥和子霖兄弟宽容。"①

白嘉轩在关键时刻稳妥地施行了先退后进的韬略，变卖地为换地，终于如愿以偿地得到了他想要的风水宝地。那副逼真的遭人耻笑的败家子的面孔和"头上竟沁出一层细汗"，不仅把白嘉轩在这个过程中强作表情和极力掌控其情感状态表现得淋漓尽致，而且能让人感受到一个硬汉谋事必成的过人的心劲儿。而这种心劲儿（意志力）正是支撑其文化人格的强大内力。

从预谋到完满的行动结束，尚未掌握治家大权的白嘉轩就已勇敢地把白家未来的大发展责任担当起来，这是他作为"这一个"文化自我的重要一面。然而这一面与他后来的一贯作为极不相符，与他在鹿三杀死小娥后以自己做事从来光明正大地做来批评鹿三不应在夜里杀小娥也不相符。他不能在鹿三面前自揭其短。只是在小说的结尾：

白嘉轩看着鹿子霖挖出一大片湿土，被割断的羊奶奶蔓子扔了一堆，忽然想起以卖地形式作掩饰巧取鹿子霖漫坡地做坟园的事来，儿子孝文的县长，也许正是这块风水宝地孕育的结果。他俯下身去，双手拄着拐杖，盯着鹿子霖的眼睛

---

① 陈忠实：《陈忠实文集·四》，广州：广州出版社，2004年，第32页。

说:"子霖,我对不住你。我一辈子就做下这一件见不得人的事,我来生再世给你还债补心。"鹿子霖却把一颗鲜灵灵的羊奶奶递到他眼前:"给你吃,你吃吧,咱俩好!"白嘉轩轻轻摇摇头,转过身时忍不住流下泪来。[①]

面对已经痴呆疯癫的鹿子霖,白嘉轩没有忘记自己曾经做过的见不得人的事,他真诚地向被他欺哄了的鹿子霖认错忏悔了!这是他"善居乡里的伟大谦虚"的文化心理的真实运作,而不是当年壮志在心时的文化心理的外化,必然会使其迸发出自然而然的作为,也是他文化自我的最后完成。

可以看出,准确把握人物的文化心理结构,并由此出发创造鲜活生动的人物形象有着明显的优势:人物所寓含的社会文化意蕴要丰富而又深厚得多。

其二,情节安排。

以白嘉轩的"仁义"治家、《乡约》理族及其所引发的家族矛盾冲突这一主线贯通始终,以白鹿两家的子女所体现的国共两党斗争的另一主线穿插其中,以白鹿两家兴衰不同的命运来安排情节,并以两条主线的分则各显特色、合则纠缠互动来推动情节的发展。这样的情节安排不仅非常真实地展示了中国20世纪前半叶的历史面貌,而且相当完美地凸显了作品文化批判的主旨:天作孽,犹可违;人作孽,不可活。

---

① 陈忠实:《陈忠实文集·四》,广州:广州出版社,2004年,第652页。

"天作孽，犹可违；人作孽，不可活。"这是朱先生墓里"一块经过烧制和打磨的砖头"的正反两面所刻的话。这话出自《尚书·太甲中》。据《史记》记载，伊尹立太丁之子太甲为帝。"帝太甲既立三年，不明，暴虐，不遵汤法，乱德，于是伊尹放之于桐宫。三年，伊尹摄行政当国，以朝诸侯。帝太甲居桐宫三年，悔过自责，反善，于是伊尹乃迎帝太甲而授之政。"[①]太甲回亳后，自责其过失时总结说："天作孽，犹可违；自作孽，不可逭。"[②]意思是，上天造成的灾难还可回避，自己造成的灾难，不可逃脱。朱先生熟知经典，特意改太甲的"自述"为客观的历史教训，显然是有明确的现实针对性的：国家层面的"窝里咬"及其所造成的"鳌子"恶果，朱先生是坚决不赞成的；民间层面的"倚势恃强压对方，打斗诉讼两败伤"以及种罂粟，也是朱先生严肃批评的。这些都是不同性质的"人作孽"。而白嘉轩体悟出来的铁箍木轮大车或经过一番折腾（灾害、瘟疫和"农运"），或换上一个新轴继续前行，则喻示的是渐进性的制度演化和人自身于自成长、互合作中的进步。它不同于那种以革命战争的方式夺取政权，进而强制推行一种在特定理论指导下设计的新体制的激进史观，因为这种自上而下的、大规模的、快速实现的社会急剧变动，不仅不符合社会发展的规律，而且往往导致"人作孽"的事件出现。足见，警惕并防止"人作孽"，正是20世纪前半叶民族的历史和命运为我们提供

---

① 司马迁：《史记》（卷一），北京：中华书局，1994年，第99页。
② 许嘉璐主编：《文白对照诸子集成》（上册），广州：广东教育出版社，西安：陕西人民教育出版社，南宁：广西教育出版社，1995年，第30页。

的政治的与文化的宝贵经验。

其三,结构布局。

《白鹿原》的结构是相当完美的,试以几句韵文概述之:

> 叙事意蕴深,正插补叙宜。
> 纵看史理明,横观群雕立。
> 巨幅千里画,长篇醒世诗。
> 几载苦筹谋,百代不自欺。

其四,叙述语言。

文学是语言艺术,更新叙述语言是推动文学创新发展的一条重要路径。《白鹿原》里的所有故事都是陈忠实用其独创的叙述语言叙述的,人物内在的心理和外在的言说、动作,复杂多样的人际交往和事件的来龙去脉,经作家于生命体验基础上的审美整合后,统统汇集于一个完整的形象化的叙述结构之中。在整部作品里,"不写人物之间直接的对话,把人物间必不可少的对话,纳入情节发展过程中的行为叙述;情节和细节自不必说了,把直接的描写调换一个角度,成为以作者为主体的叙述"[①]。这样的叙述语言追求的是,对独具特色的完整形象的通畅叙述,凸显语言的结构形态和情调,强化语言的内在张力和弹性。这是一种具有综合性特征的新型文学语言,要求作家务必对人物的生命气脉和事件发展的内在逻辑有着透彻的理解和把握。试看忠实对这一典型场面的叙述:

[①] 陈忠实:《寻找属于自己的句子》,上海:上海文艺出版社,2009年,第61页。

孝文第一次在全族老少面前露脸主持最隆重的祭奠仪式，战战兢兢地宣布了"发蜡"的头一项议程，鞭炮便在院子里爆响起来，白嘉轩在一片屏声静息的肃穆气氛中走到方桌正面站定，从桌沿上拈起燃烧着的火纸卷成的黄色煤头，庄重地吹一口气，煤头上便冒起柔弱的黄色火焰。他缓缓伸出手去点燃了注满清油的红色木蜡，照射得列祖列宗显考显妣的新立的神位烛光闪闪。他在木蜡上点燃了三枝紫色粗香插入香炉，然后作揖磕头三叩首。孝文看着父亲从祭坛上站起走到方桌一侧，一直没有抹掉脸颊上吊着的两行泪斑。按照辈分长幼，族人们一个接一个走上祭坛，点燃一枝紫香插入香炉，然后跪拜下去。香炉里的香渐渐稠密起来。最低一辈刚交十六刚获得叩拜祖宗资格的小族孙慌慌乱乱从祭坛上爬起来以后，孝文就站在祭坛上，手里拿着乡约底本面对众人领头朗诵起来。白嘉轩端直如椽般站立在众人前头的方桌一侧，跟着儿子孝文的领读复诵着，把他的浑厚凝重的声音掺进众人的合诵声中。孝文声音洪亮持重，仪态端庄，使人自然联想到曾经在这里肆无忌惮地进行过破坏的黑娃和他的兄弟们。乡约的条文也使众人联系到在这里曾经发生过的一切，祠堂里的气氛沉重而窒息。鹿三终于承受不住心头的重负，从人群里碰碰撞撞挤过去，扑通一声在孝文旁边跪下来："我造孽呀——"痛哭三声就把脑袋在砖地上磕碰起来。孝文停止领诵却不知该怎么办，瞧一眼父亲。白嘉轩走过来，弯腰拉起鹿三："三哥，没人怪罪你呀！"鹿三痛苦不堪地捶打着脑袋和胸脯,脸上和胸脯上满是鲜血,他在把脑袋撞击砖地时磕破了额头。众人手忙脚乱地从香炉里捏起香灰撂到他额头的伤口上止住血,随之架扶着他回家去了。孝文又瞅一眼父亲征询主意。白嘉轩平和沉稳地说:"接着往下念。"①

这是一个与田福贤在白鹿村戏楼以凶残的蹾刑迫害"农运"骨干分子对举的、由白嘉轩亲自导演的、以《乡约》为指导思想的白鹿家族祭祖的文化仪式。它气氛隆重肃穆,潜藏着聚心凝神的力量。有条不紊地尊敬祭列祖和诚心诵《乡约》所构成的既威严又敬畏的文化张力,不仅凸显出黑娃毁碑砸祠之"恶",而且有效地促使着族人思痛趋"善";特别是鹿三于重负下的痛苦自虐,把这场争夺、抚慰和激励人心的"精神战争"打得有声有色。所有这一切,既没有浓墨重彩的描绘,也没有激昂慷慨的议论,更没有千方百计的煽情,仅仅是逼真、入情、顺理的沉稳叙述,于叙述中鲜明地展现出不同人的不同心态不同举止和很自然地思路一致的联想,就具有如此强烈的审美感染力,怎能不令人叹服。人们不难从这样的叙述中,感受到作家对他笔下规定的情境所具有的气场特色、人心动态乃至具体人物的举止神情的准确把握、精深表现。而所有这些无一不有赖于作家丰富的"叙事想

---

① 陈忠实:《陈忠实文集·四》,广州:广州出版社,2004年,第226—227页。

象力"①。

　　《白鹿原》就是用这样的叙述语言写成的。众多人物的命运、复杂多样的事件和不同文化自我间的矛盾冲突，由于以作家为主体的叙述，旨在追求不同质的真实而得到相当完美的呈现。人们在阅读过程中大都能紧随作家的叙述，自然而然地进入不同的境遇，观察和感受不同人的生命活动，体会其不同的生命意义，这不仅能获得深刻的思想和情感体验，而且能获得一种全新的厚重的真实的历史感。

　　从《信任》严肃提出"内伤不轻"的问题，中经短篇、中篇小说对人自身进步的深切关注和对不合理制度的先进文化化的呼吁，再到《白鹿原》点出不可等闲视之的"人作孽"的危害，陈忠实的创作伴随着他本人对民族的历史和命运愈来愈深入的思考，自觉的文化批判已经成为他创作的一个基本原则。这个过程用他的话来说，就是"现实主义写作方法必须丰富和更新，（必须）寻找到包容量更大也更鲜活的现实主义"②。在我看来，他心目中的这个包容量更大也更鲜活的现实主义，就是文化批判现实主义。

　　从其有代表性的短篇、中篇小说，特别是长篇小说的创作实绩看，陈忠实的文化批判现实主义创作的思想原则可以概括如下。

　　首先，文化自我是人的本真存在。这是针对极左的阶级斗争理论

---

　　① 斯多葛学派"创立了人文教育的三种'核心价值'——批判的自察，世界公民的理想，发展叙事的想象力。"参见［英］彼得·沃森：《20世纪世界思想史》，朱进东、陆月宏、胡发贵译，上海：上海译文出版社，2006年，第848页。
　　② 陈忠实：《寻找属于自己的句子》，上海：上海文艺出版社，2009年，第43页。

把人视为纯粹的阶级的人而言的。人是一种文化化了的生命存在,个体都是一个文化自我;决定人的思想与行为模式的是文化,即人在特定的日常生活里所养成的价值追求;人为了生存而进行的社会实践和社会交往是多维性的,不可能只被本阶级的文化化成。因此,不应简单化地将人囿于狭隘的理论化了的阶级模式中。人被多元文化化成的过程是一个复杂的物质的和精神的交往过程,将这一过程用逻辑在先的理论规约稳态化或神秘化都会远离人的本真存在。《最后一次收获》里的赵鹏家庭关系的变化,《十八岁的哥哥》里曹润生与刘晓兰的分手,《地窖》里的玉芹的真情袒露和唐生法的理智醒悟,《夭折》里的惠畅前后有异的生命追求,梆子老太黄桂英做一手出色的庄稼活儿与其特定境遇里的极左做派,蓝袍先生徐慎行跌宕起伏直至其脊梁再也无法舒展而又无奈的命运,砸不烂的四妹子的勇敢闯世界,做过长工、搞过农运、当过土匪、学为好人、最后举行起义的黑娃,以及前后做人的品性不乏激变的白孝文等人物形象的成功创造,均证明了这一点。

其次,文化心理结构是人的文化属性的内在依据。追求自我实现的成功和优化是人的文化属性。特定境遇里的竞争格局,是人的文化属性得以生成和发展的外部条件,自我实现的价值追求、知识技能、人生经验、评估意向和支持这一追求的生命意志力,是其文化属性得以存在和演变的内部依据。换句话说,人的外在的文化属性的特征与功能,与其内在的文化心理结构是对应的。正是基于这样的理解,陈忠实才在他创作其文化批判现实主义代表作《白鹿原》时,立足于准确把握人的文化心理结构并由此出发来创造人物形象。

再次,人的灵与肉是被其生命价值取向,即要做一个什么样的人主宰的。由于人在追求自我实现的成功与优化的过程中，不可能完全是独立、独自的奋斗，他需要组建个人的社会文化圈。一般情况下，生命价值取向相同相通且情感亲近者，易深交帮扶；生命价值取向相异对立且情感多隔阂者，易争强好斗。这就必然构成复杂的社会矛盾和斗争。这种斗争往往与特定的社会演变和人的生存方式及道德心性有着内在的联系。深刻地揭示这一斗争的本来面目，就必须生动逼真地展示人物作为文化自我的独特心态和复杂多样的个性化作为，将其生命价值取向予以本真呈现。白嘉轩和鹿子霖之间不同形式的或显或隐的微妙的精神较量，白嘉轩和鹿三的深情厚谊与相互帮扶，鹿三决心除掉小娥的果断行动，兆海和白灵关于国共两党意识形态的论争，白孝文与黑娃的分合、斗杀等等，之所以寓意深刻而且令人信服，就是作家准确地把握住了人物对生命价值取向的坚守或变异。

最后，文化建设的根本点在于提升人（全民族）的整体素质，而人的素质的实际状态却有取决于国家意识形态机器把人塑造为怎样的主体。这就决定了文化批判的主导指向，即将社会的发展和人自身进步的文化立场与人类创造的先进文化的知识立场相结合，追求国家意识形态的可持续优化。这样的文化导向要求文学首先不是激进地改变世界，而是强调批判的自察：为适应时代的需要而转向人自身，认识人自身及其所创建的各种制度的种种不足。《白鹿原》里的朱先生秉持客观公正的态度，从民族大义出发，质疑"卖荞面"的何以不能与"卖饸饹"的携手共同救国，不留情面地批评"窝里咬"及其所造成的"鏊子"惨象，要求人们警惕那些"不修身而正人"者的"盗名欺世"，进而提出"得天下后"观其真正的作为以证其对人民承诺的审世原则，直至其死后的警世遗言："天作孽，犹可违；人作孽，不可活。"无一不是针对当时的国共两个政党意识形态的弊端而言的。面对白鹿村人"没有了皇帝的日子怎么过"的生存慌恐，他主张以《乡约》这一意识形态来治家理族。朱先生的历史局限性是明显的，但他专注于社会的意识形态的优化却是正确的。朱先生这一高大伟岸的人物形象的生动鲜活，使《白鹿原》的文化批判具有了现代性的高度。

除了上述的思想原则，陈忠实的文化批判现实主义还有其艺术表现原则：

第一，真实地、具体地、历史地展现生活的本真面貌，凸显特定时期人的文化属性①的存在状态。这种真实不是极左的阶级观念或特定的政治立场所认同的（有利于自己的）真实，不是为了以指定的思想教育人而有意创造的真实，而是指其展现生活的公正性不存在人为的遮蔽、歪曲和造假，其所展示出的本真面貌既能经受住共时性的多维视界的检验，亦能经受住历时性的筛选。总之，这种真实的生命有其存在的深厚的现实性和历史性基础。

第二，现实的或历史的人物间的矛盾冲突的真实性，必须与所揭示出的人物的文化心理结构相吻合，以凸显出特定时期社会的文化脉象。人物间的矛盾冲突不是要指向某种经济的和阶级的还原，而是要尽可能地充分揭示其深厚的文化根源，并挖掘出支持这一根源的人的

---

① 作为文化存在的人，是以文化自我的身份生存于人世的，其文化属性的基本特征是为了优化其生存状态而努力。由于人们追求优化的价值目标不同，其文化属性的呈现不仅是多样态的，而且具有竞争性，甚至斗争性。

文化心理结构的秘密。只有这样,作品所呈现出的社会的文化脉象才是真实、可感、可信的,而社会渐进的或某种激变的历史走向就自然而然地寓含在其中。

第三,绘制巨幅的历史画卷时,为了既独具特色地揭示出不同人物的文化心理结构及其相应行为的意义,又能将特定时段的历史的真相予以形象化的精彩呈现,必须强化作家作为叙述主体的语言的叙述功能。这种叙述不是站在一种特定的阶级立场上,正反、褒贬分明地叙述人物的心理与行为的美丑,而是客观地从各自的价值追求中将其本真状态加以叙述,让各自的美丑在合情入理的叙述中和多元价值的共存中,相互比较、相互辨析地自然而然地呈现出来。

第四,追求艺术表现的原创性。文学发展的历史已经表明,没有人可以创造出一种具有普遍性的艺术表现的模式或标准,因为没有人能够拥有一种关于现实的或历史的、无论在何种情况下都接近完备的把握和将其完美表现的方式。历史和现实永远需要作家从不同的角度,运用不同的方法,创造性地观察、思考和表现,特别是原创性的表现。原创性的表现之所以可贵,是它具有一种由陌生化所带来的崭新的审美感受。支撑《白鹿原》这部厚重作品的一系列重要人物:白嘉轩、朱先生、黑娃、田小娥、鹿子霖、鹿兆海和白孝文,他们作为不同文化自我的生存状态和生命意义的展示,都具有鲜明的原创性。

第五,独具特色的对历史或现实人生的艺术表现,必须以作家对其深刻的生命体验为基础。生命体验是作家进入创作过程的"神与物游"的最佳状态。此时,作家的感性和理性两种积极性不仅被充分地动员起来,而且在其相互融合中所迸发的激情的推动下,使其具有超常的创造性建构功能,原创的有思想深度和独特真实性的审美意象,常就在作家的这种精神状态下,于丰富奇特的想象中涌现在作家的头脑中。从某种角度说,作家能否真正进入自己的对历史或现实人生的生命体验,是其创作能否臻达美境的关键性环节。

一种新的创作原则的确立绝非一蹴而就的事。陈忠实对文化批判现实主义的探索,是从短篇小说《信任》的创作开始的。进入中篇小说创作时期,他的文化批判意识在不断深化和强化,《康家小院》《十八岁的哥哥》《梆子老太》《蓝袍先生》《夭折》《地窖》《四妹子》等的成功创作,使其文化批判意识与艺术表现原则得到了相当完美的融合。为创作《白鹿原》而在短篇小说《轱辘子客》的写作中,特意试验了叙述语言的包容性与弹性,为"寻找属于自己的句子"积累了丰富的经验。到创作《白鹿原》的时候,陈忠实对文化批判现实主义创作原则已经有了相当成熟的创建和把握,这是他以文学为其毕生的事业所取得的最辉煌的成就。

四、散文

《家之脉》

本作品创作于1999年8月。

家脉,主要是指一个家庭所独具的家风(生存方式及其主导精神)的传承。家风的一脉相承最能见出一个家庭的文化质地。

"我"的祖父是先生,写得一手好字。父亲当年读的书就是"爷爷用毛笔抄写的",犹如"石印的"一般。这使"我最初的崇拜产生了"。① 父亲虽是"一位地道的农民",却"会写字会打算盘",不仅能给村人于大年三十的后晌舞笔弄墨写春联,下雨天还能在家"读古典小说和秦腔戏本"。他被乡亲们传为佳话的,就是"卖粮卖树卖柴,供我和哥哥读中学"。祖、父两辈最"注重孩子念书学文化"。②

"你爸爸八岁才上学识字,现在不光写小说当作家,写毛笔字偶尔还赚点润笔费哩!"③ 这虽是"我"与女儿争辩对小外孙智力培育应符合其天性的赌气话,却也道出了"我"在文化造诣上的积极进取精神。

这样的"家之脉"的传承是要长辈们付出辛苦操劳和坚定耐心的。当年,父亲冒雪步行五十里,"肩头扛着一口袋馍馍",笑吟吟地送到"我"的手中;如今,"我"为了女儿补习好俄语,每周日下午都要几经转车相送,不仅没有劳累的感觉,反而觉得这是时代的进步和生活的幸福。这是高尚美好的"家之脉"得以承传的显示,是一种寓含着传统美德的真挚亲情。

几代人的"家之脉"的传承,随着家境的渐趋好转,情况也大不相同了。父亲对"我"的上学,仅是一声庄严的吩咐,之后递过来的就是"一支毛笔和一沓黄色仿纸",而"我的三个孩子的上学日,是我们家的庆典日"。"父亲是最艰难的",但父亲的"文化意识才是我们

---

① 陈忠实:《陈忠实文集·六》,广州:广州出版社,2004年,第106页。
② 陈忠实:《陈忠实文集·六》,广州:广州出版社,2004年,第108页。
③ 陈忠实:《陈忠实文集·六》,广州:广州出版社,2004年,第108页。

家里最可称道的东西"。

读这篇散文,有助于我们理解陈忠实个人的文化根系,同时它也能拓展我们的思路:当每一个家庭都能自觉地创建自己家庭的文化意识时,我们这个民族的精神风貌就会有更辉煌的呈现。

《儿时的原》

本作品创作于2013年元月。

这是陈忠实的一篇命题散文,是尊约稿人的旨意写他"少年时期所经历的和白鹿原相关的生活"[①]。

全文按"这道原·那道原""割草·搂麦""祭祖""卖菜""木板·秧歌"的顺序娓娓道来。每节的笔趣各有特色,或以史笔庄重叙述西安周边好多道原时凸显白鹿原,或饱含童稚兴味地记叙割草之乐与搂麦之累,或以肃穆静心的笔致写出辈分有序祭列祖的庄严景象,或细说为挣学费原下卖菜原上卖的经历和效果,或巧记严师木板击掌驯野性、快乐竹竿秧歌舞遍原的盛况。

总之,陈忠实少年时期所经历的重要事件和其内心对自我和人生的诸多感受与体悟,都在文中得到了应有尽有的呈现,读来不仅能获知人阅世之益,而且能识"出言入笔"应"圆鉴区域""大判条例""控引情源",方可"制胜文苑"[②] 之理。

[①] 蒋建伟主编:《2013中国最美的散文》,北京:商务印书馆,2014年,第96页。

[②] 刘勰:《文心雕龙》(下),北京:人民文学出版社,1961年,第655、656页。

《生命之雨》[①]

本作品创作于 1994 年 7 月。

人类对自身生命的认识虽然至今仍处在待完善、待完成的进行时,却决不可因此而忽视自己生命当下所紧缺的东西。

"生命之雨"是他对自我生命的一种独特体悟。母亲说"他落地的时辰是三伏天的午时","太焦躁了",缺雨。缺雨使他的生命对雨最为敏感。于是"一旦有雨或雪降下,他就有一种迎接雨雪的骚动而必须刻不容缓地走向雨雪迷濛的田野","渴盼细雨的浇灌和滋润"。他需要生命之雨。

"他和父亲同月同日生,而且时辰都是午时。""父亲是一本书,不是一篇小文章。"他对父亲有一种"心理安全的天然依赖",然而父亲故去时的身体竟"萎缩成一株干枯的死树"。这让他更加感知到生命中雨的重要。

他喜欢用"生命之雨"的短缺来说明生命中不易为人觉察和理解的某种病相。那个曾经在家乡小河堤上问他"饿吗?"他回答"我渴"的"小仙鹤"——一个不过十岁的女孩,如今成了"青年人心中的知音"、某报专栏的主持人了。他们邂逅在一次全国性的文学集会上,女孩已成为中年人,她居然很自负地告诉他:她给青年朋友写过两万多封信,而他的小说最多发行五千册,并且以不屑的神气面对他所提出

[①] 陈忠实:《陈忠实文集·五》,广州:广州出版社,2004 年,第 200—206 页。

的问题。半年后,她自觉其肤浅地给他打来长途电话,说明她收到一封与他所提问题大同小异的信,她在回答对方问题时用了他所说的"生命之雨"这句话。

他的"生命之雨"的观点终于为她接受了,可惜她并未真正理解这"生命之雨"的内涵。她不明白"人生其实也类似这河堤,分作一段一段的,这一段到头了,下一段又从这儿开始,一直延伸成为一个生命的河流"。每一段中的每一个人都有其独特所需的"生命之雨",这应该具体分析才对。当他目睹了河滩地里那幢土坯房外发生的生活情景(因母亲制止两个孩子的追打而遭到男孩抗议:"你是个愚蠢的妈妈!",以及之后屋里暴起关于应不应该打男孩的激烈吵闹声)便极自然地想到主持人的她,是否"还会用他的'生命中的雨'这话来解释这一对乡野夫妻吗?"

"生命之雨"是生命的一种迫切需求。一个人要真正明智地活着,就得知道自己的生命最紧缺的是什么。它既可能是物质的,也可能是精神的。不明乎此中道理,就难免其生命历程中的某种浑浑噩噩了。

"生命之雨",以它的悄然存在,期盼着人对自我生命状态的清醒和自觉!

《原下的日子》[①]

本作品创作于 2003 年 12 月,获 2004 年《人民文学》优秀作

[①] 陈忠实:《陈忠实文集·七》,广州:广州出版社,2004 年,第 234—240 页。

品奖。

原下的日子,是"我"远离龌龊、净化心灵、创作丰收的日子。

初回原下祖屋,"我"不无悲凉孤清之情,但终究由于这里有着祖辈几代人承传的"家之脉"所孕育的浓厚的文化气脉在,它高尚自洁,强烈地激发着"我"立身、做人、为文的正气。

原下有"我"人生坐标的另一极:故乡的热土和勤劳正派的乡亲,它能给"我"以更宏阔的视野,更博大的胸襟和正直豪迈的气概,让"我"心底生根,连通地气,获得提笔成趣的智慧。

原下有迷人的美景,它不仅让"我"舒心、强志、益神,还能于静思默想中聆听到祖宗的教诲。

原下有楚汉争夺天下的历史故事,它让"我"驰骋奇特丰富的想象,从中获得深邃的历史感。

原下有"文章合为时而作"的白居易的风骨气韵,"白鹿原头信马行"的旷达自信,能给"我"平添宝贵的毅力。

原下的日子,让"我"心情沉静、精神焕发、文思潮涌。在原下的日子,"我"牢牢把握着自己生命的价值取向。

原下的日子,记录着"我"于人生的紧要处所做的正确选择。

难忘的原下日子啊!

《三九的雨》[①]

本作品创作于 2002 年 1 月。

[①] 陈忠实:《陈忠实文集·七》,广州:广州出版社,2004 年,第 139—142 页。

"三九的雨""给农人心里一种不祥的妖孽氛征",引发"我"的却是一种关于家训和自我生命追求的沉静回忆。

"这是一个不可思议的冬天。我站在我村和邻村之间的旷野里。"

"我"想到自己任副总指挥具体实施灞河河堤水利工程的事,想到在城里中学去念书,想到自己的文学梦,想到父亲送自己上学的路上遇到狼,进而确凿无疑地觉醒到"我的一生其实都粘连在这条已经宽敞起来的沙石路上"。特别是"从一九八二年冬天得到专业写作的最佳生存状态到一九九三年春天写完《白》书,我在祖居的原下的老屋里写作和读书,整整十年"。这十年,依然熏陶着"我"的,是祖、父辈的"生命乐曲":"沉重而又舒坦的呻吟","那是只有像牛马拽犁拉车一样劳作之后歇息下来的人才会发出的生命的呻唤"。这乐曲在"我"的回忆中最终化作一种独特的严厉的眼神。

> 从我第一次走出这个村子到城里念书的时候,父亲和母亲每每送我出家门时的眼神,都给我一个永远不变的警示:怎么出去还怎么回来,不要把龌龊带回村子带回屋院。在我变换种种社会角色的几十年里,每逢周日回家,父亲迎接我的眼睛里仍然是那种神色,根本不在乎我干成了什么事干错了什么事,升了或降了,根本不在乎我比他实际上丰富得多的社会阅历和完全超出他的文化水平。那是作为一个父亲的独具禀赋的眼神,这个古老屋院的主宰者的不可侵扰的眼神,依然朝我警示着,别把龌龊带回这个屋院来。①

---

① 陈忠实:《陈忠实文集·七》,广州:广州出版社,2004年,第141—142页。

这是最宝贵的"家训"。每每在思念中与父母的这种眼神相遇,犹如"我"接受一次次精神洗礼。抗争龌龊必要时也如"三九的雨"那样,以反常的姿态给龌龊留下不同流合污的反击。

《旦旦记趣》①

本作品创作于 1998 年 12 月。

两岁半的小外孙旦旦,"常有'惊人'之语出口"。童真之心,既生童真之趣,亦谋童真之举,天性朗然,奇趣逗人,可亲可爱。不论其吃什么屁股上就"立竿见影"地长什么的憨态,还是非要以"再见!拜拜!巴尼哈!那就这!"的再见方式与爷爷告别,抑或是足蹬三轮儿车穿越窄狭过道,进东屋钻西屋地到北京去上海,那种亲情戏悦、举家笑闹的天伦之乐与幸福和谐的情景,真是感人至深。有了旦旦,"我"心中"无论什么顺心的事和烦恼的事甚至令人窝火的事"全都化解了,"只是觉得自己就是一个爷爷了"。至于旦旦误把农家的橙黄鲜亮的玉米塔判为"这么多的香蕉呀!"还"跳着叫着要摘下'香蕉'"的那种令人"猝不及防"的、一般人压根儿做不出的动作,不仅令众乡亲捧腹不止,而且让"我"感慨多多:难得的意想不到的乐趣里,竟寓含着人生的新旧变化。

孩子的混沌虽短暂却可爱,没有意义却令人欣喜,不期而至的家庭欢乐的高潮,常常就是由他的幼稚有趣的言语和憨态可掬的动作引发的。作为爷爷的"我"目睹"生命的勃兴",由衷地"泰然而乐",

---

① 陈忠实:《陈忠实文集·六》,广州:广州出版社,2004 年,第 78 页。

是真知人之福也。

《晶莹的泪珠》①

本作品创作于1993年11月。

专司琐细教务工作的一位女老师，尽心尽责的工作让她记住了每个班学习成绩优秀的前三名学生的名字，并且悄悄地关注着他们。现在她记忆中的一位，"我"站在她面前，递上了经班主任和校长批准了的休学申请书，请她开张休学证书。这是一位优秀生，不该让其轻易休学呀！她这样想着就去找校长想办法。可回到办公室后，她"亢奋的情绪已经隐退，温柔妩媚的气色渐渐回归到眼角和眉宇里来了，似乎有一缕淡淡的无能为力的无奈"。

开好休学证书后，她再三叮咛"我"装好，别丢了。随即亲手把"我"随意装在口袋里的休学证书认真地叠好放进我的书包里说："明年这阵儿你一定要来复学。"她陪着"我"一同走出校门，分别时，她走过来拍了拍"我"的书包："甭把休学证弄丢了"，同时深情地安慰"我"："休学一年不要紧，你年龄小"。"我抬头看她，猛然看见那双眼睫毛很长的眼眶里溢出泪水来，像雨雾中正在涨溢的湖水，泪珠在眼里打着旋儿，晶莹透亮。"

在班主任、校长和她中间，她恰好是最不应该产生这种心情的人。"我和她几乎没有说过话，甚至至今也记不住她的姓名"。然而，正是

---

① 陈忠实：《陈忠实文集·五》，广州：广州出版社，2004年，第181—188页。

她的手轻轻搭在"我"的肩头,反复嘱咐我:"记住,明年的今天来报到复学。"她的"两滴晶莹的泪珠从眼睫毛上滑落下来,掉在脸鼻之间的谷地上,缓缓流过一段就在鼻翼两边挂住"。

面对好学生因家境困窘不得不休学时,她,没有给"我"上过一节课的教务处的普通职员,却真诚地感到惋惜、痛心和无奈,于送别时情不自禁地流下了眼泪。这是罕见的人性之美的自然而然的流露。四十年后的"我",面对"各种欲望膨胀成一股强大的浊流冲击所有大门窗户和每一个心扉的当今",深深痛切地提醒自我:"企望自己如女老师那种泪珠的泪泉不致堵塞更不敢枯竭",因为"那是滋养生命灵魂的泉源,也是滋润民族精神的泉源"!

《何谓良师》[①]

本作品创作于1999年11月。

这是一篇抒发真诚、纯洁、近乎神圣的文学友情的美文。

《陕西日报》文艺部编辑吕震岳和陈忠实之间的文学交往与精神支持,是文学园地绽放出的光彩夺人的奇葩!它不是任何贵重之物可以取代,也不是世俗的取舍标准可以衡量的。编辑对作家的信赖与严格要求,特别是对作家更辉煌成就的企盼,对作家可能有的任何不幸耽误的忧虑,乃至对作家艺术生命的倾心关注,那是无私的、全身心的;作家对编辑的全力支持和一丝不苟的认真精神的称赞,尤其是对其厚

---

① 陈忠实:《陈忠实文集·六》,广州:广州出版社,2004年,第119—133页。

德待人作风的崇尚和钦佩，也是发自肺腑的。这种互为对方的"有意义的他者"，是一种彼此对象化了的高尚依存，是对人作为文化存在的高度自觉，是彼此人性不断优化才会有的令人可感可敬的作为。而这正是文学事业得以健康发展的重要基石，更是我们民族应该具有的健全美好的文化人格得以存在和发展的精神沃土。

在陈忠实的散文作品中，《何谓良师》是比较长的一篇。它不仅记载着两人深厚友谊的建立和发展，而且是陈忠实文学之路上转折的实录：既有其对自己创作失误和挫折心态的调整，也有其真正的文学观念与信念确立的真实过程和重新上路后的崭新的精神风貌。它是研究陈忠实文学思想演变的一篇重要文献。

《你写的书，让我不敢轻率翻揭》[①]

本作品创作于2000年4月。

陈忠实与王宝成是一对文学挚友，彼此的心理了解和文学关注都是深层的，是一般人难以企及的。

在这篇散文里，忠实饱含着激情和深切的关爱，对宝成的为人为文之道做了淋漓尽致的解读和陈述：宝成，这位关中大地滋养的文学硬汉，是怎样严峻地面对人生和一丝不苟地面对文学创作，最终以自己独创的艺术作品与读者坦诚交流；宝成，又是怎样的低调处世，从不"自炒"也不"他炒"，默默地埋头笔耕，终于写出了半个世纪民族的心灵史《梦幻与现实》；宝成，作为朋友，作为有着丰厚创作实绩

---

① 陈忠实：《家之脉》，广州：广州出版社，2000年，第240页。

的朋友，更是怎样引发了忠实对他的钦佩、敬慕和内心自然泛起的妒忌之情，又是如何让忠实意识到务必严肃地重新审视自己，自觉地调整其步履和笔锋，进而把妒忌转化为自我前进的内在动力。

这就是挚友间肝胆相照的精神力量！这就是让各自的生命更具崇高意义的挚友情怀！

《别路遥》

本作品创作于1992年11月。

这是陈忠实于1992年11月21日在路遥的告别仪式上宣读的悼词。在这篇悼词中，忠实认为：

> 路遥已经形成开阔宏大的视野，深沉睿智地穿射历史和现实的思想，成就大事业者的强大的气魄，朝着创造的目标，实现创造理想时必备的坚韧不拔的意志和艰苦卓绝的耐力，充分显示出这个古老而又优秀的民族的最优秀的品质。[①]

同时，忠实指出：

> 路遥在创造那些普通人生存形态的平凡世界里，不仅不能容忍任何对这个世界的过去和现在、历史和现实的解释的随意性，甚至连一句一词的描绘中的矫情娇气也绝不容忍。

[①] 陈忠实：《凭什么活着》，长春：时代文艺出版社，2007年，第44页。

他有深切的感知和清醒的理智,以为那些随意的解释和矫情娇气的描绘,不过是作家自身心理不健全的表现,并不属于那个平凡世界里的人们。路遥因此获得了这个平凡世界里数以亿计的普通人的尊敬和崇拜,他沟通了这个世界里的人们和地球人类的情感。这是作为独立思维的作家路遥最难仿效的本领。①

在这篇悼词中,有对路遥文学一生最公正的评价,有文学界对路遥英年早逝荡气回肠的悲痛和深情真挚的怀念,还有对文学陕军的最热切的希望和关爱。

这是一篇一气呵成的悼词,感人肺腑,催人上进。

《虽九死其犹未悔》

本作品创作于1994年6月。

这是陈忠实为著名作家邹志安的文集撰写的序文。

作家邹志安令人难忘的,是他献身文学的"不悔"意志和精神,是他那永远能给人以力量的"两种眼神":深夜忘我笔耕"两只布满红丝的眼睛"和生命垂危之际半昏厥状态的眼神,"那是一种不息的强烈创造欲望破灭时的依然顽强的信念:不悔!"② 他是吃酸菜喝苞谷糁子写下五百多万字文学作品的作家;他是宁可自己隐忍各种痛苦,一心

---

① 陈忠实:《凭什么活着》,长春:时代文艺出版社,2007年,第46页。
② 陈忠实:《凭什么活着》,长春:时代文艺出版社,2007年,第49、50页。

孝敬母亲、关爱妻儿的儿子、丈夫和父亲；他是文坛上的又一位硬汉作家，他是平凡人群中的人杰！

陈忠实把自己压抑已久的悲痛和发自灵魂深处的思念，转化为不可遏止的对亡友无比崇敬的激情，挥毫抒怀，把如烟如潮如泪如血的往事娓娓道来，于情真意切的叙述中展现志安将生命与文学融为一体的虽九死其犹未悔的感天地动鬼神的顽强韧力。文章有立言垂范、化成天下之力，读来令人心纯气正、热血涌流、肝肠寸断。

值得我们注意的是，忠实在这篇序文中相当完整地论述了他的文学观念，这很重要，谨录于此。

在我看来，作家的全部创造理想和生存欲望，概莫能大于读者对其作品的理解和接受。作家从事创造劳动的全部意义或者悲剧都在这里。这里就触及到对创作这项劳动的理解，不过是作家艺术家把自己对社会历史和现实的生活体验进而到生命体验所形成的各个迥异的独特体验宣泄出来，凝成一部小说一首诗歌一出戏剧一幅绘画一曲交响乐，以期与读者或观者听者进行心灵的沟通和交流，文学和艺术作品不过是实现两颗心灵交流沟通的媒体。文学艺术沟通古人和当代人，沟通各种肤色各种语系的人，沟通心灵，这才是从事文学艺术工作的人痴情矢志九死不悔以至不惜生命而进行创造活动的全部缘由。这样，我才能更贴近杜鹏程创作《保卫延安》和柳青创作《创业史》的本体实质；这样，我也才能更贴近邹志安十数年间创造出五百多万字的文学作品两次获得全国大奖的本质性内容。①

正是这样的文学观念支撑着杜鹏程、柳青、路遥、陈忠实和邹志安等一批杰出作家完成了自己的文学使命。

《面对这样一双眼睛》②。

本作品创作于1981年4月。

20世纪80年代初，罗中立的著名油画《父亲》以其强烈的审美冲击力震撼了整个文学艺术界。它让人们回忆、思考和追问：以自己全部生命支撑着共和国艰难前进的农民——我们的父老乡亲——的命运何以如此艰辛？

陈忠实曾坦言，他最担心的是自己为农民这个群体所丢弃。当他面对《父亲》，特别是《父亲》的那双"似乎笑着又似乎哭着、似乎喜悦又似乎哀愁、似乎麻木而又没有失之生的希望的眼睛"时，所获得的美感肯定会比一般人的美感更加强烈、更加丰富、更加深刻。

陈忠实在文中连用了六个"在这样的脸色和眼光中，我看见了"的排比句，于沉重的联想中，真诚地述说着国人大都会牢记不忘的展现在文学作品中的农民的命运史；又以自己在乡村里"看见过多少双活生生的像父亲一样的脸色和眼光"来确证以《父亲》为代表的农民

---

① 陈忠实：《凭什么活着》，长春：时代文艺出版社，2007年，第48页。
② 陈忠实：《陈忠实文集·一》，广州：广州出版社，2004年，第481—485页。

的命运的真实性。在这样的叙述基础上,再以五个"面对这样一双眼睛"的排比句,提醒、劝告和鞭策政治家、领导者、朋友、艺术家和自己,"应该让这双眼睛扫清忧郁,重新焕发出热忱和信赖"。

在忠实的心目中,《父亲》眼里的神光是一种召唤,是一种激励,也是一种对痛苦人生的咀嚼,对幸福生活的渴望。对历史负有责任的人们,一定要抖擞起精神来,"义无反顾地奋进"!因为"这是执政党的生死存亡的大事!"

《伊犁有条渠》[①]

本作品创作于 1998 年 11 月。

这是陈忠实笔下尤为深刻的"一个鲜活的历史记忆"。

他来到了伊犁,新朋旧友乃至当地的领导见面后无人不说林则徐,无人不景仰赞美林则徐。林则徐的口碑有弥天之高,他耸立在各族人民的心中。

1842 年,林则徐坐着一辆木头车,由西安出发,历经四个多月的艰难行程来到伊犁。他是奉道光帝的旨意来边陲接受惩罚和羞辱的,可他却把圣意置于脑后,以无与伦比的"勇气和耐心亲自组织调度汉、维吾尔、哈萨克和锡伯等民族的人民,去开凿修建伊犁地区最宽最长的"至今仍在受益的湟渠。正是这条湟渠把颠倒了的历史重新颠倒过来:林则徐不仅没有被羞辱,反而使他的"精神人格获得了不朽"!历史就是这样确证着谁是谁非!

---

① 陈忠实:《陈忠实文集·六》,广州:广州出版社,2004 年,第 66—69 页。

陈忠实一路听着看着想着他从中学历史课本上就知道了的林则徐，一旦面对这样感天动地的历史功绩，就情不自禁地发问："是什么东西铸就林则徐强大的心理力量，踏倒了加给他的惩罚、羞辱，克服了半百之躯的衰老，依然故我地在流放之地实施这项惠佑民众的水利工程？"这是在清扫历史的假丑恶，让历史的真善美发扬光大的拷问！

这拷问是在提醒人们，千万不要忘记绵延两千余年的封建专制史不断重复上演着"（奸佞的）口水往往胜过（忠臣的）热血"的悲剧，"它给我们的最不可接受的心理刺激或者说历史教训是，摧毁一个国家和民族的尊严的不仅是侵略者的坚船利炮，居然还是更具内腐蚀力的口水"。

今天的湟渠渠首工程遗址在地的东巴扎尔，已经旧貌换新颜了，可人们总是一代传一代地讲述着他们敬仰的林则徐，这就是最真实最鲜活的历史记忆！

历史终究是由人民谱写的。

《活在西安》[①]

本作品创作于 2000 年 4 月，获 2000 年《人民日报》优秀作品奖。

这是一篇思想与文采均达上乘之美的散文。它既有沉重的反思，与历史上唐朝鼎盛期的长安相比，痛感"今天的我生活着的西安"不可逆转的萎缩之严重性而自觉羞愧于祖先，又有在重振汉唐雄风壮志的感召下意识到"民族的脊梁却毕竟硬朗起来了"的豪情。

---

① 陈忠实：《家之脉》，广州：广州出版社，2000 年，第 260—264 页。

令人向往的唐朝的长安，有着"年轻王朝的气度和活力"，而少有"垂死于棺材边沿的昏朽者"的"龌龊和卑琐"；它的"高度的文明和超级的繁荣产生吸引力，也拥有自信、雍容大度和巨大的包容性，对外可以容纳整个世界的来宾，对内自然不会在乎咸阳原上最早出现的那些类似'嬉皮士'式的游侠少年的飞扬跋扈和放荡不羁了"。它昂首向前而鄙视"小气的王朝"那种"计较百姓口里说了什么脚下踩了什么"的狭隘和无能。

令人警觉的"萎缩"之所以可怕，就在于人的"心理和精神上，自信不起来，雍容大度也流失一空了，落后陈旧所酿制的过时的腐气和霉气挥斥不去"。历史已经告诉人们，如果只躺在祖先留下的文化遗产上，赞赏和颂扬曾经的辉煌，而忽视现实中自我心理和精神上的进取和创新，那实在是民族的悲哀。

汉唐雄风虽然对我们来说还是"一个遥远的梦"，毕竟又成为我们民族奋进的一种自觉。即使我们这一代人在梦想成真时已是一群"幽灵"，还是会看见"咸阳原上超现代的游侠少年的风姿"。

《漕渠三月三》①

本作品创作于2002年5月。

漕渠村历史悠久，一度是渭河南北广大地区的大商埠，自建古庙以来，还成为佛教信徒心灵祈祷的圣地。每年农历的三月三，是它盛

---

① 陈忠实：《陈忠实文集·七》，广州：广州出版社，2004年，第155—166页。

———— 中篇　内涵丰赡的文学世界的创造者

大的庙会节日：这是一个纯粹属于农民的世界，农民的人际交往方式，农民的生活习俗，农民喜爱的文化活动，应有尽有。

对陈忠实来说，这是他最乐意的去处。

> 我向来不羞于我来自这个世界属于这个世界壮大于这个世界，说透了就是吮吸着这个世界的气氛感应着这个世界的气场生长的一族。我现在混杂在他们之中，和他们一起在漕渠村的大街小巷里拥挤，尽管我的穿着比他们中的同龄人稍微齐整一点，这个气场对我的浸淫和我本能似的融入，引发了我心里深深的激动。这一刻，我便不由自主地自我把脉，我其实还是最容易在这个世界的气场里引发心灵悸颤的。①

这就是陈忠实身临庙会时最真实的感觉。

他在庙会上不只是观看，还是在回味、体验甚至陶醉在其中。秧歌队过来了，他在赞赏并领会男女老少农民所显示出的自我存在的意味儿；饸饹摊前他精心专注地对摊主投放调料的"舞蹈"做得意的审美；震天响的锣鼓队演出，他能品评出各自不同的风格及其来龙去脉。他民俗文化知识渊博，知道何以"豆腐坡"的豆腐会如此有名，为什么锣鼓的敲击声会注入乡村人的血液，而"一个好的鼓手常常成为一个地域里受人钦敬的名人"。在农民的世界里，他心情舒畅，目光敏锐，能捕捉到全封闭帐篷里跳光腿舞以吸引"纯一色的男青年"的秘

---

① 陈忠实：《陈忠实文集·七》，广州：广州出版社，2004 年，第 161 页。

密,并将其与秦腔戏台下"纯一色的中老年农民"进行对比,意识到农村文化的某种变化。

在庙会的所有演出中,陈忠实最喜爱的也是最能全身心地沉浸在其中的是锣鼓声。

> 我已经多年没有接受这种生命之乐的冲撞和震颤了。人的五脏六腑也许需要这种纯属民间的乐器来一番冲撞和洗涮的。无论如何,在民间锣鼓的乐曲里,我心中沉积着的污泥和浊水,顿然扫荡清除了,获得的是清爽和轻松,好继续上路。①

有着既定奋斗目标的他,太需要"这种纯粹民间的锣鼓,为生命壮行"了。

这就是人民的作家与人民最本质的血脉之缘!

《贞节带与斗兽场》②

本作品创作于 1995 年 6 月。

对农村的风俗民情和故事传说颇为熟悉的陈忠实,在意大利的国家博物馆里,意想不到地看到了他从酸黄菜式的民间故事中听到过的

---

① 陈忠实:《陈忠实文集·七》,广州:广州出版社,2004 年,第 166 页。
② 陈忠实:《陈忠实文集·五》,广州:广州出版社,2004 年,第 242—246 页。

"放心链"的实物证据。他于震惊和遐想中深深意识到了中世纪的黑暗。斗兽场上奴隶无奈地拼死斗兽而终究要被猛兽吞食的惨剧,使他更加切肤之痛地思考"人类的如斗兽场的发明者的本性在多次重复演练,才是真正令人触目惊心的"悲哀。

他愤怒了!他抑制不住地要提醒人类:

各个民族生存发展中留下来的耻辱都钉到耻辱柱上了,然而那钉住的其实只是一张风干了的再无任何蛊惑力量的破皮。

幽灵呢?破皮风干之前原有的幽灵还有没有呢?会不会在某天早晨以一种更具蛊惑力量的装饰,重新向这个世界挥舞贞节带?①

这是振聋发聩的警示!这是喊出"文学依然神圣"的作家之犀利目光始终如一的关注点:只要人性、人的灵魂还是待善的状态,人啊!就应该自觉地、历史地审视自己乃至其所属的民族。

《沉重之尘——〈生命历程中的第一次〉之三》②

本作品创作于1995年2月。

---

① 陈忠实:《陈忠实文集·五》,广州:广州出版社,2004年,第246页。
② 陈忠实:《陈忠实文集·五》,广州:广州出版社,2004年,第229—231页。

查阅有关县志,是陈忠实为创作长篇小说《白鹿原》而进行的至关重要的准备工作。他是在读县志,更是在回归历史境遇地想着县志中所记述的人和事。这种"想"不仅是抽象的逻辑思维,更是饱含激情的具象化的艺术思维。

读"贞妇烈女"卷时,他"似乎从那个墓穴进入一个空远无边碑石林立的大坟场",感同身受地体验着那些"用自己活泼泼的肉体生命[可以肯定其中有不少身段(曲线)脸蛋肤色都很标致的漂亮的女儿],坚守着一个'贞'字,终其一生而在县志上争取到三厘米的位置"的妇女的命运史。他痛苦,他惋惜,他"喘着粗气","无言以对",而思绪却异常活跃,并且在丰富的联想和想象中凝聚着自己的生命体验,终于让未来的田小娥以偷情抗争的身姿涌现在脑海!

这个形象的不期而至,是他全神贯注地读史、释史、辨史过程中的必然产物,是他对我们"这个民族的面皮和内心的分裂由来已久"的虚伪的大胆揭示。田小娥走进他构想的历史画卷,他不可避免地要为其掀起一场颠覆性的精神风暴,以洗压在妇女身上的"沉重之尘",让被官史尘封的"民间历久不衰传播的""荡妇淫娃的故事",显露出历史的真相,并让历史的发展与人性的优化真正地融合起来。

《破禁放足不做囚》[①]

本作品创作于1995年2月。

[①] 陈忠实:《陈忠实文集·五》,广州:广州出版社,2004年,第238—241页。

哈耶克在其名著《通往奴役之路》的首章就明确指出："观念的转变和人类意志的力量使世界形成现在的状况"①。这虽是一种价值中立的客观描述，却能让我们意识到人的观念的转变一旦与意志的力量结合起来，便会形成一种改变生存状态的活力。从这个角度看，它不失为对人类历史发展的一种有意义的描述。然而，我们曾经却被一种过时的错误的观念紧紧束缚着，致使整个社会一度不尊重人的差异性，而喜好人的思想和行为方式乃至着装的一致性。今天看来，这是十分可笑的，但这却曾是"我们的社会生活真实"。

陈忠实的这篇散文就是针对这种生活真实，从其访问泰国时与作家郑万隆一起在该国超市所做的"小调查"谈起，引发出对观念的更新和心理秩序的重新安排必须"让思想冲破牢笼"的呼吁。

让思想冲破牢笼，就必须真正看清楚"陈旧的偏见的甚至畸形的观念对整个民族的心理制约。久而久之的制约所形成的固定的心理结构和思维定势，由此而产生的社会和道德的错误判断"。这是思想冲破牢笼的关键性前提。这个前提的确立需要主体自觉地以新的无偏见的理论观念统领其精神。

因此，让思想冲破牢笼，就必须"去寻求科学。符合社会的自然的发展规律的科学，才是我们唯一的遵循"。这就需要主体具有广阔的视野、博大的胸襟和勤奋的学习以及勇于实践的魄力。

"让思想冲破牢笼"而永"不作囚"，这既是献身文学事业的作家

---

① 哈耶克：《通往奴役之路》，王明毅、冯兴元、马雪芹等译，北京：中国社会科学出版社，1997年，第19页。

们的精神特征,又是其文学创作的一个具有永恒意义的主题。

《喇叭裤与"本本"》①

本作品创作于1998年9月。

读陈忠实的这篇散文,人们便能触摸到他那颗真诚的心。

他以自己最初看到街上穿着喇叭裤、拎着录放机的男女青年所产生的习惯性的感情排斥,与稍经思索后的理性接受所造成的心理秩序紊乱为实例,坦率地谈及其在"思想解放""实事求是"的历程中的一次又一次精神剥离的痛苦与欢乐。他总结出的公式是:扯断—陷入—再扯断—再陷入,及至期待新的扯断的痛快。他直言不讳地说:

> 新的生活命题出现的时候,我总是首先陷入对原来的观念的习惯性依赖,然后就有一个痛苦的剥离过程,然后才有力气把那个习惯性依赖的旧的观念扯断。这每一次的陷入和扯断的过程,实际是由社会观念的变化而引起的心理的旧秩序的紊乱,然后经历了一番剥离,一番弃旧和更新,心理又形成一种新的秩序。②

在他看来,这正是中国在进步,自己也在进步。

这种进步和认识真理一样,是艰难的。他意味深长地将毛泽东与

---

① 陈忠实:《陈忠实文集·六》,广州:广州出版社,2004年,第61—65页。
② 陈忠实:《陈忠实文集·六》,广州:广州出版社,2004年,第64页。

邓小平联系起来思考，指出前者在晚年"陷入了自己曾经深恶痛绝的'本本主义'，直把个'阶级斗争'的'本本'排演出诸如'反右'、'反右倾'、'文化大革命'的悲剧。反倒是邓小平在遭难的时候清醒地认识了那个'本本'的谬误，并以一个巨人的气魄摈弃了那个造成国家和人民灾难连绵的'本本'，真正地恢复了毛泽东提倡的实事求是的科学内蕴，从而救活了中国"①。

但是，要真正完满地走完这个过程，尚需不断地"剥离腐朽的'本本'，打破旧'本本'所形成的思维定势，冲乱僵化的心理秩序，让新鲜血液涌流，让思维张开最具活力的翅膀"②！

这个说起来容易、实践起来实属不易的新的历程，需要我们以坚毅不拔的奋斗精神顽强地走下去。

《火晶柿子》③

本作品创作于2001年11月。

这是由火晶柿子连接组成的一组特有趣味的人生画卷。

在这组画卷里，人们首先看到的是"个重两余，无核"，耐得存放而不失其新鲜甘美的原味儿的火晶柿子，它是"独秀柿族的王牌品种"。

在这组画卷里，有贪吃而病者，有偷吃而受指责者，有千方百计

---

① 陈忠实：《陈忠实文集·六》，广州：广州出版社，2004年，第65页。
② 陈忠实：《陈忠实文集·六》，广州：广州出版社，2004年，第65页。
③ 陈忠实：《陈忠实文集·七》，广州：广州出版社，2004年，第126—133页。

想栽活火晶柿树者,也有不得已而锯树者;还有家种的火晶柿子丰收后以此待客友的自负和乐趣,有外来游客为买火晶柿子而上当受骗的懊恼与气愤;更有由此而引发的调侃陕西经济落后的"十不"特性说。总之,画面丰富多彩,人物活灵活现,多样的人生情趣尽在画中,令人目不暇接。观之嬉笑不止,品之意味隽永。

《又见鹭鸶》

本作品创作于1992年8月。

信赖人类善良天性的、有着"仙骨神韵"的鸟中贵族鹭鸶,从家乡的河川一去二十多年而今悄然复返,令"我"情不自禁地惊叹、赞美、寻觅、思考、遐想。

鹭鸶曾经与人们美好和谐相处,这给"我"的心中留下了"难得泯灭的永远鲜活的鹭鸶的倩影"[①]。

鹭鸶的消失,"许是水流逐年衰枯稻田消失绿地锐减,这鸟儿瞧不上越来越僵硬的小河川道了?许是乡民滥施化肥农药污染了流水也污浊了空气,鹭鸶感到窒息而逃逸了?许是沿河两岸频频敲打的庆贺'指示'发表的锣鼓和震天撼地的炮铳,使这喜欢悠闲的贵族阶级心惊肉跳恐惧不安,抑或是不屑于这一方地域上人类的愚蠢可笑拂尾而去?许是那些隐蔽在树后的猎手暗施的冷枪,击中了鹭鸶夫妻双方中的雌的或雄的,剩下的一个鳏夫或寡妇悲怆遁逃?"[②]

[①] 陈忠实:《陈忠实文集·五》,广州:广州出版社,2004年,第166页。
[②] 陈忠实:《陈忠实文集·五》,广州:广州出版社,2004年,第166页。

鹭鸶的复返，小河便"呈现出别开生面令人陶醉的风景"："清澈透碧的河水哗哗吟唱着在河滩里蜿蜒，两个穿着艳丽的女子在对岸的水边倚石搓洗衣裳，三头紫红毛色的牛和一头乳毛嫩黄的牛犊在沙滩草地上吃草，三个放牛娃三对角坐在草地上玩扑克，蓝天上只有一缕游丝似的白云凝而不动，落日正渲染出即将告别的热烈和辉煌……这些时常见惯的景致，全都因为一双鹭鸶的出现而生动起来。"①

鹭鸶的复返，是由于"乡民们无论男女无论老幼"均视其到来为荣耀和吉祥，把伤害鹭鸶的行为视为"作孽短寿的事"。这是善良人性的真诚回归。

人的生活不能没有鹭鸶，它是一种无与伦比的美，美得高雅，美得圣洁，美得悠然；既无"得意时的昂扬恣肆"，也无"失意下的气急败坏"，更无"饿不及待的贪馋和贪婪相"。

鹭鸶对人类的信赖是可以重新建立的，人类对此当有清醒的自觉。

《告别白鸽》

本作品创作于1996年8月。

怀着一种深情，关注着、期盼着老白鸽的下一代的诞生；再亲切地精心喂养，直到自豪而又心情舒畅地遥望自己的一对小白鸽翱翔在蓝天，"我"既观赏到新生命成长的美好过程，又体验到自我生命的另一种意义和幸福。多么令人疼爱的一对小白鸽啊！它们夜里同居小窝，

---

① 陈忠实：《陈忠实文集·五》，广州：广州出版社，2004年，第165—166页。

白天并翅双飞,自由自在自乐安详,给"我"带来的不只是温情与友爱,更有一种永难忘怀的亲情:"世界对我来说就是白鸽","当我行走在历史烟云之中的一个又一个早晨和黄昏,当我陷入某种无端的无聊无端的孤独的时候,眼前忽然会掠过我的白鸽的倩影,淤积着历史尘埃的胸脯里便透进一股活风"。①

最令人痛恨却又无奈的,是那犹如列强袭击弱小民族般的鹞子,凶残暴戾地吞噬了一只小白鸽,让另一只小白鸽孤独、寂寞、哀伤。"我"为了安慰它,让它与邻家的一群鸽相处。然而它在生育了自己的白底黑斑的幼鸽不久后失踪了。这也许是天意,"我"的心情慢慢地平静下来了,可就在这时,那只失踪了的白鸽又飞回到"我"的家,它受了重伤,一只腿被勒断,浑身污脏,"我"的心抽搐起来,为它洗澡敷药,盼它早日伤愈。可它死了。死在自己出生的那只纸箱里。如同人一样:落叶归根了。

人的爱和恨就是这样分明:对神圣高洁的小白鸽生命的挚爱,对恃强凌弱无比暴虐的鹞子的憎恨,这就是人之为人的本性。作家有了这样的情感品质,必然会在更高的境界与他的读者进行坦诚的精神交流。

作品的文学世界及其特点

除小说这一文体外,散文是陈忠实喜爱的又一文体。他的处女作《夜过流沙沟》就是一篇散文。他在总结自己的散文创作时说:"80 年

---

① 陈忠实:《陈忠实文集·六》,广州:广州出版社,2004 年,第 12、13 页。

代中期以前,我在乡村基层工作岗位上,散文选材多是面对急骤变化的生活而抒发一点感触,或者记取一点人与事的变迁,形式不自觉地就类似特写的形式。80年代中期以后的散文,且不说它像不像散文,却是脱离了特写的模式。"① 他的这一总结是符合其散文创作实际的。

陈忠实写的散文很多,我在这里仅选了他的二十二篇散文做了简要赏析,现在要据此来谈他散文的特点及其所建构的文学世界,绝对有挂一漏万之弊。这是我首先要说明的。

在陈忠实看来,散文是作家心灵的独白,是作家有感而发的与读者交流欲求的产物。他说:"就我自己而言,散文就是一种心灵的独白,心灵对于现实对于历史的一种感悟,需要抒发,需要强辩,需要呜咽,有时候也需要无言的抽泣。感天感地感时感世感人感物,总而言之在于一个感,有感触有感想有感慨有感悟而需要独白,需要交流,需要……于是就想写散文了。"② 既如此,我们首先关注的就应该是作家的心灵,并由此触及他的艺术人格:创作时的生命价值追求,进而明白他究竟想和读者交流些什么。

陈忠实说自己是一个"关注着国家和民族现实发展和未来命运的当代作家"③,这种自我定义告诉人们,他心灵的基本关注点总是与国家和民族的命运息息相关,他创作时的生命价值追求绝不可能有悖于国家和民族健康发展的要求。基于这样的思想和精神前提的心灵所感

---

① 陈忠实:《家之脉》,广州:广州出版社,2000年,第179页。
② 陈忠实:《家之脉》,广州:广州出版社,2000年,第181页。
③ 陈忠实:《吟诵关中》,重庆:重庆出版社,2008年,第80页。

必然是契合人民愿望的。仅就我所赏析的散文看,他想与广大读者进行交流的内容,亦即其散文所建构的文学世界是:

其一,"家之脉"当传承有益于人的立身处世的文化意识,要培养子孙后代勇于拒斥龌龊,这是正直为人所必备的品德;

其二,人要知道自己的"生命之雨"的内涵,这是人清醒自觉活着的一种必要的主体建设工程的不可忽视的重要内容;

其三,人决不能忘记师友们的深情厚谊,这是为自我生命的活力,特别是创造力提供不竭动力的重要源泉;

其四,人应该勇敢地、真诚地、实事求是地面对历史和现实,这是作为一个人务必要努力奋斗的过程,它不仅足以体现人的生命的意义,而且是其完成所承负的使命的基本的生存状态;

其五,人应该把自我的生命之根牢牢地深扎在人民大众的"沃土"中,一位作家一旦被人民丢弃,则是自我命运中最大的悲哀;

其六,人要有自觉的更新自我精神的意识,敢破禁,不迷信,敢"剥离",不守旧,让生命获得真理之光,这是人作为文化自我应有的内在品性;

其七,人应该活得明智高尚,可平凡不可平庸,为此要特别关注自我人性的优化。

由此我们可以看出,陈忠实的散文作品,选题取材视角多维,所感所议内涵丰厚,始终关注人自身的精神建设和心灵的美化,具有鲜明而又强烈的人文特色。

就其散文的写作来看,事不虚,意可纵,是其特点一。文中所叙之事,真实可信,决不随心所欲地增删;但为文者的意趣却能于贯穿事理的同时,纵横恣肆,淋漓铺展,且能形成一种气骨。

即物明理,即事寓情,是其特点二。见鹭鸶,别白鸽,令人难忘的眼睛,伊犁那条湟渠,还有那"贞节带"与"沉重之尘",个中的理与情都令人过目难忘,嚼之味长,品之意深。

气盛言宜,是其特点三。文以气为主,气盛则文易畅,文畅当贵言宜,言宜乃叙事抒情贴切得当之谓。读《你写的书,让我不敢轻易翻揭》《别路遥》《虽九死其犹未悔》《喇叭裤与"本本"》等篇章,人们能感受到有一股深厚隽永的文气从字里行间冲出,让人不由得感慨、回味,不由得于咀嚼历史中生出荡气回肠的、寓有深邃的文化批判意味的美感来。

这就是陈忠实的散文。

五、 陈忠实的文学关键词

陈忠实是中国当代文坛著名的小说家,他在接受诸多媒体访谈时,不止一次地总结过自己的创作经验,在对别人的文艺创作进行评论时,也提出过许多关于创作的独到见解,这些经验和见解对于从事文学创作和文学理论研究的人来说都是宝贵的财富。我们从其中选出十个关键词予以简述,目的在于对陈忠实的文学理念有一个较为深刻的理解。

文学精神

在《三十年,感知与体验——中国著名作家访谈录》中,陈忠实说:"我也钦佩茅盾文学奖评委,在《白鹿原》一度发生某些误读的情势下,坚持使其评奖,显示的是一种文学精神。"① 这里的"文学精神"的含义主要有两点:一度发生的对《白鹿原》的误读情势非同一般,相当严峻,而茅盾文学奖的评委敢于逆流而进,力挺《白鹿原》评奖,是对文学事业高度负责的精神,此是其一;其二是评委们之所以敢于力挺《白鹿原》,是他们对这部小说的思想和艺术价值有了一个准确的把握,凸显的是一种坚持真理的品格。这两点对从事文学事业的领导和组织工作者来说颇为重要。

在《也说思想》一文中,陈忠实说:"上个世纪中国的一百年历史,其剧烈演变的复杂过程,在世界上是没有哪个国家所能比拟的。亲身经历并参与其中任何一个段落的有思想的人,抑或从资料获得具体而又鲜活的生活史实的作家,很难摆脱对这个民族近代以来命运的思考,也很难舍弃在独立思考里形成的生活体验或生命体验,会潮起一种强烈的表述欲望,自然就会有小说创作。这一百年应该反复写,应该有许多作家去写,各自以其独立的思维和独特的体验,对这个民族百余年来反复的心理剥离的痛苦和欢乐,就会有各自不同的异彩呈现的艺术景观展示,留给这个民族的子孙,也展示给世界各个民族"②。又说:"对于当代长篇小说的研究和讨论,……在我看来,主要在于思想的软弱,缺乏穿透历史和现实纷繁烟云的力度。"③

---

① 陈忠实:《接通地脉》,北京:作家出版社,2012年,第351页。
② 陈忠实:《接通地脉》,北京:作家出版社,2012年,第366页。
③ 陈忠实:《接通地脉》,北京:作家出版社,2012年,第367页。

这段话虽直接谈的是关于长篇小说创作的题材问题，却寓含着一种文学精神：作家首要的任务是关注和艺术地思考民族的命运，为此需要其对民族百余年来的历史有"独立的思维和独特的体验"，需要其具有"穿透历史和现实纷繁烟云的"思想力度，需要其有各自不同的将"民族百余年来反复的心理剥离的痛苦和欢乐"予以"异彩呈现的艺术景观的展示"。也就是说，所谓文学精神，就是求真、求美、求超越的精神，就是为了民族有一个健全美好的命运，敢于坚持以先进文化的实现为目的的文化批判精神。对于献身文学事业的作家来说，具备这样的文学精神当是义不容辞的。

文学创作

陈忠实说："反省作为平生不能舍弃的文学创作的原本目的，在我只有一点，就是把自己对现实和历史的独有感知和独自理解表述出来，和读者实现交流，交流的范围越广泛，读者阅读的兴趣越大并引发呼应，这是全部也是唯一的创作目的的实现，是无形的却也是最令作者我心地踏实的奖赏，创作过程的所有艰难以至挫折，都是合理的"①。

陈忠实对文学创作做如是观的意义主要是：明确指出文学创作是作家个人的为了与他人交流而进行的一种精神价值的创造活动；作家的文学创作和读者的文学阅读是一种平等的、人际间的精神沟通，即思想情感的交流活动；基于这样的理解，可以说文学创作其实是人类为了提升其生命意义而创造的一种特殊的交往方式；这样的文学创作

---

① 陈忠实：《接通地脉》，北京：作家出版社，2012年，第350页。

观念凸显的是作家的良知和自觉担负使命的重要性。因为要和读者实现平等的、自觉自愿的、广泛的、高质量的、能够引发强烈呼应的精神交流并非易事，它首先需要作家创作出真正优秀的具有审美感召力的作品。实事求是地说，这样的文学创作观念是最切近文学发展规律的。

创作境界

陈忠实说："从生活真实升华到艺术真实，这是我这一生追求的创作境界，也是我作为一个读者在阅读中所体会到的。在我的阅读过程中，我发现由生活真实过渡到艺术真实，对于一个作家来说，至关重要。只有不断地完成一次又一次突破，让读者在感受到一种艺术真实美的同时，还感受到生活真实的美，这样的作品才会受到读者喜爱。"[①]

"境界"一词的含义有二，一指疆界，一指主体之为主体的精神素养或专业造诣所达至的境域。"创作境界"是指作家以其整体的精神素养和文学素养为基础的文学创作的造诣所臻达的高度。以往我们常用"创作心态"一词说明作家进入创作时的心理状态，陈忠实显然不满足这种一般化的说明，而着意强调包含着作家的创造精神及其专业技能的状态在内的"创作境界"。二者相比，"创作境界"有着更积极的意义，它要求作家对自己进入创作时的整体精神和文学造诣处于一种什么样的状态应保持清醒和自觉。

在陈忠实看来，"从生活真实升华到艺术真实"，是他一生所追求

[①] 陈忠实：《接通地脉》，北京：作家出版社，2012年，第354页。

的创作境界。这说明怎样把生活真实化为（升华到）艺术真实的这个"化"（升华），是考量作家创作境界的重要尺度。这是文学的行家里手的真知灼见。

怎么化？不同作家肯定各有其上手妙策，不必赘言，也不必整齐划一。陈忠实的经验最可贵的有两点：一是作家要有自觉的突破意识，这样才能既不重复自己，也不重复他人，保持一以贯之的创新锐气；二是化成的艺术真实之美不仅不能脱离生活真实，反而要让读者能从中感受到生活真实之美。能否保持这两种美的内在统一是文学作品的生命力长久的关键性因素。

纯文学思维

陈忠实说："我自初中喜欢文学以来，是中国文坛一年紧过一年的阶级斗争理论和极左的文艺理论一统的天下，我必须排除这些非文学因素对自身创作的限制，获得文学创作的本真意义，才可能开始真正的文学创作。我那时能想到的最切实的途径是读书，以真正的文学作品剔除极左的非文学因素对我的影响"[①]。又说：

> 我感觉进入写作状态最好的环境就是在老家祖传的小院里，一走进那个环境就能产生一种隐性的心理习性，心里整个沉静下来了，很自然进入一种纯文学思维，文字的那根神

[①] 陈忠实：《接通地脉》，北京：作家出版社，2012年，第345页。

经好像特别敏锐,达到一种最好的写作状态。①

提出"纯文学思维",陈忠实是有明确的针对性的。首先是针对那些曾经限制着自己创作的非文学因素,主要是阶级斗争理论和极左的文艺理论,这两种理论视文学为侍奉政治的婢女,从不承认文学有着自身的独立性;其次是针对当时文坛所存在的诸多不良风气的干扰,以便营构一个纯文学的写作空间。

纯文学思维对一个把文学创作当作事业来干的作家来说,不仅是存在的,而且是生动鲜活的。"纯"是就文学性的含金量而言的,是要作家自觉排除对文学创作先在的一切非文学性的干扰,它颇类似于现象学的为了直观事物的本质而把已有的关于事物的话语予以悬搁,让文学创作主体于无中介因素参与下,全身心地进入名副其实的文学思维状态,即文学性地观察、文学性地发现、文学性地提炼、文学性地构思、文学性地表达。陈忠实所说的"文字的那根神经好像特别敏锐",正是纯文学思维进入极致的结果。

纯文学思维是作家的感性和理性的文学性融合的最佳状态,"恰如古人对写作两个阶段的归结,先是'随物婉转'后是'于心徘徊'",能有幸进入"'于心徘徊'创造境界者","其创造就能产生这种'出神入化'的艺术效应"。②

对作家来说,能否进入纯文学思维,既是其为文的审美价值追求

---

① 陈忠实:《接通地脉》,北京:作家出版社,2012年,第314—315页。
② 陈忠实:《接通地脉》,北京:作家出版社,2012年,第138页。

的自觉问题，也是其能否保持清纯、独思和"易于进入创作气场"①的必备条件。它不全是为文学而文学的需要，而是要让作家及其创作实践能够以更高的文学性介入人自身的进步的需要。

人物的命运描写

陈忠实说：

> 我反复思考了可读性的事，觉得需从两个方面解决，一个是人物的命运描写，要准确，作家自己不能在那里任意地去表述什么，而是必须把作品的各色人物把握准确，争取写出那个时代的共性和典型性。再一点是文字叙述。②

关于人物的命运描写，陈忠实谈到两个实例：

> 我萌生了要写田小娥这么一个人物，一个不是受了现代思潮的影响，也不是受任何主义的启迪，只是作为一个人，尤其是一个女人，按人的生存、生命的本质去追求她所应该获得的。这是给我印象很深的一件事。第二件事就是通过翻阅资料，我心里最早冒出来的一个人物，就是后来小说中的

---

① 陈忠实：《接通地脉》，北京：作家出版社，2012年，第307页。
② 陈忠实：《接通地脉》，北京：作家出版社，2012年，第333页。

朱先生，获得了活力。①

田小娥的命运是按一个女人的"生存、生命的本质去追求她所应该获得的"人生来描写的，朱先生的命运则是按其"严格恪守史家笔法"所写的"七八块编者按中"所表现出的"这个老先生的心脉和气质"来描写的。② 不同人物的命运要用不同的切合人物文化心理本真的方法来描写，而不是惯常的那种为了写出人物的鲜明性格所采用的肖像描写、行为描写和语言个性化的方法。这说明要真实地揭示出人物的命运实质，作家就必须认真探求由价值观、道德观、文化观等等所构成的人物内在的心理形态，即人物的文化心理脉象。

人物的命运描写重在展示人物的生死遭际及其所寓含的生命价值和意义，它不仅具有丰富深厚的文化意蕴，而且能体现出其独具的历史感。把人物的命运于复杂的社会风云变化中写得真实可信，其所处时代的典型特征就会得到合情入理的呈现。可以说，对人物命运的精准描写是创作好长篇叙事作品的关键性环节。《白鹿原》创作的成功就充分地证明了这一点。

文学表述形式

陈忠实在回答《文汇报》的缪克构关于"表述形式的完美"是怎样一个标准时说：

---

① 陈忠实：《接通地脉》，北京：作家出版社，2012年，第145页。
② 陈忠实：《接通地脉》，北京：作家出版社，2012年，第145、146页。

> 关于"表述形式",主要是指呈现在读者面前的文字。我力求把人物亦步亦趋的心理脉象,首先能准确地展示出来。第一是准确,第二还是准确。先有把握的准确很重要,而后来文字表述的准确才算实现。文字色彩的选择和夸张尺码的分寸,都以准确来推敲、来确定。
>
> 还有文字的叙述或描写的选择。我的小说写作过程,是由白描语言过渡到叙述语言的。《白》是一种自觉追求的叙述。尽管是我在叙述,却是我进入每一个人物的叙述。作家自己的叙述和进入人物的叙述,艺术效果是大相径庭的。我写作的直接体会是,真正进入了人物的叙述,是容不得作家任何一句随意性的废话的,人物拒绝和排斥作家文字的任性,包括啰嗦。
>
> 另外,形象化的叙述语言不仅有味儿,且节俭篇幅。①

在陈忠实看来,文学的表述形式主要是指,呈现在读者面前的经作家精心审美打造后的序态化的文字(语言)结构体。这个文字结构体得以构成的先决条件是作家对其所要展示的人物的心理脉象及其生命境遇的准确把握;这个文字结构体之所以具有审美性,是由于它所展示的历史的或现实的人生画卷不仅是真实可信的,而且是活灵活现、气韵生动、引人入胜的。

作为语言艺术的文学,很自然地要求作家在创作自己的文学文本时,务必重视对语言的创造性运用,小说家陈忠实对此特别自觉。他

---

① 陈忠实:《接通地脉》,北京:作家出版社,2012年,第303页。

的独特贡献是在写作《白鹿原》时创造了一种形象化的叙述语言,"尽管是我在叙述,却是我进入每一个人物的叙述"。这就是说,《白鹿原》不是通过对各类人物在其不同境遇里的言谈举止和其心理活动的客观描写来揭示其不同的心理脉象的,而是由已经准确把握了不同人物心理脉象的作者的完整叙述来完成的。客观描写,作家注目的是描写的真实;作家叙述,注目的不仅是叙述的真实,而且要有味儿,这个味儿是作家于完整把握整部作品的情感基调的基础上,更细致地对具体情节或场面所独具的情调之文化意味儿的揭示。这样的叙述语言既要切合复杂多变的语境,又要不悖于人物独特的心理变化与发展的脉象,难度虽是可以想见的,实际的成功叙述却是生动活泼、多姿多彩、趣味盎然的,能给人以别开生面的文学性美感。所以,陈忠实强调:"作家自己的叙述和进入人物的叙述,艺术效果是大相径庭的。"

作品的品相

陈忠实在回答《南方周末》记者张英问时说道:

> 作家的思想还不完全等同于政治。这是常识。作家独立独自的思想,对生活——历史的或现实的——就会发生独特的体验,这种体验决定着作品的品相。思想的深刻性准确性和独特性,注定着作家从生活体验到生命体验的独到的深刻性。[①]

[①] 陈忠实:《接通地脉》,北京:作家出版社,2012年,第367页。

中篇 内涵丰赡的文学世界的创造者

在中国现代文学馆讲演时,陈忠实换了一个角度谈"作品的成色":

> 作品的成色如何,不在你住得好、穿得好、吃得好,不在这个,关键在你的感受能力。①

品相和成色在这里都指的是文学作品特别是长篇小说的质量状态。陈忠实根据自己的创作经验,认为作品的品相是由作家思想的深刻性、准确性和独特性决定的,这种具有"三性"的思想不是来自他者的灌输,也不是来自某种指导思想的启迪,而是作家独立、独自认真思考的成果。这种独立、独自的思考的启动和结束,当然不是作家偶然的心血来潮或某种灵感的不期而至,它是作家发自内心的一种需要,一种对历史的或现实的某种人生命运长期自觉关注所激发的需要。正是这样的需要和思考的相互作用所构成的精神内力,充分调动了作家的内部和外部的积极性,使其能全身心地投入"从生活体验到生命体验"的全过程,并完成一部作品所必需的丰富的艺术积累和与其相应的强烈的艺术感受。有了这样的艺术积累和艺术感受,未来作品的优质品相就有了一个坚实的基础。因为,此时的作家已不是"一只空怀的母鸡",而是"真正怀了蛋的母鸡"。②

---

① 陈忠实:《接通地脉》,北京:作家出版社,2012年,第337页。
② 陈忠实:《接通地脉》,北京:作家出版社,2012年,第337页。

不可忽悠读者

陈忠实在回答邢小利提出的"关于(《白鹿原》)文化影响力"的问题时说了这样一番话:

> 我只有一些直感的事象,诸如读者对这部小说的阅读兴趣,从出版时的畅销到持续至今十五年的长销,我走到东部西部南方北方所感受到文学圈外的社会各层面的读者的热情,切实感觉到作为一个仅写出一部长篇小说的作家的荣幸。
>
> 这些事象给我的最直接的影响,就是要写被读者普遍感兴趣的作品,即使一个短篇或一篇散文,也得有真实感受,不可忽悠读者。[1]

"不可忽悠读者"是作家最基本、最起码的文德。陈忠实并没有从这个角度笼统地谈作家应有的对读者的正确态度,而是着眼于自身的创作一定要对得起读者对作家的信任。这是一种严格的自律品德。

对陈忠实来说,不可忽悠读者落实到创作上,"就是要写被读者普遍感兴趣的作品",也就是说,他的创作要满足广大读者对文学的期待。这是一个不低的要求。一个作家要真正了解读者对文学的期待,必须熟悉并掌握鲜活的社会文化心理,必须了解人民群众迫切的精神需求。长期关注和思考我们民族历史的和现实的命运的陈忠实对此的

---

[1] 陈忠实:《接通地脉》,北京:作家出版社,2012年,第351页。

中篇　内涵丰赡的文学世界的创造者

自我掌控,就是每写一篇作品,不论是短篇小说还是散文,都得有了真实感受后方动笔。这个真实感受既是属于作家的,也是与人民群众的要求与愿望息息相通的。"不可忽悠读者"不只是一般地尊重读者的问题,更是一个提高作家精神境界的问题,它要求作家自觉地不断提高其与读者相互交流的水平,自觉地意识到从事精神价值创造的深远意义。

作家的自我定义①

陈忠实在中国现代文学馆讲演时说:

> 从一九七八年的春天开始,文学对人们的影响可以说是前所未有的。尽管我青年时期喜欢文学,但把文学当做主要的职业,就是从这个时候开始的。②

"把文学当作自己主要的职业",这是作家自我定义的前提。

在回答缪克构的提问时,陈忠实明确地说:"我是属于那种关注社会生活进程、也敏感其进程中变异的作家,并赖以进行写作。"③ 在《完成一次心灵洗礼》一文中,他更进一步地说:我是一个"关注着国

---

① "作家的自我定义"不是陈忠实的用语,是我从他的相关论述中概括的。特此说明。
② 陈忠实:《接通地脉》,北京:作家出版社,2012年,第326页。
③ 陈忠实:《接通地脉》,北京:作家出版社,2012年,第302页。

家和民族现实发展和未来命运的当代作家"①。这是他对自己以文学为终生事业者的定义：我就是这样的作家。

有了一个清晰明确的自我定义，其文学生命的自觉性就会更理智、目标更明确、精神更奋发。

首先是能于复杂的人生境遇中做出正确的选择。陈忠实说：

> 令我回头想来比较欣慰的事，是在人生的几个重要关头，依据自己的实际作出了相应的选择。一是新时期伊始，我看到了文艺复兴的希望，要求从公社（乡镇）调到时间较为宽裕的文化馆。我那时的感觉是，文学创作可以当做事业来干的时代终于到来了。之后曾有行政上提拔的机遇，我坚决地回避掉了，整个心思和兴趣都投向写作的探索。为一次重要选择，发生在成为专业作家的同时，我决定回归老家，读我想读的书，回嚼我二十年乡村工作的生活积累，写我探索的中、短篇小说，避免了因文坛是是非非而可能浪费时间和心力。我在祖居的乡村住了十年。②

这十年对陈忠实来说实在是太宝贵了。

其次是能清醒地"阅读自己"。陈忠实回忆道：

---

① 陈忠实：《吟诵关中》，重庆：重庆出版社，2008年，第80页。
② 陈忠实：《接通地脉》，北京：作家出版社，2012年，第306—307页。

如果没有特别紧要的事相逼，我会排开诸事，坐下来把这部小说或短文认真阅读一遍，常常会被自己写下的一个细节或一个词汇弄得颇不平静，陷入自我欣赏的得意。自然，也会发现某一处不足或败笔，留下遗憾。我在阅读自己。这种习惯自发表第一篇散文处女作开始，不觉间已延续了四十多年，直到今天，仍然如此。①

我的切身体会颇为难忘，在肯定和夸奖里验证自己原来的创作意图，获得自信；在批评乃至指责里实现自我否定，打破因太久的自信所不可避免的自我封闭，进而探求新的突破。几十年的创作历程，回头一看，竟然就是这样不断发生着从不自信到自信，再到不自信，及到新的自信的确立的过程，使创作完成了一次又一次的新探寻。②

作为作家的我，在阅读自己的时候，不宜在自我欣赏里驻留太久，那样会耽误新的行程。③

再次是能自觉地促其确立精神人格。陈忠实评论道：

---

① 陈忠实：《接通地脉》，北京：作家出版社，2012年，第63页。
② 陈忠实：《接通地脉》，北京：作家出版社，2012年，第64页。
③ 陈忠实：《接通地脉》，北京：作家出版社，2012年，第65页。

> 在我的理解，艺术家创作的发展越到后来，越想进入大的创作，在完成这个艺术突破过程中，这个精神人格越成为一个关键乃至致命的东西。精神人格在你的整个创作当中，影响的不在技术技巧层面，而是对艺术家感受社会、理解社会、感受人生、理解人生的独特性发挥关键性影响，艺术品内质里的卓尔不群就因此而产生。①

这虽是陈忠实对国画家罗国士艺术创作经验的总结，却也真诚地道出了自己文学生命中最关键的体悟。

还有，就是能促使其努力进入创作的自由境界。陈忠实不是一个甘心"囚于一般层面"的作家，他是决心要创作出能"拯救了自己灵魂"，可以"垫棺作枕"的大作品而必须进入创作自由境界的作家。他认为"艺术家的关键性突破是类似由蚕到蛾的这个过程的，孜孜不倦的演练和追求，像蚕食桑叶，艺技的提高类似蚕一次又一次的蜕皮，重大的突破恰如由蚕到蛾的飞跃。完成了这个过程，创作就进入自由状态"②。这样相当精到的对创作飞跃过程的描述，没有实际的切身体验是不可想象的。

最后，能使其正确认识文学在社会中的位置，活个明白。陈忠实明确地告诉人们：

---

① 陈忠实：《接通地脉》，北京：作家出版社，2012年，第139页。
② 陈忠实：《接通地脉》，北京：作家出版社，2012年，第139页。

> 社会的发展从来就是靠开明的政治和经济的繁荣,不是靠文学,李白和杜甫再伟大,也挽救不了唐朝,也推翻不了唐朝,给老百姓碗里添不了一粒米,身上添不了一件衣,只是有知识的人闲时的欣赏品而已。况且还需社会稳定物质丰富,才有此闲情逸致的高雅兴致,如果战乱加上饥饿,生死难保,还有心思读小说吟诗词吗?作家得活个明白,把自己放到恰当的社会位置,好好写作品。①

这是很难得的一种清醒,是自我文学自觉达到的高境界。

文学依然神圣

陈忠实说:

> "文学依然神圣"这个话是我在一九九四年说的。那时候之所以说这种话,就是文学已经面临着商品经济的冲击,也面临着商业文化的冲击,文学似乎不仅不神圣,甚至被轻淡了。……(从欧美那些老牌商品经济的国家)可以看出一个基本事实,商品文化和有思想深度的纯文学各行其道,各自赢得各自的读者;谁都取代不了谁,证明着社会人群的多重需要。我想我们也会是这样的。②

---

① 陈忠实:《接通地脉》,北京:作家出版社,2012年,第240页。
② 陈忠实:《接通地脉》,北京:作家出版社,2012年,第352页。

他还说:"文学本身是神圣的,不会因为出现了这样那样的现象就改变文学本身的神圣质地"①。

面对社会的发展和人自身的进步,文学的神圣质地就在于创造高尚的精神价值,并"以自己的艺术魅力拥有读者"②。这是陈忠实提出"文学依然神圣"的本真愿望。他以自身的经验告诉人们,真正优秀的文学作品都具有不朽的精神价值。《百年孤独》"这部作品对我最大的启发在于,我开始思考作家应该如何面对自己民族的生活和历史"③。这就是文学依然神圣的重要性之所在。

很显然,陈忠实强调"文学依然神圣",表明的是一种坚定的文学信仰,旨在激励自己和其他作家对文学应有一种先进文化所哺育的使命意识和对其真诚的自觉。

从上述对创作论的十个关键词的简述中,我们能够更深刻地认识到,陈忠实不仅是一位严肃的、始终与人民大众的精神需求保持着密切联系的杰出作家,而且是对文学创作具有独到见解的文论家和评论家。在文学的"服务意识"作为国家的意识形态还严格地掌控着文学的时代,他就明确地、不同凡响地提出了如下的观点:文学创作的原本目的,就是作家把自己"对现实和历史的独有感知和独自理解表述出来,和读者实现交流",这是唯一的创作目的的实现。面对文学,他已不再是"骆驼"似的一味听从"他者"的"你应"的指令来规约自

---

① 陈忠实:《吟诵关中》,重庆:重庆出版社,2008年,第344页。
② 陈忠实:《接通地脉》,北京:作家出版社,2012年,第352页。
③ 陈忠实:《接通地脉》,北京:作家出版社,2012年,第356页。

己的创作实践；在文坛上有了威望后，他也从不像"雄狮"似的摆出一副不容违谬的权威架势，一味从"我认为应该……"来议论文学或指导年轻一代作家的创作；他是"是其所是"的"赤子"：正确认识文学的社会位置，默默地自觉地担负着文学的社会责任，以"思想的深刻性、准确性和独特性"奠定自己艺术人格的基础，努力步入创作的自由境界，创作出优秀的作品，开拓并优化民族的精神世界。在我看来，陈忠实的文学生命，相当完美地体现了求真、求美、求超越的文学精神。

下篇
文学自觉的表率

———— 下篇 文学自觉的表率

    陈忠实以文学硬汉的坚强意志和持之以恒的文学创新精神，创造了自己的文学世界，他的文学生命的现实性和历史性意义很重要，是值得人们思考和研究的。他以自己的文学实践向人们表明，从事文学事业者必须具有文学自觉的生命追求。所谓文学自觉是指：其一，对文学的本体特征及其实存现状（特点、成就和不足）有着清醒明确的认识；其二，对特定时期文学应有的状态有着独到的自我把握；其三，在此基础上，对自我的文学生命有着自觉的价值定位和自觉的创造与更新。文学自觉既具有一定的群体性色彩，更具有鲜明的个体性特征，文学自觉的个体性是文学自觉的群体性的基础。没有文学自觉的群体性，文学势必成为被权力或资本宰制的对象而丧失文学之为文学的本体性特征；没有表率性的文学自觉的个体性，文学事业的发展总是艰难的、曲折的。一般情况下，群体性的文学自觉大都是由杰出作家所开拓、所表率。改革开放以来的中国当代作家的文学自觉呈多维的向度，陈忠实是《在延安文艺座谈会上的讲话》精神所培育的作家群[①]

[①] 陈忠实属于这个作家群更多的是特定历史的给予。这个作家群是我国文学界的主导力量，作为这个作家群中文学自觉的一位先行者，在我看来，陈忠实的表率性具有一定的全局性意义。

中文学自觉的一位先行者，且堪称表率。

一、文化自我的觉醒和确立

人固然是一种能动的文化存在，但并不是所有的人对此都能有明确的认识，进而自觉地把自己建构成一个独立自主的文化自我。陈忠实的文学自觉正是由其文化自我的逐渐觉醒而开启的。

首先，历史先在地安排了陈忠实的文学之路。当他走上工作岗位时[①]，中国正处在毛泽东所强调的无产阶级与资产阶级谁战胜谁的历史时期。当时，以各种名目展开的一轮接一轮的两个阶级、两条道路、两条路线的斗争愈演愈烈。在这样的历史境遇里，意识形态国家机器的能动传唤，不仅使"做党的驯服工具"的思想强烈地风行于世，而且使个人的积极上进和被社会认可也进入了严格的制度化管理，文学的创作、发表和评论更是得到严密的掌控[②]。社会的整体精神处于被指导、被规约的状态。文艺成为阶级斗争的"晴雨表"，听党的话，做党在文艺战线上的好战士，成为当时专业和业余作家唯一的也是最高尚的价值目标。在这样的历史境遇里，陈忠实不可能有自己独创的文学之路，他的贫农阶级出身和强烈的回报党恩的意识很自然地促使其自

---

① 陈忠实1962年7月高中毕业，9月任蒋村初级小学的民办教师，时年二十岁。

② 当时的报刊要发表某作者的首篇来稿，一般情况下，都必须先与作者所在单位的党组取得联系，在得知该作者没有政治问题的回复后，方可刊登其文稿。

觉地迈上了党所指引的文学之路①。这时，他的文学观念可以用他所理解的"他者"的话来概括："我们的文学事业，是我们党的事业的一个组成部分"，因此必须"坚持我们文学的鲜明的党性原则"。值得注意的是，就是在这样的明确表态中，陈忠实还是不忘说出这样的话：我要"学习我们民族文学的优秀传统，学习'五四'以来现代和当代的优秀文学作品，学习外国著名作家的优秀作品，加以消化，为我所用，不断地永不满足地丰富自己的文学库存，加深文学修养，提高艺术技巧，走出自己的路子，闯出自己的风格"②。这就说明，在陈忠实的头脑里，即使已经接受了极左的文艺路线所赋予的文学观念，也没有忘却文学之所以是文学而对作家的基本要求。正是由于有着这样的思想因素的存在，才使其文学观念在历史条件成熟时得以转变。这种转变既是必要的、可能的，而且有着一定的思想基础。

其次，审视自己，挑战自己，自觉地明确定义自己，是陈忠实建构其文化自我的基本路径。陈忠实有一个良好的创作习惯，就是阶段性地审视和总结自己创作上的得与失。从他的作品中，人们不难发现陈忠实对发展和挑战关系的认识相当深刻。《初夏》里的冯景藩与马驹，《夭折》里的"运动红"与马罗，两篇中没有后者向前者的挑战，新生的力量就很难取代陈腐的力量。社会的进步是如此，文化的发展也是这样。没有挑战的文化，没有勇气迎接挑战的文化，即使自身再

---

① 这在他当时所写的《努力学习，努力作战》和《回顾与前瞻》两文中可以清楚地看出。

② 邢小利：《文学与文坛的边上》，北京：中国社会科学出版社，2014年，第242页。

发展也是中等水平。基于这样的认识，陈忠实的阶段性总结，总是以严格的审视眼光再度阅读其已发表的作品，认真找出问题，积极探寻突破。就是在这样的自我挑战中，陈忠实不断地强化着对身为作家的自我独特性的认识和把握，他的文化自我的意识也就是在不断挑战自己的过程中觉醒的。这种挑战既是对文学创作界客观存在着的竞争态势的积极回应，同时是于奋力拼搏中，为凸显自我创作个性而自觉增力。事实证明，这样勇敢地挑战自己的自觉性，让陈忠实愈来愈清醒地意识到自我的文学生命的文化意义。当他明确自信地说，我是一个"关注着国家和民族现实发展和未来命运的当代作家"时，他的文化自我的身份就已确立。当他说"路遥已经形成开阔宏大的视野，深沉睿智地穿射历史和现实的思想，成就大事业者的强大的气魄，朝着创造的目标，实现创造理想时必备的坚韧不拔的意志和艰苦卓绝的耐力，充分显示出这个古老而又优秀的民族的最优秀的品质"时，这既是对路遥作为文化自我所具有的优秀品德的描述，也是对包括自己在内的作家的文化自我的理解和表述，从中我们就能感知到他对文化自我的价值定位。

再次，提出并认真践行自己的文学见解，是陈忠实文化自我的本质所在。对作家来说，他所创作的文学文本是其文化自我存在状态的唯一标志。陈忠实提出文学创作的原本目的就是实现作家与读者的真诚交流，为此，他特别强调作家不能忽悠读者，而要以其思想的准确性、深刻性、独到性及其所具有的审美感染力拥有读者。这既是陈忠实独立自主的文化自我的基本品格，也是其对创作实践的严格要求。明确提出自己的文学见解，并用创作实践确证其见解的合理性，这是陈忠实文学自觉的典型姿态，其表率意义就在于将人们从国家意识形态的骄矜与掌控中唤醒，进而创造一种具有超越性意义的社会精神风貌。

正是由于有了这种与文学创作实践密切结合的文化自我的觉醒和建构，陈忠实对文学的精神、气质和功能的把握很自然地进入一种真正的自觉状态。从主观角度说，这种自觉状态既是他作为独立自主的文化自我的内质，又是他的文学超越精神——从特定历史时期的"党的文学"走向"人的文学"——取得引人瞩目的成就的根基所在；从客观角度看，是陈忠实创造性地顺应文学发展规律的结果。规律包括：文学是人健康的情理兼顾的尽兴领域；文学的存在和发展是人的对象化存在应不断优化的需要，其得以植根的沃土永远是人的创造精神及伟大壮阔的历史性实践；文学虽是个人的创造性活动却不可能私有，就其人际交流的性质看，文学的所有是一种社会的乃至人类的共有，它不可能为权力和资本的所有者垄断而私化；文学首先是属于民族的、国家的，杰出的作家及其文学作品则进入人类的文化宝库。

二、以自由为本质的创作主体的精神建设

黑格尔在其《精神现象学》一书中论述"自我意识的独立与依赖"时，对"主人与奴隶"的辩证关系做了深刻的说明。在他看来，主人和奴隶是"以两个正相反对的意识的形态而存在着。其一是独立

的意识,它的本质是自为存在,另一为依赖的意识,它的本质是为对方而生活或为对方而存在。前者是主人,后者是奴隶"。"主人把奴隶放在物与他自己之间,这样一来,他就只把他自己与物的非独立性相结合,而予以尽情享受;但是他把对物的独立性一面让给奴隶,让奴隶对物予以加工改造"。让主人没有想到的是,奴隶在对物加工改造的过程中,由于要智慧地上手操作而意识到"自为存在成为他自己固有的了"。这也就是说,"正是在劳动里(虽说在劳动里似乎仅仅体现异己者的意向),奴隶通过自己再重新发现自己的过程,才意识到他自己固有的意向"。奴隶一旦意识到自为存在的真理被自身经验到,并且就在自身内,他便"转化自身到真实的独立性",即"过渡到他直接的地位的反面",成为"对物予以加工改造"的主人。①

陈忠实对文学的自觉,从特定时期的"党的文学"的作家走向以自由为其本质的创作主体的精神历程,与黑格尔论述的奴隶由依赖意识转化为独立意识的过程有异曲同工之妙。

其一,文学内力的召唤。是物皆有其赖以存在的独特内力。文学是为适应人际间的思想情感交流和精神沟通的需要才产生的。当作家进入真正的创作状态、读者进入真正的文学性阅读时,就能体验到精神上的自由,不仅能由尽己之性、尽人之性、尽物之性,直至赞天地之化育,与天地参。这就说明,文学性的交流和沟通是以真诚和自由为前提的,因此文学的内力不可能是别的什么,只能是真诚和自由。

---

① 黑格尔:《精神现象学》(上卷),贺麟、王玖兴译,北京:商务印书馆,1979年,第127、128、129、131页。

这样的内力要求作家在"为情造文"时,其艺术形象的结构体的本质特性,必须以真诚和自由为基础,只有这样,文学作品对读者所产生的召唤力,才能使读者在阅读中与其互动而产生美感。

作为小说家的陈忠实,对文学之为文学的内力的真正感悟和把握是有一个过程的。在他开始步入文坛时,由于当时的社会为其提供的文学之路所具有的不是任谁都可轻易超越的强大的文化支配力,使他必须接受并顺从既定的文学规范。他虽然开始了自己的文学生涯,却是进入了被体制掌控的非文学自觉的生存状态。这也说明,文学内力发挥其召唤性是有条件的。今天我们回头来看,真正让陈忠实意识到作家之所以是作家,与其所选择的"有意义的他者"的文学性存在的启示分不开。1978年初夏,陈忠实在《人民文学》上看到刘心武的短篇小说《班主任》时,心里泛起的波澜是其终生难忘的。他说:"且不说对这篇小说的读后感,心中潮起的却是一种改变我人生道路的强烈意念,这就是,文学创作可以当做一个事业来干的时代终于到来了。这是《班主任》给我艺术欣赏之外的一种前所未有的强大信息"[①]。一个短篇小说就能产生改变"我人生道路的强烈意念",决心把文学当作自己的事业来干。这其中就寓含着对一个宽松时代即将到来的兴奋预感,寓含着对被宰制的文学有可能按其本性发展的肯定性,因而是一种精神得到解放的生命活力的迸发。如果说《班主任》的发表给陈忠实被宰制的文学之心点起了一把解放之火,那么,此后路遥的《人生》则让陈忠实深刻认识到,农村题材的小说创作必须走出全新的路子,

---

① 陈忠实:《接通地脉》,北京:作家出版社,2012年,第345页。

必须下决心从自我精神上荡涤被宰制的非文学因素。而马尔克斯的《百年孤独》对陈忠实"思考作家应该如何面对自己民族的生活和历史"①的启示,特别是他在比较了昆德拉的《玩笑》和《生命中不能承受之轻》后,"感知到从生活体验进入到生命体验,对作家来说,有如由蚕到蛾羽化后的心灵和思想的自由"②,则是其主动从"有意义的他者"的艺术实践中,汲取建设以自由为其本质的创作主体精神的力量和经验。可以看出,接受文学内力的召唤,陈忠实不仅是积极主动的,而且是富有创造性的,是紧密结合自我精神解放和提高文学造诣的迫切需要的。

其二,在创作实践中建设以自由为本质的主体精神。一旦意识到作家心灵和思想自由的重要性,陈忠实便在其创作实践中能动地建设作为一个作家应具有的主体精神。首先,他敢于自觉地冲破精神牢笼。对于社会给定的文学之路的宰制性他有清醒的认识,在其"扯断—陷入—再扯断—再陷入,及至期待新的扯断的痛快"这一精神历程中,他能将过时的本本给自己所形成的思维定式和僵化的心理秩序坚持不断地剥离,并为了滋养自己新的文学生命而在心灵里开辟、维护、坚守"一块绿地"。其次,他为自己确定了创作应达到的境界。他认为:"生活真实和艺术真实的问题,这是作家创作所面对的最基本问题",作家"只有不断地完成一次又一次突破,让读者在感受到一种艺术真实美的同时,还感受到生活真实的美,这样的作品才会受到读者喜

---

① 陈忠实:《接通地脉》,北京:作家出版社,2012年,第356页。
② 陈忠实:《接通地脉》,北京:作家出版社,2012年,第365页。

爱"。基于这样的认识，他把从生活真实升华到艺术真实视为自己"一生追求的创作境界"。① 这是对自我的高标准要求。呈现在读者面前的艺术真实，是其艺术实践完成一次又一次突破的成果，作家的主体精神就是在这一次又一次的突破中陶冶和锻铸的。再次，他特别重视生活体验基础上的生命体验，强调生命体验中作家独立、独自思想的独到和深刻的关键作用，独立、独自、独到、深刻，充分体现了生命体验对生活的本质特征的自我审美化，亦即其艺术思维羽化成蛾的自由状态。尽管陈忠实的作品并非全是其生命体验基础上的创造②，人们却能由此看出他对自己作为作家的主体精神建设的严格要求。

其三，在创作实践中优化以自由为本质的主体精神。社会的发展和人自身永不终止的进步，使人的精神始终处于一种待善的状态，对此陈忠实有着自觉的思想准备。为了让自己的主体精神得到可持续的优化，他在创作实践中从两个方面进行强化：一是把自己关于现实或历史的独立、独自的思考所获得的独特、深刻的见解转化为文学性鲜明的文化批判话题。如果归纳一下这样的话题约有三类：首先是对执政党在毛泽东时代坚持以阶级斗争为纲的极左治国方略所造成的不良影响、严重失误和社会悲剧的批判：从《信任》中的党支部书记严肃提出"内伤不轻"，中经《立身篇》里的公社书记的由衷感叹"我们

---

① 陈忠实：《接通地脉》，北京：作家出版社，2012年，第354页。
② 就文学发展史来看，即使伟大的作家也不是其每一作品都是他生命体验基础上的创造。文学创作是一种复杂的精神创造活动，作家的创作意向及其价值追求是随着时代的变化和社会精神需求的不同而变动不居的。我们充分肯定陈忠实提出的生命体验对文学创作的积极意义，却也认为，陈忠实无意视生命体验为作家唯一的创作心理基础。

党丢掉的东西太多咧!"以及《反省篇》里的河西公社书记梁志华的"流水账"与其对"被自己折腾得一贫如洗的人民"的深情忏悔,到《蓝袍先生》再也无法舒展的蜷曲脊梁,陈忠实以对历史、对人民和对党负责的赤诚精神,动人心魄地向执政者做出警示;其次是对畸形社会的病相毫不留情地揭露:《梆子老太》里的黄桂英的"革命"作为,《尤代表轶事》里尤喜明从骗人的"诉苦"到沉渣泛起后异想天开的期盼,《轱辘子客》中的王甲六的狂赌及其畸形抗争以及恶人"刀条脸"刘耀明的窃权称霸,直至当下现实里的《猫与鼠,也缠绵》,陈忠实以其敏锐的眼光和深刻的剖析,把不同形态的社会病相与其根源真实地呈现在人们的面前,以期社会的警醒和积极的救治;最后是对古今不得人心的权势人物的唾弃:《日子》里的那对以抛沙挖石谋生的中年夫妻的日常拌嘴,既感叹"中国现时啥都不缺,就缺硬熊",又毫不含糊地宣称某县委书记"被逮了与咱球不相干,不逮也球不相干咯!"《李十三推磨》里的皮影戏班主田舍娃气愤地对着坡塄骂道:"嘉庆呀嘉庆,我没有你这个爷了。"这是不同时代底层百姓于特定境遇里最真实的心声。作为一位自觉担负其使命的作家,勇于把自己对现实和历史的深刻见解,在创作中审美地转化为文学性鲜明且具有文化批判意味的话题,既是一个自我思想和情感不断深化和升华的过程,也是一个确保自我的文学精神处于时代前沿的自觉作为。陈忠实以自由为其本质的主体精神就是在这样的过程和机遇里得到反复锻铸和磨砺而优化的。

二是在作品中创造出新的价值主体的艺术形象。陈忠实早期作品中的价值主体的承载者,都是坚决贯彻党的政治路线的村党支部书记,

———— 下篇　文学自觉的表率

或公社党委书记，或具有先进思想的党员，作品所揭示的思想冲突和阶级斗争的发展演变，都被支书或书记得心应手地掌握着，先进与落后、正确与错误乃至革命与反革命较量的结果，也都是按照党的路线和政策的要求事先确定好了的。一言以蔽之，党的基层领导人和按照党的指示办事的党员，是人们学习的榜样、效法的楷模。确立"人的文学"观念后，他作品中的价值主体的艺术形象有了根本性的变化，由党的基层领导人物转向了普通民众。《马罗大叔》和《夭折》里的马罗大叔，是一位以守护庄稼为己任的既倔强又体贴他人、关爱他人的庄稼汉，深得"我"和惠畅的爱戴。《最后一次收获》里的赵鹏，这位学有专长的高级知识分子，居然能在最后一次收获中，由于被妻子勤劳持家吃苦在先的品格感动，而自觉意识到在自己家庭建立具有新文化内涵的夫妻关系的必要性和重要性。《夭折》里的惠畅，一旦走出被夭折的悲剧后，不仅能主动回报社会，出资设立农民文学奖，而且不计前嫌地宽容儿子与仇家子弟友好交往。《蓝袍先生》里的田芳，赤诚热心待友，真心实意助人，爱深恨切表诚意，共忆当年思朝暮。《四妹子》里的四妹子，勤劳好胜，破规敢闯；妯娌结怨，宽容忍让；志存高远，受损疗伤；精心谋划，再闯气壮；砸不烂的四妹子闯世事的精神令人难忘。这些新价值主体的艺术形象有一个共同的鲜明特征：不仅为自己活着，还要与他人共生共进。恕者善推，推己及人者，利己利人，乐而为之，社会和人自身都将有一个新的文化风貌。在作品中树立这样的价值主体说明，作家以自由为其本质的主体精神达到了新的高度。陈忠实在其《青玉案·滋水》一词中对这种主体精神有精彩准确地抒怀："倒着走便倒着走，独开水道也风流。自古青山遮不住。过了灞桥,昂然掉头,东去一拂袖。"

陈忠实自觉地从特定时期的"党的文学"的作家走向以自由为本质的创作主体,在执政党步入"坚持依法治国首先要坚持依宪治国,坚持依法执政首先要坚持依宪执政"① 的时期,具有特定的积极意义。宪法第 35 条确认,公民有言论、出版、集会、结社、游行、示威的六大自由,这六大自由要求公民本身应是以自由为其本质的主体。我国著名法学家、最高人民检察院专家咨询委员会委员郭道晖先生认为:"要'把权力关进制度的笼子',首先应当把权利'放出笼子',给权利松绑"。给权利松绑,可以由权力来松绑,也可以由主体自我松绑;前者的松绑,对被松绑者来说,多少有些被动转型的意味,后者的松绑,则是认识到以自由为其本质乃是自己作为公民(作家)应有的权利,是主动适应时代需要的一种高度自觉的行为。陈忠实就是意识到文学自觉的重要性而自我松绑的典范。

三、 文学生命的价值追求: 弃独尊文化, 求共识文化

建设以自由为其本质的创作主体精神,是文化自我的觉醒和自觉。

---

① 参见中国共产党十八届四中全会通过的《中共中央关于全面推进依法治国若干重大问题的决定》。

这使陈忠实的文学自觉很自然地进入了一个更高的境界①：批判独尊文化，倡导共识文化，成为他文学生命的价值追求。

中国古代的最高统治者，都竭力向被统治者宣示自己是"奉天承运"的天之骄子，并据此来肯定其统治的绝对合理性。他们不仅自我独尊，而且要求被统治者必须具有惟帝命是从的独尊"吾皇"的思想和情感。在这种为权力所严密掌控的文化支配力的宰制下，中国封建社会的皇权独尊文化不仅一直存在着，而且以不同的形态表现在其后的社会发展中。

马克思和恩格斯在《共产党宣言》里早就告诫过共产党人："过去那种地方的和民族的自给自足和闭关自守状态，被各民族的各方面的互相往来和各方面的互相依赖所代替了"之后，"民族的片面性和局限性日益成为不可能"。②权力独尊文化就是民族的片面性和局限性的一种突出表现。邓小平在严厉批评"以党治国"的不良后果时指出：陷入"以党治国"错误观念的同志，"误解了党的领导，把党的领导解释为'党权高于一切'"③。

随着时代的发展和国际间文化交往的日益频繁和深入，人类的智慧愈来愈健全，权力独尊文化在全球已渐趋弱化，而人类的共感、共生、共进的文化意识正日渐增强。费孝通先生在他八十岁生日当天用

---

① 文化自我的觉醒和建设以自由为其本质的创作主体精神和文学生命的价值追求，在陈忠实的文学实践中，是融通并进的。我在这里做了必要的序态化，是为了论述的方便。

② 《马克思恩格斯选集》（第一卷），北京：人民出版社，1995年，第276页。

③ 《邓小平文选》（第一卷），北京：人民出版社，1994年，第11页。

十六个字概括了自己提出的"文化自觉"的历程:"各美其美,美人之美,美美与共,天下大同。"① "各美其美"时下还在继续,这是必要的,但应合理继续;独尊就是"各美其美"的一种极端化。"美人之美"现时尚待健康发展。不论是"各美"还是"美人",都应该具有"美美与共"的胸襟和向往,这样才能开创全球化的"美美与共"的新局面,进而逐渐走向"天下大同"。

今天正在崛起的以共感、共生、共进的文化意识为基础的共识文化,有利于"各美其美"与"美人之美"的融合。共识文化强调自觉尊重人类的多种差异性的生存方式,并在真诚地相互沟通和理解的基础上,通过平等对话(包括人文研究)找到兼顾共生共进利益的共识和路径。如此,人类便会于相处中努力提高对他者生存的真诚理解与健康的反应能力。这种理解和反应能力,既制约着"各美其美"走向极端化,又提升着"美人之美"的积极性与科学性,进而在各自取长补短的文化更新中,把"自美"与"美人"合理的融合。人类真正做到了这一点,就是了不起的伟大进步。

陈忠实在其文学作品中对权力独尊文化的批判,对共识文化的追求与向往,不仅起步早而且步步深入相当系统,为当代文坛所罕见。想想从他笔下走出的那些值得人们深思的鲜活人物——河西公社书记梁志华,梆子井村的"盼人穷"黄桂英,企盼着阶级斗争永不终结的尤喜明,脊梁再也舒不展的蓝袍先生徐慎行,轱辘子客王甲六和"刀条脸"刘耀明,以及用"半个嘴"与十八岁的哥哥说话的村长,披着

---

① 费孝通:《文化的生与死》,上海:上海人民出版社,2009年,第186页。

猫皮与鼠缠绵的公安局长，还有那个由于"犯贱"而被双规的县委书记——的人生经历与其个性化的所作所为，我们就不难看出陈忠实从不同的方面、不同的角度对权力独尊所产生的这样和那样的恶果的严肃批判是多么独到和深刻。再想想：赵鹏何以会在其最后一次的夏收劳动中，强烈地意识到自己内心的大男子主义的危害，进而自觉地提出重建夫妻平等的家庭关系，并希望与妻子就此达成新的共识；惠畅和"我"为了共同热爱的文学创作彼此激励坦诚帮助，特别是惠畅，一旦走出逆境便自愿设立农民文学奖真诚回报社会；砸不烂的四妹子以自己勇闯世事的实干精神，不仅改变了阿公吕克俭的生存方式，而且在相互间自然而然地达成新的共识的基础上合作共事；"文革"中打砸抢的造反司令唐生法，真正觉醒后自觉地给曾被他追杀的公社书记关志雄写信，既诚心实意地向他忏悔，又相当深刻地讲述了自己对一段历史的最新认识，以求在对自己讲究"心理卫生"的同时，能在重大问题上与书记达成共识。这些作品里的人物渴望的就是能生存在共识文化的社会里。

  体现陈忠实倡导共识文化观的典型表现，是他在长篇小说《白鹿原》里对朱先生形象的创造。朱先生一生恪守仁义为人的生存大义："己欲立而立人，己欲达而达人"[①]。不论是面对亲友还是面对官员抑或是面对政党，他都要讲究仁义处世。仁义处世就不能只顾个人的利益得失，还必须尊重并认真对待他人的利益要求。对亲朋：当白嘉轩

---

① 李零：《丧家狗——我读〈论语〉》，太原：山西人民出版社，2007年，第140页。

为了李寡妇的地和鹿子霖不仅大打出手还要打官司时，朱先生给内弟的忠告是："倚势恃强压对方，打斗诉讼两败伤；为富思仁兼重义，谦让一步宽十丈。"反对恃强压人，强调思仁重义，这正是以仁义为基础的共识文化的基本要求。一个人真有了仁义的胸怀，他就能意识到"己所不欲，勿施于人"对处世为人的重要性，就能设身处地地理解他人；一旦找到人与人之间的共识，便能在一个较高的层面处理好人际关系。对乡友：没有了皇帝的日子怎么过？这是辛亥革命后乡友们的普遍困惑。朱先生为白嘉轩提供了《乡约》，令其在族人里提倡"德业相劝""过失相规"和"礼俗相交"，老老实实地践行治本之道。从"相劝""相规""相交"中的"相"字就能看出，朱先生重视的是人与人在关乎德业、过失和礼俗这些重大问题时的互动状态能否在应有的价值共识基础上展开，能否真正做到相互规劝。对官员：朱先生给张总督留下的"墨宝"，是他去说服反扑清兵时在路上听来的孩童诵唱的歌谣："脚放大，发铰短，指甲常剪兜要浅。"这意味很深长，旨在提醒辛亥革命后的官员们，心目中要有老百姓，要倾听民间的呼声，万不可骑在老百姓的头上作威作福，横征暴敛。其潜在的含义是，新时代的官员理应懂得与民共在、共生的道理。对国共两大政党：笔者前面已经论述过了，朱先生坚决反对在极端化的"各美其美"的对立基础上的相互厮杀——窝里咬。他特别看重天下为"公"和天下为"共"的共识价值，渴望"卖荞面的"和"卖饸饹的"能为全民族的共同利益联合起来奋斗。作为关学的嫡传学人，朱先生是在认真地践行被冯友兰先生称为"横渠四句"的基本精神：为天地立心，为生民立命，为往圣继绝学，为万世开太平。

下篇　文学自觉的表率

"自信平生无愧事，死后方敢对青天"的朱先生，作为一个独立自主的文化自我存在的价值，在他那个时代里具有惊人的前沿性。他生活在权力独尊的文化时代，却向往着、言说着，一点一滴地提倡着令今人感触颇深的共识文化。从这个角度体会白嘉轩在朱先生去世后一次又一次地大声感叹："世上肯定再也出不了这样的先生啰！"其意味是颇耐人咀嚼的。

细察陈忠实共识文化观的根脉所在，不能忘记他曾多次强调过的"不可忽悠读者"的思想。他对自己的广大读者是敬重的。当他清醒地意识到自己"平生不能舍弃的文学创作的原本目的"，"就是把自己对现实和历史的独有的感知和独自理解表述出来，和读者实现交流"时，他的唯一的愿望是这种"交流的范围越广泛，读者阅读的兴趣越大并引发呼应"。这既是他"唯一的创作目的的实现"，也是最令他"心地踏实的奖赏"。是广大读者的兴趣和呼应，而不是其他什么高贵者的信赖，才是他文学生命真正的价值追求。足见他看重的是以自己创作的文学文本为中介与读者的真诚互动所产生的共感、共鸣和共识。为此，他在创作过程中不断地"酝酿新的反省，寻求艺术突破的新途径"[①]，尽最大努力"以自己的艺术魅力拥有读者"[②]。明白了陈忠实这种视文学为作者与读者在共识基础上的价值互认活动的观念后，人们便能触

[①] 陈忠实：《接通地脉》，北京：作家出版社，2012年，第347页。
[②] 陈忠实：《接通地脉》，北京：作家出版社，2012年，第352页。

摸到他作为倡导共识文化主体的那颗真诚的心。①

  不过，我们也不要忘记，陈忠实是一位眼光异常深邃文化批判现实主义的作家。他虽然积极倡导共识文化，却没有忽视建设这种文化的艰巨性。试看《十八岁的哥哥》里的曹润生的遭遇：曹润生由学校返乡后加入了本村挖沙掏石的队伍，他在沙石管理站工作的女友得知他也在河滩从事这样繁重的体力劳动，便主动地给他派来拉运石头的汽车。这个为一般挖石人难得的优惠条件，令所有在场的挖石人羡慕和猜忌。在这种情况下，曹润生从第一车开始就没有独占，而是让司机先装长才大叔挖的石头。之后，他在与挖石人相处的过程中对他们的处境和愿望不仅有了深层的理解，而且意识到只有组织起来才能更好地维护大家的利益。曹润生之所以能在充分理解大家要求的基础上，果决地做出组织起来的决定，正是由于他和大家有了真正的共感、共识，共识形成了团结的力量。而曹村村长仗着手中有权，不仅在村里一手遮天，而且上下左右都有自己的关系网。他假集体之名抢先组成所谓村委会所属的、具有权力垄断性的沙石管理站，并交由儿媳来统一掌管的营销。从现象看，这是以权谋私的腐败行为，而其实质则是权力独尊文化与共识文化的较量。独尊者是少数，坚持的是大权独揽、

---

  ① 在我看来，当陈忠实在《信任》中从人的生存方式层面提出"内伤不轻"时，就已经开始探索如何从文化价值的角度解决这一问题了。统观他的全部作品，人们不难认识到孔子推己及人的"己所不欲，勿施于人"，"己欲立而立人，己欲达而达人"是其共识文化的道德基础；交往理性和知识理性是其共识文化的实践基础；获取不同层面的利益共享和生存方式的某种共识是其共识文化现实层面的价值取向。共识文化强调人际间的合作、团结而不是"阶级斗争一抓就灵"的分裂斗争。

利益为少数人享有的原则；共识者众，坚持的是民主商议、利益合理分享的原则。在权力独尊的宰制下，曹润生和他的挖石队伍的愿望没有实现，村长独占、独霸的欲望却得逞了。这是共识文化在中国尚处弱势时所必然会有的悲剧，也是建设法治社会的艰难性的体现①。然而，"十八岁的哥哥"却不气馁，他毫不犹豫地背起自己的罗网，迈开大步，目不斜视地从村长儿媳的身旁走过去。这完全是一种决绝的态度。表现并支持曹润生这一态度的，正是作家陈忠实批判权力独尊文化，倡导社会共识文化，进而深刻意识到建设法治社会的重要性和艰巨性而具有的审美辨析力。

从文化自我的觉醒，经以自由为其本质的创作主体精神的建设，到批判权力独尊文化，倡导社会共识文化，陈忠实的文学自觉在当代文坛的表率意义的现实性和历史性都是应该予以充分肯定的。

四、结语

陈忠实的文学自觉是他在文学路上勤奋探索和追求的精神成果。这个历程对他来说虽然是持久、艰辛的跋涉，却让我们从中看到他弃

---

① "什么是法治社会？绝不应简单化地理解为只是'以国家的法来管控社会'。法治社会是作为一个相对独立的实体，与法治国家并存和对应，进而互补、互助、互控的一种社会存在形式，是建设法治国家的社会基础与动力，是社会既自主自治又以社会监控国家。它不是政府的对手、敌手，而是帮手。要改变过去把社会只当作是'国家的社会'，是国家机器的附庸，或两者对立的偏颇"。参见郭道晖：《"权力入笼"，必先"权利出笼"》，载《炎黄春秋》2014年第12期。

瞒绝骗努力创造愈来愈完美的艺术真实的献身文学的精神;看到他为把自己打造成以自由为本质的文学创作主体,不间断地反思、突破和优化自我创造能力的不懈奋斗;看到他为了"不忽悠读者"而倾力在其作品中表述独立、独自对民族命运的思考,以求实现与读者真诚交流的共识文化精神。正是这种不屈不挠的价值追求促使他为20世纪的中国创造出了一幅相当完整而又宏伟壮阔的人生画卷。

让我们对他的重要作品(小说)重新排出一个序列,以便这幅画卷能醒目地呈现在人们的面前:

《李十三推磨》—《白鹿原》—《康家小院》—《蓝袍先生》—《尤代表轶事》—《梆子老太》—《接班以后》—《高家兄弟》—《地窖》—《信任》—《初夏》—《轱辘子客》—《立身篇》—《反思篇》 《最后一次收获》—《夭折》—《十八岁的哥哥》—《四妹子》—《日子》—《猫和鼠,也缠绵》。

意大利著名汉学家史华罗认为:"文学是心态史的一个宝贵来源,因为它富含情感描述,同时也呈现了被忽视和烦乱的情感,这些情感没有被官方文化模型所认可,也常被排除在非艺术性的语言之外。因此,文学材料成为一种重要的历史来源,借此可以了解一个时期潜藏的某些方面,并扩展意识的认知边界。"[①]

我相信,按着这个序列(当然绝不限于这些作品)把陈忠实的作品读下去,人们一定会从中意识到他所提供的一种对历史和现实的洞

---

① 史华罗:《中西的情感文明截然不同》,秦丽译,载《社会科学报》2014年12月11日。

察，一种蕴含丰厚的人生感悟，甚至能听到他笔下的我们民族的精魂直接的、沉重的诉说。

我相信，按这个序列把陈忠实的作品读下去，人们一定会对中国20世纪国家层面的风云变化和人民大众（特别是农民）在不同时段的生存状态有一个历史的、具体的、真实的了解。

我相信，按这个序列把陈忠实的作品读下去，人们一定会获得思考和探求20世纪中国人民的命运及其意义所需的可信赖的形象化资料，一定会获得研究中国人文历史的发展脉络和总结近现代以来人文精神得失的真实性颇高的依据。

如果要问陈忠实文学生命的价值何在，我以为这就是。

参 考 文 献

[1] 陈忠实. 陈忠实文集［M］. 广州：广州出版社，2004.

[2] 陈忠实. 告别白鸽［M］. 长沙：湖南文艺出版社，1991.

[3] 陈忠实. 家之脉［M］. 广州：广州出版社，2000.

[4] 陈忠实. 陈忠实散文［M］. 北京：解放军出版社，2002.

[5] 陈忠实. 原下的日子［M］. 西安：太白文艺出版社，2004.

[6] 陈忠实. 凭什么活着［M］. 长春：时代文艺出版社，2007.

[7] 陈忠实. 我的行走笔记［M］. 长春：时代文艺出版社，2007.

[8] 陈忠实. 吟诵关中［M］. 重庆：重庆出版社，2008.

[9] 陈忠实. 寻找属于自己的句子：《白鹿原》创作手记［M］. 上海：上海文艺出版社，2009.

[10] 陈忠实. 接通地脉［M］. 北京：作家出版社，2012.

[11] 邢小利. 陈忠实集外集［M］. 西安：白鹿书院，陈忠实文学馆编印，2011.

[12] 邢小利. 陈忠实画传［M］. 西安：陕西师范大学出版总社，2012.

[13] 邢小利. 文学与文坛的边上 [M]. 北京：中国社会科学出版社，2014.

[14] 冯希哲，赵润民. 走近陈忠实 [M]. 西安：陕西人民出版社，2006.

[15] 冯希哲，赵润民. 说不尽的《白鹿原》[M]. 西安：陕西人民出版社，2006.

[16] 黑格尔. 精神现象学 [M]. 贺麟，王玖兴，译. 北京：商务印书馆，1979.

[17] 哈耶克. 通往奴役之路 [M]. 王明毅，冯兴元，马雪芹，等译. 北京：中国社会科学出版社，1997.

[18] 阿伦特. 论革命 [M]. 陈周旺，译. 南京：译林出版社，2007.

[19] 别尔嘉耶夫. 人的奴役与自由 [M]. 徐黎明，译. 贵阳：贵州人民出版社，1994.

[20] 布克哈特. 世界历史沉思录 [M]. 金寿福，译. 北京：北京大学出版社，2007.

[21] 麦克法兰. 现代世界的诞生 [M]. 管可秾，译. 上海：上海人民出版社，2013.

[22] 朱特. 重估价值：反思被遗忘的20世纪 [M]. 林骧华，译. 北京：商务印书馆，2013.

后　记

书稿写完了，我的心情并没有轻松起来。一是对我这样完全依据对传主的有代表性的文学作品的简略评析来写他的文学评传是否得当，没有把握；二是总担心自己对作品的评析有片面性。说老实话，不仅谈不上轻松，反而更强烈地惴惴不安起来。尽管如此，我还是愿意将这部书稿出版——它毕竟是我对陈忠实的文学生命的完整思考——以便请教文学界的朋友们。

在我看来，陈忠实作为"文化大革命"后期崛起的一位作家，与其陕西的前辈作家相比，一个最鲜明的特点，就是从特定时期的"党的文学"走向了"人的文学"，亦即从革命的现实主义走向文化批判现实主义。这对他来说是一个了不起的超越。作为一种重要的文学现象，它标志着文学的新时代的到来。

陈忠实令人敬重的，是他于矢志不移地独立、独自、独特地思考我们这个民族近代以来的命运的基础上，勇敢地开创了中国当代文学的文化批判现实主义。他虽然只创作了一部长篇小说《白鹿原》，却为当代文学贡献了一部足可醒世、传世的杰作。尤其是，他在写作这部

后记

长篇小说时，运用了自己独创的文学性特色突出的叙述语言，对作为语言艺术的文学来说，是一种真正的自觉。这样的文学自觉，堪为当代作家的楷模。

陈忠实曾热情地吁请作家们关注和多写近代以来特别是百年来的中国历史，这是他深有所感而发的。我们的作家如果能冷静下来，在新的知识基础上自觉反思百年历史，便不难发现当代中国政治的和思想文化领域的不少人物的悲剧性命运，大都与对这段历史的局限性理解不无关系。可以说，今天我们从这段历史中可汲取的经验和教训，不仅很多，而且对我们走向现代性社会，乃至增强我们国家的软实力，都是十分宝贵的。应该说，这种吁请是真有使命感的作家的一个忠告。

基于上述两点（既是楷模，又有忠告）认识，我自认书稿中有些分析和论述并不到位，尚需完善和深化，只是由于自己的文学的和历史学的理论素养和分析能力的不足，虽感觉到了却乏力可为，徒叹遗憾，甚觉悲哀。

这里我要特别感谢陕西的两位评论家邢小利和冯希哲，他们对陈忠实的研究有着独到的建树。在撰写书稿前，针对有些想法，我都以不同的方式听取过两位的高见，更重要的是，邢小利主编的《陈忠实集外集》及其所著的《陈忠实画传》与论文集《文学与文坛的边上》，冯希哲和赵润民主编的两部评论文集《走近陈忠实》和《说不尽的〈白鹿原〉》是我不能没有的重要参考文献。说句心里话，没有两位的直接或间接的帮助，我的书稿的写作遇到的困难会更大。

2015年1月7日